王 华 ◎ 著

山东文艺出版社

1

姜国良是被豆浆机吵醒的。

最近几个月,他们家的早餐是豆浆馒头。以前是牛奶馒头,改豆浆,是因为老母亲来身边了,老人家喝不惯牛奶。

馒头是从馒头店买的,两口子都是大娄山人,不会做馒头。爱吃,是因为它方便。买回来往急冻室一冻,早起往蒸锅里一放,再用微波炉热上一杯牛奶,早餐就好了。老母亲住到他家后,牛奶改成豆浆,还要有碗粥。因为老人家胃不好。

姜国良撒了泡晨尿,洗了把脸,来到厨房,李青正从蒸锅里起馒头。

"有股味儿。"他冲着李青的后背说。

"是杏儿。"李青头也没回地说。

老夫老妻之间说话,在外人听来就像是谜语。

姜国良看向窗外,果真就看到了杏儿。准确地说,是青杏儿,才蚕豆大。他们家住二楼,杏树正好生在他家窗前,因此这家人和这棵树之间没有秘密。

姜国良伸手摘了两颗青杏,问李青:"你要不?"

李青说:"我要,我自己摘。"

姜国良寂然地笑笑,回到了餐桌前。

青杏蘸白糖,或者盐,最是开胃了。他希望李青能跟他分享一颗,李青摇头,却给了他盐瓶。他已经"三高",得少吃糖。坐上餐桌后,李青又意识到其实盐也得少吃，便又把盐瓶拿开了。

不用问为什么，姜国良就知道她是怎么想的，而且通常也都很配合。不能蘸糖，也不能蘸盐，那就寡吃。他把青杏扔进嘴里嚼得碎响，李青就龇牙，就咧嘴。吃在他嘴里，酸在她嘴里。

"今天是去娄山？"李青一边吃着馒头，一边问。

"嗯。"姜国良说。

这话昨晚睡前两口子就聊过了，但两口子之间，是有很多话需要重复的。尤其是老夫老妻，互相熟悉到不能再熟悉了，了解到不能再了解了，话也就越来越精简。

姜国良原本在土平县担任县委书记，眼看土平县就要脱贫摘帽了，他却突然又被调到娄山县任县委书记。娄山县原来的县委书记到了退休年龄，县长调走了，他去做县委书记，常务副县长张辉暂时主持县政府的工作。

这件事情在李青看来显得有些不公，她昨晚跟姜国良打了个比方，说那就相当于姜国良已经为自己做好一碗饭端在手上了，却要他把那碗饭让给别人，而他，得另起锅灶重新去做——娄山县可落后得太远了。

姜国良夸老婆的比方打得好，因为他也是有情绪的，但他没有附和。虽然是老夫老妻，但并不代表认知上一定一致。情绪归情绪，在姜国良的概念里，脱贫攻坚不只是为自己做饭，而是要为更多的人做饭，更不仅仅是做一碗饭，而是为了下一顿，为了今后也有吃的。

这些年他在土平县坚持发展羊产业，正是基于这种想法。一只羊长大需要时间，培育一个优质羊品种需要时间，发展壮大一个能富一方百姓的羊产业更需要时间。所以，他身边的人都不支持他的"羊生产"，因为那个太慢，根本不是脱贫攻坚战的节奏。但他坚持下来了。因为在他的概念里，脱贫摘帽固然重要，持续振兴却是更重要的。

所以昨晚他对李青说："这样其实很好。土平县的羊产业已经起来了，我一个'羊书记'再留在土平也没多大必要了，挪娄山县，我就可以到娄山县去养我的羊。"

这话当场就把李青气得不行,她完全没有掩饰她的鄙夷,说:"你倒是挺乐意当个'羊书记'啊!"

姜国良跟她耍脸皮厚,说:"老百姓给我起这么个绰号,说明他们认我,也认我的羊啊。"

他说:"一个县委书记,就像一个家庭主妇,老百姓就像家人,老的小的,就望着你吃饭呢。就像我们这个家,我和老娘要吃饭就望你,你只做自己的一碗饭行吗?你只做一顿饭行吗?你得让我们知道,不光这顿饭能吃饱,下一顿还有,而且地里还有待收的。只要我们勤快,不光今年不用愁,来年也不用愁,这样我们才能心安不是?我那羊……"

李青知道他一说起羊来就会没完没了,当即便用被子捂了头脸,态度鲜明地让他刹了车。但不知道为什么,早上起来,她又总想接上他的"羊"。有些时候,我们特别反感的东西,又恰恰是我们最感兴趣的东西。所以,当姜国良把自己的话化繁就简到一个"嗯"字的时候,李青的劲儿又上来了。

"去娄山继续养羊?"她全然没有掩饰语气里的嘲讽。

可姜国良却像一块木头一般,根本就没感觉到这种嘲讽,一听她提起羊,就又兴奋起来:"为什么不养羊?这种羊是我们花了三年时间培育出来的,特别适合大娄山的气候和环境。不光可以在土平县养,也可以在娄山县养,甚至整个大娄山都可以养……"话到这儿,他突然顿住了,半口馒头停在嘴里,就像机器人突然断电。原因是他灵光乍现,得到了羊的名字。他们终于培育出了一个优秀的羊种,却一直没想好叫什么羊,这下他突然就想到了。

他因为这个灵感几乎丢失了一个中年男人所有的稳重,他从椅子上弹起,因为着急说话呛了馒头,呛得满脸通红。他说:"'娄山羊'!就叫'娄山羊'!"

这时候,电饭煲突然唱起来,就像是为了应和他的激动。原来是粥好了。粥好了,老母亲也静悄悄出现在餐厅了。老母亲在这个家里永远都是静悄悄的，就像个影子。她也很土。衣着是土的，皮肤也是泥土的颜色。特别那眼神，那种像大山空气一样干净的眼神，让你觉得她其实不是一个老人，而是深山里的一棵老树，一棵虽然经历过足够长的岁月，却依然保留着自然清纯的老树。或者，相对于城市来说，她其实更像一个刚出生的婴儿。当她看着你的时候，就像一个初生婴儿看着你。而你，早已经是那种有阅历、有城府的人了。

李青立刻起身去为老母亲操持早餐，豆浆温度正好，馒头得再加热一下。姜国良也得先放下自己的"娄山羊"，将老母亲让到餐桌边坐下。李青端来豆浆，他替老母亲拢拢，跟着李青那里，热馒头也上来了。他替老母亲掰了半块馒头，李青那里已经端上了粥。老母亲吃馒头的功夫，粥也应该凉好了。

老母亲不爱说话，但爱笑。只要对上目光，就笑笑。

老母亲在跟前，两口子也不便吵，所以餐桌上就只有吃饭的声音。姜国良吃得急，因为他着急要打一个关于"娄山羊"的电话。他把豆浆喝洒了，满嘴的白，老母亲看见了，笑。她想起他小时候吃奶，经常吐得满下巴都是奶的情景。

姜国良却匆匆擦擦嘴打电话去了："陈博士，我跟你说，我们的羊就叫'娄山羊'，怎么样？！"

2

原本定的是今天上午直接去娄山县的，因为下午两点就是他的任命会。但因为羊有了名字，姜国良就不得不先去一趟土平县种羊繁育中心了。有了女儿后，给女儿起名曾经是他作为父亲最大的荣耀。任土平县委书记三年，这三年里羊们就是他的孩子，那些本地土羊是，那些用本地土羊、杜泊羊和科尔索羊为父本，引进新疆细毛羊为母本，依靠胚胎移植繁育出来的新品种羊也是。本地土羊早已经有了名字，叫湖羊，叫黑山羊。而现在，他们繁育出来的新品种羊也有了名字——娄山羊。他必须在第一时间告诉羊们，它们已经有了自己的名字，他万万不能错过它们知道这一点后的第一表情。

因为迫不及待，他都等不及让司机来接他，而是让司机直接去种羊繁育中心，自己打车去跟他会合。到了中心，司机小刘已经站那儿了。

小刘说："里头有只母羊正在生产，张主任和陈博士都在里头忙。"

一听说有母羊正在生产，姜国良内心的激动又增加了一层，几步跨进中心大门。在工作人员的辅助下，先过杀菌池，再换上消毒服，他也来到了这只母羊的产床边。虽然有专门的"接生婆"，但羊博士陈耀和中心主任张大伟也都陪在左右做助产士。见姜国良来了，他们也只是简单地打了声招呼。那时候，第一只羊羔已经生到了一半，"接生婆"正小心地接生呢。姜国良见了，情不自禁地也屏住了呼吸。

这里诞生的每一只羊羔，都将是一只种羊，是"娄山羊"产业的希望。

第一只羊羔生得很顺利，晶莹剔透的胎衣下是一个还未睁眼的小生命。母羊慈爱地舔掉胎衣，它睁开了眼睛。茫然四顾间，它开始挣扎着站起来。母羊用嘴帮它，它真就站起来了，虽踉跄几下，但很快就站稳了。人们都松了口气，并发出了慈爱的嘘声。小羊动了动嘴，青涩地发出了来到这个世界后的第一个声音——"咩。"

这个稚嫩的声音像一颗露珠掉进湖水，使在场的人们心里波光粼粼，泛起一片嘘叹声和笑声。然而这当口，母羊却突然一声凄厉，要生第二只了。于是接生的人们又忙起来了。好在有了第一只开路，第二只来得就更顺利。

母羊是位英雄母亲，顺利产下了两只健康种羊，这两只种羊长大后，将会繁殖出成群成群的优质肉羊，它们将像星光一样，点亮大娄山的所有山坡。

人们都为英雄母亲鼓掌。姜国良怕惊着羊羔，没敢鼓太响。但他很响亮地告诉这一家三口："你们现在有名字了，就叫'娄山羊'！"羊博士陈耀早在母羊生产前就听姜国良在电话里讲过这个名字了，这会儿他也很激动。作为羊专家，他的产品是要有自主知识产权的，关于名字的问题，他也没少费脑子。所以在一刻钟前姜书记提到这个名字的时候，他的脑子就亮堂开来："大娄山下的娄山羊，这名字多响亮啊！"

姜国良对他，也对张大伟主任说："今后大娄山一带，会遍山都是娄山羊。"

那两位听了也非常兴奋，说："那我们就应该叫'土平县娄山羊种羊繁育中心'了。"姜国良笑道："把'土平县'去掉，就叫'娄山羊种羊繁育中心'吧！我到了娄山县，还希望你们也支持我的工作，把娄山羊产业发展到娄山县呢。今后，除了土平县、娄山县，大娄山下的各个县都可以推广，娄山羊不只属于土平县，也不只在土平县发展，而是要在整个大娄山推广，要让整个大娄山的农民都受益。因为它是娄山羊嘛！"

听他这么说，中心的人们全都眼睛发亮了。姜国良描绘的，不正是他们的大好宏图吗？

因时间关系，姜国良不好多做逗留，撂下一句"我先去打前站，你们等我的信儿"，便匆匆走了。

3

娄山县也不过是大娄山脚下的一块地方，对于姜国良来说，一点儿也不陌生、不疏远。他出生于大方县，紧挨着土平和娄山，后来又一直在土平县工作，除去上大学那些时间，他就没挪过脚窝。这次工作调动，无非是把屁股搬到了隔壁，就像从原来住的房间搬到了隔壁另一个房间那么简单。

出发不到半个小时，小刘就说："书记，我们已经进入娄山县了。"

姜国良"唔"了一声。那会儿他在走神。他在想"脱贫攻坚战"这个词，他觉得自己这是刚拿下了一个阵地，又被推上了另一个阵地。原本打算松口气的，甚至以为都可以光荣退役了，可还没等他喘过气来，要他攻坚娄山的命令又下来了。说没情绪那是假的，娄山县是一块难啃的硬骨头。更何况，他姜国良也不是那种喜欢打仗的人。他其实更喜欢慢下来读点儿书，更喜欢琢磨点儿生产方面的事。说到底，他一开始就是被责任感和使命感推上阵地的。正因如此，他现在才不能败给情绪。"破山中贼易，破心中贼难"，他必须先战胜自己，才能挑起娄山县这副重担……这样的心理挣扎已经不是第一次，每一次到了最后，他都这样告诉自己：别抱怨了，上吧！

现在，小刘那句话竟有点儿像强心剂，让他在原来的基础上多出一些振作来。他无意间瞟了一眼小刘，发现小伙子跟他完全不一样。充斥于小刘脸上的，是满当当的意气扬扬。他十分羡慕年轻人的那份单纯，很显然，在这件事情上，小刘只简单地选择了"重用"。在小刘眼里，只有倍受器重的人，才能一次次地被委以重任。而"重任"这个词汇，对于一个血气方刚的年龄，又永远是块闪光的石头，一经投进心田，便能把整个人照亮。姜国良既得到了重用，他得以跟随姜国良，那就说明他也得到了重用，这便是他精神振奋的原因——现在，他是跟着他心中的英雄冲向另一个阵地。

高速路限速为120公里，小刘一直没少于130过。

姜国良说："你跑那么快搞哪样？"话是这么说，但他心里分明是称赞这种急切的。早在2015年的时候，党中央召开扶贫开发工作会议，就提出了脱贫攻坚目标的总要求。2017年，党的十九大又对脱贫攻坚战做出了全面部署。脱贫攻坚是等不得的，这一点姜国良的心里非常清楚。

小刘说："10%以内不罚款不扣分的。"他瞟了姜国良一眼，笑了笑。就像警卫员永远明白他的首长一样，小刘也能明白姜国良这个时候心里想的是什么。

姜国良笑笑，说："我是说，你不用那么着急。"

小刘问："不急？"他蹙着眉，假装他不够明白。

任命会定在下午两点，市委组织部黄部长要开完上午的会才从市里出发呢，的确不急这一会儿。前面500米正好有个出口，姜国良说："我们从这里下高速。"

小刘说："这里是花河镇碧痕村。"

姜国良说："你倒是熟悉。"

小刘说："我是娄山县的人啊。"

这么说着话，车已经滑进了匝道。过了收费站，小刘问："去镇政府？"

姜国良说："随便走走吧，下午那个任命会后我才是娄山县委书记，现在去镇政府搞啥？"

小刘抿嘴笑了笑。前面出现了一个岔道，一条小路蜿蜒向山里伸去，他想都没想就选了那条小路。姜国良暗自笑笑，这年轻人如此了解他，倒让他很是欣慰。

小刘按下车窗，让姜国良享受春风拂面的惬意，可姜国良看上去并不领情，心事重重。

虽是春风拂面，但这里却没有春天该有的勃勃生机，因为大量的劳动力都涌进了城市，地头上庄稼已经很少，即使有零星的几块地绿着，也都因为经营不够而萎靡不振。倒是那些枯黄的野草，正顽固地遮蔽着它们脚下的嫩芽，使这里的春天看上去显得有些萧条。

姜国良想到了大山深处那个家，那个家徒四壁的家，家里有个放牛娃，一到冬天，脸上便尽是癣斑。从那个家里走出来后，他曾害怕过冬天，怕癣斑又回到脸上。这一路走来，癣斑倒是再没回到他的脸上，可他却总能在别的孩子脸上看到它们。那些依然生活在温饱线下的孩子，一到冬天，依然是满脸的癣斑。

正走神，小刘却自作主张在路边一户人家门口停了车。姜国良醒过神来，想问他为什么停车，而后又觉得停得正好，便下了车。

这户人家看上去不错，房是一排两间，墙上是新泥子粉，瓦也是新瓦，铝合金窗框上的保护膜还没来得及撕，一看就知道是刚改造过的。门框上贴了一红一白两个纸牌，这是建档立卡的标志。

院子里的景象也不错，竟然有三五只鸡歪在那儿晒翅膀。听到动静，门里走出一位中年汉子，花白的平头，脸上没有一丝血色。他倚在门框上，眼神木木地看着这边，并不打听他们是干什么的。

姜国良冲他笑笑，他被动地咧了咧嘴，但那并不像笑。

姜国良问："老乡吃饭没？"

汉子看上去很努力才理解了他这句话，点了点头。

姜国良兀自笑笑，心里把他当成个傻子，不再费力地多说话了。他最大的兴趣就是农民的圈棚，放牛放羊长大的，对家畜们亲。这汉子家也有一列圈棚，用圆木拦的，看样子有些年头了，顶梁柱已经朝着一个方向倾斜，似有再来一股风就将崩塌的危险。他自作主张向猪圈走去，汉子就跟过来了。汉子又不像傻子了，因为他的眼神里浮着一层警惕。

但圈是空的。三间都是空的。

于是，姜国良问紧跟在身后的汉子："没养个把猪？"

汉子说："卖了。"

原来汉子是能说话的，而且你完全可以从那低沉的声音中感觉到智慧的影子。

姜国良问："养羊没？"

汉子反问："你收羊？"

姜国良和小刘相视一笑。既然圈棚里没啥看的，姜国良便不再留恋了。他转身回到门口，想进门去看看，汉子却抢先站在门口，把门堵住了。

"屋里没羊。"他说。

小刘在一边终于有些沉不住气，想解释点儿什么，但姜国良一个眼神让他打住了。姜国良掏出烟，拈出两支来，随意将它们捻成个"八"字递过去。汉子不接，很警惕地盯着他的脸。姜国良终于给他盯得满脸芒刺，转身将一支烟抛给了小刘，余下那支自己点上。

点上烟，姜国良顺便瞄了一眼门框上的卡片，知道他家是有三口人的。回到院坝中央，他踩在了一泡鸡屎上。他便一边蹭着鞋底上的鸡屎，一边问："屋头其他人呢？"

没见回答。

他抬起头，发现汉子还站在原地，眼神里的警惕已经退隐，那里又是一片木讷了。

"他们……下地了？"

还是没回答。

"你……身体不好？"姜国良揣摩着问。

"我身体好得很！"汉子没好气地说。

姜国良抱歉地笑起来，说："我是看你脸色不好，你看你，比我还白。"他想开个玩笑来缓和一下气氛，同时也缓解一下自己的难堪，毕竟这些年来，他还没遇上过这样的情况。

"你到底想打听个啥？"汉子终于生气了。一气之下，他反倒赌气倒起了葫芦："不管你安的是啥心，我也不怕跟你说，我就是刚从牢里出来，要搞哪样？"

他倒出的是铁砣子，掷地有声。

姜国良傻了。

4

姜国良在顺路的那些村子里转悠了一个上午，午饭时间到了县政府。他没有去政府食堂吃饭，而是在政府大楼旁边的小馆子里要了两碗粉，和小刘对付了一下。那之后，才和市委组织部黄部长见上，两点钟准时参加了他的任命会。

会后，姜国良让参会的干部原地留下等着，他将黄部长和前任县委书记一行送出会议室后，马上回来召开上任后的第一次会议。

他这人开会不喜欢俗套，所以一开场就很实在："这个……我们都很熟了哈。"笑笑，接着说，"大家都清楚，我就是这大娄山土生土长的人，这些年又一直在土平县工作，来之前，我又做了一点儿功课，把这边的情况做了一些了解。我先说说我了解到的情况，不足的，大家后面补充一下。"

姜国良开会，要么就是他一个人发言，其他人全听着。要么就是其他人全发言，他一个人听着。他发言也是一绝，从不要发言稿，但涉及数字的时候，他从不出错，哪怕数字带着小数点，小数点后面还有好几位数。他对数字非常敏感，记忆力又超强，这是了解他的人都不得不叹服的一绝。他自己也清楚这一点，而且暗自引以为豪。可他知道，如果这一点不是建立在干实事的基础上，那也就是个花架子而已。他打小就追求完美，同样是放牛娃，他从不让鼻涕挂过河。他也黑，也满脸癣斑，但他的头发从来都梳理得很整齐，衣服也尽量保持干净，耳朵后面从来没有"芝麻壳"。同样是牛，他的牛身上没干牛屎壳，鼻绳是他用铁片或者捡来的砂皮打磨过的，牛绳也没牛屎味儿。放牛时他也和大家疯玩，不过玩之后，总要比别人多干一件事情，就是找把野草，或者找点儿水把身上收拾干净。这一点，曾一直遭到嘲笑，看不惯就等他收拾好后再把他按进稀泥巴里，这样他就得跟人打架。该用武力解决问题的时候，他从来不含糊。打完架再把自己收拾干净，才回家。

刚做上公务员那会儿，他曾买过一身笔挺的西装，也曾穿上新西装照了十来分钟的镜子。他身高一米八，不胖不瘦，浓眉大眼，脸部轮廓清晰，外加一头茂密的黑发。西装上身，他便从自己身上看出一番仪表堂堂来。可他发现自己太黑了，即便走出了大山，也还是没能变成别人。一个地道的山里人穿着一身西装，不仅不完美，还很别扭。他发现自己还是一身休闲装更协调。那套西装从此被他放进衣柜，一直到结婚，才又穿了一天。那之后，就再没穿过。

现在，他是县级干部中少有的不穿西装的人。这也是为什么到了村里，常常不被村民当县领导认的一个原因。他也喜欢一眼就被人认出来，喜欢一上来就受到恭敬、恭维，但那种让人恍然大悟后从内心生起的肃然起敬则更令他欣慰。在土平县，他被老百姓称作"羊书记"，就是因为一开始老百姓都以为他是畜牧局的人，兽医一类的，后来才知道他其实是他们的书记。第一次听说老百姓背地里叫他"羊书记"，他就笑喷了饭。

他骨子里是个要强的人，平时会比别人暗下很多功夫，多学很多硬本事。他喜欢在人前不显山不露水地耍出真本事，让人不得不佩服一把。这也是另一种意义上的虚荣，但这种虚荣其实就是另一种意义上的谦卑。

娄山县之前的班子一直不够凝聚和振作，这也是它一直拖全市脱贫攻坚后腿的重要原因。来这里任书记，他不先耍两刷子，就很难把众人的目光凝聚过来。就像街头卖艺，你要是不先在头上拍碎一块砖头，就不会有人留下来看你耍枪棒。

现在，娄山县总共多少人口，贫困人口有多少，建档立卡贫困户有多少，哪些是深度贫困村，全县目前已脱贫多少人口，未脱贫人口还有多少，贫困发生率下降多少，已出列多少，未出列多少等等，他像竹筒倒豆子一般顺畅，就像他一直在这里任着县委书记。

这便是他在卖艺前拍碎在头上的那块砖头，从某种意义上说，这也叫"下马威"。

这的确有效。一开始，会场上的目光虽然都向着他，也都闪着光，但他知道，那全都是因为这是他到任后召开的第一次会，大家那份精神头，是建立在新鲜感之上的。当然，他还清楚，这闪亮的目光意味着抱有期待，你要是接下来没有绝活，四周的目光很快就会暗淡下去。

他把娄山县的情况抖落个透彻后，又把土平县的情况拿了出来，两县一比较，各自的优势在哪里，劣势在哪里，差距有多大。接下来，其他人就都有了发言的积极性，也知道该怎么发言了。

后半场他一声不吭，只管听，听完了却没头没脑地来了一句："我们发展羊产业怎么样？"

"羊？"这回应怯生生的，又带着疑问。

他说："羊，娄山羊。"

"娄山羊？"这话很像那种和声，他在前面唱，他们在后面和。

姜国良说："对，就是娄山羊，大家应该清楚，土平县这些年一直在发展羊产业，土平县眼下能摘帽，也主要是靠羊产业。所以我想，我们娄山县也是可以的。"

"那……怕来不及吧？"这一次的回应，意思已经很明确，声音也很响亮了。

姜国良有种受挫感，但他没有表露出来。他说："土平县从实验到繁育成功，的确花了三年时间。但娄山县要养羊，已经不用自己再去花这个时间了，我们直接从繁育中心进羊就行了。"

"可是……一只羊要长大，要变成钱，至少也得半年时间吧？"这话的意思很明白了，今年是脱贫攻坚收官之年，离全市脱贫摘帽还有几个月，显然养羊是来不及了。

姜国良轻叹了口气，说："帽要摘，羊也要养啊。至少就目前来看，养羊是大娄山下农民的长远路子啊。再说，我们脱贫攻坚，可不仅仅是要各项数字在收官的时间前达标，还要让农民真正持久地过上好日子啊。"

这一次，会议室里很安静，好像大家都给他难住了。但他知道，这种沉默，其实代表了这样一句话："那就看你的了。"

这会，他是不想再往下开了。他无力地宣布"散会"。会议室立刻一改刚才的死气沉沉，起身，踢椅子，离开会场，大家看上去又是那样地有活力、有劲头了。

姜国良很无语，但他将县委组织部部长陆枫和副县长陈晓波叫了回来。

"你们别走，我还有话。"他说。

两人留下来，姜国良先叮嘱陆枫："既然明天北京下挂的同志要来，你明天就不用跟我下村了。接待好，安排好。晚上我回来给他接风，我私人请客。"

陆枫客气："我请我请。"

姜国良说："那你就带酒。"

陆枫点点头，出去了。

转过身，姜国良看着既是副县长又是生态移民局局长的陈晓波，问道："你刚才说，你杀了一位副镇长？"

这话把陈晓波吓得不轻，当场就面如死灰。他心慌地解释："姜书记，我说的是'杀鸡儆猴'。"

姜国良哈哈大笑起来，说："那'鸡'不是一位副镇长？"

陈晓波长长地吐出一口气，讪笑着说："的确是。不是副镇长还镇不住人哩，主要是他工作不力，才导致拆迁工作无法推进……"

姜国良打断他说："这个你刚才已经说得很清楚了，因为他大哥家的房子在移民新村规划区，大哥成了阻碍拆迁的'钉子户'，你给了他一个'亲情包保'的任务，要他去做他大哥的思想工作，结果他没能做通，所以就将他停职停薪，作为反面教材，让大家都引以为戒，是这样不是？"

陈晓波赶紧点头，却又暗自担心，怕挨新书记的烧，于是赶紧补充："其实也不是我一个人的决定，当时李书记也很赞同……"李书记就是前任县委书记，平时跟姜国良也都是开得起玩笑的，即便不能算好朋友，也是老相识了。

姜国良看这位副县长这么经不起吓，心里未免有点儿瞧不起，所以也就没了跟他扯下去的兴致。他问这位副镇长现在在哪里，陈晓波说肯定在家里，因为他们规定他不能离开娄山，要离开就得同时给三位县委常委请假。

姜国良不动声色地点了几下头，嘴上说："我晓得了。"

可那之后，他突然又显得很不耐烦。他下意识地看了看手机上的时间，对陈晓波说："你安排人给他个信儿，说我找他谈话，请他有时间了来找我一趟。"

陈晓波连连点头说着"要得"，姜国良已经走了。

他走以后，陈晓波就急了。如果这位新官也有"三把火"，那自己已经给火焰燎了一下屁股了。没等姜国良走远，他就打电话安排局办公室："通知周以昭，让他赶紧到我的办公室一趟。"

周以昭，就是被陈晓波用来儆猴的"鸡"，马鞭沟镇的副镇长。当然现在已经不是了。现在他是网络作家。既然停了职，他就在家一心一意做自己的事情。一年多来，他装修了房子，让老婆怀上了孩子，还写了三百多万字的网络小说。生态移民局办公室给他打第一个电话的时候，他正文思泉涌，手机是静音，没接着。打第二个的时候，他正坐在马桶上叼着烟苦想下一个情节，手机依然在静音，还是没接着。打第三个电话的时候，他刚好从卫生间出来，看到手机闪亮，拿起来接了。电话里要他去见的是他的仇人，他不想见，所以接完电话也没去。放下手机，他又开始了新一轮文思泉涌，这一涌就到了晚饭时间，老婆喊他吃饭，才被生生截断了。

老婆来叫他吃饭的时候，习惯性地拿起他的手机看，这就看到九个未接电话。前五个是生态移民局办公室的，后四个是陈副县长的。

老婆说:"这种阵仗,怕是要请你出山?"

他说:"出屁!我的一年半时间还没到呢,不晓得又是哪股屁眼儿风来了。"

他拿过手机,扔书桌上,吃饭去了。

老婆说:"你还是回个电话。人家县长给你打电话哩,你不要不识抬举。"

他说:"县长个屁,副县长好不好?"

老婆说:"副县长也是大官,你当初当个副镇长还尾巴一翘一翘的呢。"

他瞪眼唬老婆:"你再说一句试试!"

但他还是拿起手机拨了回去。

那边一上来就气呼呼的,问他怎么不接电话。他很瞧不起一个副县长竟然这么没城府,在电话这边撇了撇嘴,才说:"我写小说哩。"那边一听更是气炸了:"写啥狗屁!马上到我办公室来一趟。"他这里却慢吞吞送了一口饭进嘴,含糊不清地问:"嗯?我的停职时限到了?我记得还差两个月哩。"那边给气得把电话吹得"啪啪"响,说:"你想好事儿哩。是新书记到了,要找你谈话。"他怔了一下,也就半秒钟时间,然后他清了一下嗓子,说:"新书记召见,那肯定是要大赦天下了。"又说,"请领导放心,我吃完饭去就是了。"那边说:"你先来我这里一趟,然后再去。"他说:"是怕我乱说话吧?放心吧,我以我的人格担保,决不说假话。"说完便把电话挂了。

老婆在一边听得眼珠子都快掉出来了,他刚放下电话,她就扑上去打他的头,说:"你是憨的呀!怎么能这样跟领导说话呢?你不想回去混了啊?"

他也不生气,吃饭。也许老婆说得有道理,但他这人身上两百多块骨头,没有一块是贱骨头。

他一边吃饭一边咕哝:"你放心,我以后写小说养活你们。"他指了指老婆的大肚子。

老婆撇了撇嘴。眼下他虽然写出了三百多万字,但并没有产生可观的经济价值,所以对于他们的未来,她不敢像他那么乐观。

他说:"冰冻三尺,非一日之寒。你得给我时间。"

那之后,他花了半顿饭时间来跟老婆贫嘴,逗她开心。吃完饭又洗碗,这是老婆怀孕之后,他主动承担下来的家务之一。洗到最后一个碗的时候,他又来了灵感,擦干手便又泡电脑上去了。

老婆吃完饭就去看韩剧了。一连看完三集,哭鼻子把身边的纸巾用完了,到这边来找纸巾的时候,才发现他还在家里。她惊得跳了起来,像她看到的坐在那儿的不是她老公,而是一个盗贼。

"你咋搞的,还在家里?!"她几乎是在尖叫。

她把周以昭也吓了一大跳,他差点儿跌下椅子。

周以昭把那件事情完全忘记了,听老婆这么喊,他还一脸迷茫地问:"我不在家里,该在哪里?"

老婆"啪"地给了他头顶一巴掌,吼道:"你该去见县委书记!"

5

龙莉莉正做着一个梦,梦里十多只大狗排成队站在一架板车上,也许是一个木台子上,反正是一个类似的地方,而她自己是站着还是坐着,甚至是在一个什么样的地方,一点儿都不清晰。最清晰的是那一队大狗,和她的喊声,她一直在喊:大野兽!大野兽!她喊一声,便跳下一只狗,就像它们是在接受她的点名一样。她喊到第三声的时候,便醒过来了。耳机还塞在耳朵里,但手机已经没电,所以火车刹车时的吐气声还是很响地进了她的耳鼓。火车刹住的时候,车厢连接处会前后晃动两下,这两下把她彻底晃醒了。我为啥要喊"大野兽",而不是"大狗"呢?她很为自己那个梦纳闷。

广播在报:这里是新化。列车员过来开车门,大着嗓门把车厢连接处这里的人全都叫醒,请他们站起来,为上下车的乘客让道。于是,身边的张美凤和她儿子口袋也都迅速醒来,并都听话地收腿起立。

下车的人把这个地方挤得满满当当,他们只能努力扁着身体贴着车厢壁。

"到哪儿了,龙书记?"张美凤半眯着睡眼问龙莉莉。

她说:"好像是新化。"

"我们还有多远?"张美凤问。

"应该不远了。"龙莉莉说。她想看看时间,但手机没电。张美凤明白了她的意思,拿出自己的手机来看了看,告诉她:"才八点不到。"

龙莉莉说:"那就还早。"

到站的乘客终于下完了,过道上开始穿行着一些刚上车的乘客。或者像他们一样是无座票的,或者是到另一车厢关照亲戚或朋友的,他们总有各种理由不好好地坐下。周皓宇也是无座票,为找到一个不错的位置,也蹭到了这里。他的目光本来是直的,像电筒光一样晃来晃去,晃到龙莉莉的时候,就弯曲了。他冲她笑笑,决定留在这个地方了。他惊讶于龙莉莉那头齐腰的黑发,这个年代这样的长发实在是罕见,就连农村妇女都染发烫发了。

他的目光总投向龙莉莉的头发,龙莉莉给看得不自在,伸手拢了拢,就把耳机扯掉了一个。她索性把另一个也拿掉了。

"听的什么歌?"周皓宇搭讪道。

龙莉莉把没电的手机给他看看,没说什么。

"我有充电宝。"周皓宇说着拿下背包,取出充电宝给她。不知道为什么,龙莉莉看了一眼身边的张美凤。张美凤闪电般笑了一下,继而又恢复到原本的木讷状态。而她身边的儿子,比她显得更麻木。

龙莉莉充上手机的电,谢了周皓宇,说:"这站停车时间太短了,下一站我可以下去买一个。"

周皓宇说:"没关系,我这个电足,你可以把手机充满。"又说,"路上买的可不好,全是一次性的。"

龙莉莉笑起来,因为她很认同他的说法。

出于礼貌,她问他去哪里。周皓宇回答说:"去前面,就下一站。"又问龙莉莉是到哪里,龙莉莉说:"我们到贵阳。"

"你们……"周皓宇看了看她身边的张美凤和口袋,"是一起的?"

龙莉莉说:"一起的。"

龙莉莉刚说完这话,一个电话就进来了,对方一开口就气咻咻的,问她怎么一直关机。她怕接电话影响到旁人,特意走到另一个车门边才回话说,她的手机一直开着的,只是昨晚不知什么时候没了电,现在刚充上。对方是村里的同事,跟她一起到村的下沉干部,也是一位年轻姑娘,本来是有好好的名字的,但因为性子急,遇到事就沉不住气,同事们干脆都叫她"火炮妹"。

火炮妹说,临时接到通知,新书记到任,要下村检查,问她到了哪里,能不能及时赶回,赶不回,他们又该怎么办。

龙莉莉一听她急就想笑,所以笑着回道:"检查就检查吧,怕什么,新书记又不是老虎。"

那边更急,说:"你倒说得轻松,新官上任三把火,你不怕烧屁股啊?"

龙莉莉说:"工作我们努力在做,上面检查的目的,是为了让我们把工作做得更好,检查出问题,接着努力做好就是了,你急啥呢?再说,急也没用,火车又不是我开的,我想赶快就紧踩油门开飞车?"

那边泄了气,问:"那你不在,我们该咋办?"

龙莉莉说:"我不在,不还有你们在吗?"想了想又说,"我知道那位姜书记,你们不用跟他说别的,只跟他说羊。你们带他走走我们碧痕,看看我们的山坡是不是适合养羊。除此之外,你们再带他去看看娄娄的苗绣工艺厂吧,我们不是还想继续开起来吗?"

她刚挂电话,周皓宇就好奇了:"你刚才说到娄娄?"

龙莉莉点头说："是啊，难道你认识娄娄？"

周皓宇说："我的确认识一个娄娄，而且也是贵州人，但不知道是不是你说的那个。"

龙莉莉有点儿好奇了，问："你认识的那个娄娄，也是苗族吗？"

周皓宇说："是的。"他又说，"她在淘宝上开了一个店，专门卖苗家饰品……"

他的话还没说完，龙莉莉的电话又响起来了。一看是母亲打来的，便跟周皓宇歉意地笑笑，去一边接电话了。

一年前父亲死于肝癌，父亲前脚走，母亲后脚就滑进了更年期。身子弱，再加上丧夫之痛，更年期综合征一开始就差点儿要了母亲的命——有一天，她竟生出了跳楼的念头。那感觉令她十分奇怪，她明知道那是个危险的念头，而且自己也怕得要命，但那个念头就像只疯猫一样在她的心里头撒着泼，她差一点儿就给它泼得失去理智，照着它的意思做了。

从医生那里，除得到几盒价格不菲的缓释片以外，还得到了对付更年期综合征的经验：认清更年期综合征的本来面目，不搭理它。医生打了个比方，说，就像有人要恶心你，要给你不舒服，你要是生了气，就正中他的下怀了。当别人骂你，最好的办法不是骂回去，而是不搭理。你一不搭理，生气和无措的人就换成对方了。所以，医生让她在按时服用缓释片的同时，还要保持心情愉快。至于怎么才能保持心情愉快，医生又支了个招儿：多找人说话，别一个人闷着。

母亲听了医生的话，从此就变得絮絮叨叨了。白天在单位，跟同事们絮叨，晚上在家，跟龙莉莉絮叨。有时候，缓释片没起作用，睡不着了，或半夜给心烦得醒过来了，她也只能找女儿说话去。好在龙莉莉孝顺，爱听不爱听，都做出一副在听的样子。要是遇上母亲的电话，无论那会儿她是在干什么，她都会接。尤其是她二十多天前被下派到村里去以后，母亲的絮叨便只能通过电话来实现了，所以，龙莉莉随时随地都可能接到母亲的电话。

因为只顾着心情愉快,母亲打起电话来会忘记时间,会没完没了。这个电话还没完,周皓宇已经到站了。龙莉莉忘记自己手机后面还插着人家的充电宝,他跟她挥手,用唇语跟她说"再见",她也挥挥手说了"再见"。周皓宇下车后又跟她挥了一次手,她也挥了,但她依然没想起充电宝来。

母亲的电话终于结束了,她才一下子想起来。她一跺脚,喊道:"完蛋了,人家的充电宝!"

可那个时候,已经是火车离开站台五分钟以后了。

6

龙莉莉一行人紧赶慢赶,总算在深夜十一点半到了家。这个家,指的是张美凤家。这个张美凤,命也算是苦到了家。嫁个男人,男人脑子像是给牛踢过,生个儿子,儿子脑子又像是给门夹了。张美凤男人叫巴二,因为在他家排行老二。他们家总共两兄弟,可两兄弟都不争气,老大好吃懒做,老二不够聪明。老大因为好吃懒做,只好做贼,老二,也就是巴二,因为不够聪明,所以也就跟着大哥一起做贼。

关于巴二做贼,张美凤是严厉阻止过的,不得已的时候还给他下跪过。但有一次巴二狠狠地给了她一窝脚,那一脚正好踢在胸口,让她痛了整整半年,于是她再不敢阻止了。

有一天,两兄弟伙同一帮盗贼去偷县城的皮鞋厂,结果被公安一网打尽,判了十五年。

十五年后的巴二,就是上午姜国良在张美凤家门口见到的那个样子。

他身为一家之主,却在儿子成长的过程中完全缺席。张美凤一个人艰难地拉扯着儿子,日子过得比黄连还苦。偏偏儿子又不如别人机灵,就像她给他生了个木头脑子。张美凤一心想通过上学来改善他的智商,但他吭哧吭哧上到初中毕业,实在是上不动了。别人上完初中,好歹算得上是脱了盲,可他还被"文盲"苦苦拽着脱不了身。上不动学,那就出门打工吧,挣点儿苦力钱养活自己也不错。跟着村里的人,先去了新疆,后又去了内蒙古,然后就不知道去哪里了。有一天,他突然打电话回来,说他被人关在一间屋子里了,家里要是不给钱,他就出不了门。张美凤哪有钱啊?不给。不给他就挨打,就在他打电话的时候打,打给这边听。一打他就惨叫,叫的时候还喊"妈"。张美凤心痛,只好往那边打钱。以为打完钱儿子就能回来了,事实上却是让对方得到了甜头。儿子成了别人手上的摇钱树,哪有放走他的道理?要钱的电话一个接一个,儿子的惨叫声不绝于耳,张美凤在这边哭,哭完了又去借钱。她已经卖掉了猪,卖掉了粮食,卖掉了鸡,末了又背上了几千块钱债务,儿子要钱的电话却没有个头儿。她原本是个勤快人,累点儿苦点儿都不怕。但儿子这一折腾,她已经养不起猪,也存不起粮了。

她成了一个彻底的赤贫户。

别人说,她儿子是给骗去做传销了。她也不懂传销是个什么东西,只为找不到儿子和儿子为她带来的那个无底黑洞而愁苦。一有人跟她提起儿子,她就呼天抢地:何时是个头儿啊!

建档立卡的时候,村干部只在她家屋里走了一圈儿,什么都不用问,她就成了精准扶贫户。在那之后,她的房子得到了改造,儿子的事情也得到了关注。

原先这碧痕村的第一书记叫娄娄,是本村飞出去的凤凰。因为母亲腿残,娄娄大学毕业后又考了娄山县的公务员,跟着便回到了碧痕村做上了第一书记。碧痕村属苗族村落,娄娄把村里体弱多病和有残疾的妇女(包括她阿妈在内)组织起来,开了一个"苗绣工艺厂"。她大学时学的是平面设计专业,这时候正好派上用场。她设计模型,阿妈们照着加工,同时也加工传统服饰。她在淘宝和微信上分别开了两家店,专门销售她们的产品。

张美凤还能干重体力活,没有进这个工艺厂。娄娄要她种半夏,还帮她找销路。三口人的地,她拿一半来种半夏,拿一半来种粮食,富不了,但稳妥。张美凤最迫切的愿望是找到儿子,虽然她口口声声说,那不过是一个摆脱不掉的孽债。建档立卡后,她家成了娄娄的结对帮扶户,所以她把希望寄托在了娄娄身上。

娄娄很努力,她找到镇派出所,请他们按口袋(张美凤儿子)的身份证和来电号码查找他所在的地理位置。这倒是管点儿用,但查找的结果是,一会儿他在湖南,一会儿他又在广西。传销本身就是躲在社会某个角落的地下组织,仅仅查到他们在哪座城市,根本没用。比方说,你要找一只老鼠,只知道它生活在某座城市的地底下,是不够的。镇里的民警都是朋友,很乐意帮这个忙,但这种情况他们也只能拿"大海捞针"来打比方。

就这样,娄娄也没有放弃,她坚持每天抽时间百度一下关于传销的信息。这种守株待兔的办法也不是没用,终于有一天,她发现了一条消息,称"江西南昌刚刚打击了一个传销组织,其中有两名传销人员来自贵州"。她当即就查到了当地派出所的电话,要他们查一下那两名贵州人中有没有一个叫赵口袋的。一查,果然有,比对身份证,正是他。

她那天正在县里开会,当晚可以不回碧痕的。但她没等第二天,而是当即就打电话把这个好消息告诉了张美凤。两人在电话里惊喜了一场后,张美凤就说她想立马去接儿子。

娄娄非常理解张美凤的这种急切,事实上她也希望马上就把赵口袋接回来,她毕竟找了他那么久,这回总算找到了。挂了张美凤的电话,她便往赵口袋所在的派出所去了电话,说这边立即出发去接人。她看上去跟张美凤一样急切,因为她竟然订的是凌晨的火车票。

坐火车得去市里，忙完这一通已经是晚上十点多，娄娄简单收拾了一下，就急急火火赶回碧痕去接张美凤。

但那天晚上娄娄却没能赶回碧痕。

大娄山一带，春季夜间往往会生雾。那天晚上，能见度不到五米。一路上，她的"长安奔奔"只能打着双闪龟速前进。可一进通村公路，那路就弯曲而且陡峭，浓雾往往就在那些陡峭拐弯的地方可恶地遮挡着视线，娄娄心里着急，因为她得把张美凤接下山，两人再去市火车站。然而这种速度，怕是赶不上那趟火车了。要是误了这趟火车，就得等到明天中午才有第一班火车，那样的话，张美凤该是多着急呀。

心里急，她便提了速。这条路她走过无数回了，觉得自己是可以借助记忆判断路况的。可她还是在一个急转弯的地方，因能见度太低而滑下了深谷。

可恨的雾！

张美凤左等右等，过了约定的点儿也不见娄娄书记，便试着打她的电话。但那时候，娄娄已经接不了电话了。打了几遍都不见接，张美凤才想到火炮妹。火炮妹今天是在村里的。张美凤打电话问火炮妹，娄娄书记是不是在村里。火炮妹已经睡下了，听她这么问，便起床去敲娄娄的宿舍门，敲半天没人应，便回说娄娄书记没回宿舍。这话让张美凤两眼一黑，不祥之感便像浓雾一样从头笼罩下来。她告诉火炮妹，娄娄书记一个多小时前从县里开车来接她去坐火车，到现在都没到呢。

一个多小时前？原本还睡意绵绵的火炮妹立马就清醒了，像被人劈头浇了一盆冷水。

"你确定她一个多小时前就出发了？"她问张美凤。

张美凤怯怯地回："是呢。她要我赶紧收拾行李，我们的火车是凌晨三点的。我们要去接我儿子的。"

火炮妹深吸了一口气。她想都没想就挂断了张美凤的电话，她要打电话给娄娄。娄娄当然没接。她又赶紧跑到娄娄阿妈家。阿妈说娄娄不在家，去县里开会还没回来。

火炮妹傻了。

整整一分钟过去，张美凤的电话又打过来了，她颤抖着声音问："咋办呢？"

火炮妹就炸出了一声："找！"

于是，两人分别叫上了周围能叫的人，电筒、火把分两路汇集到娄娄回村的那条必经之路上。雾太大了，他们只能一边走一边喊。"娄娄。""娄书记。"可他们把那条通村公路找完了，又把通镇的那条路找完了，也没找到娄娄。火炮妹给镇长李春光去了电话，李春光又带了几个人一起寻找。镇里的车用二挡的速度，将娄娄回村必经的路走了两个来回，一些人能下去的地方，他们也打着手电穿过浓雾下到底去查看。但就这样，也还是到天亮了，雾薄了，他们才找到娄娄。

娄娄躺在谷底。躺在几块石头中间。那是石头缝间的一小块绿地，春草正绿。而娄娄，则是花的颜色。

第一个哭出来的，是张美凤。但她只哭了一声，便死死压住了声音。她的目光是那么慌乱，因为它找不到一个可以立足的地方。她紧紧地捂着嘴，将拥挤在喉咙口的哭声压住。然而她的胸口填满了内疚，泪水是怎么也没法阻止了。她担着心，担心自己不配哭娄娄，但她又无法让自己不哭。她就像一个四处都是漏洞的水桶装满了水，捂这里不是，堵那里也不是了。

娄娄说要陪她去接儿子的，可娄娄为了这件事情，人都没了。娄娄当时只在电话里告诉她，她儿子在江西，并没有来得及告诉她具体在江西哪里。娄娄订的火车票是到南昌的，也没法知道她儿子具体在南昌哪里。所以娄娄没了以后，张美凤很长一段时间再不敢提儿子的事。

她就那样，在内疚和思念的泪水里煎熬着。

这天，她的男人突然回家来了。男人给关了十五年，变化很大，她都有些认不出他来了。等终于认出他来，她才又想起，她原来是有个男人的。现在，男人回到跟前了，她不再是孤身一人面对困境了。突如其来的好运摧垮了她，她顺手拿起扫帚拨拉巴二一顿，又煮了一碗热乎乎的鸡蛋面看着他吃下，才跟他提到了儿子。

她说："娄书记帮我们找到口袋了。"

但一提娄书记，她就再没法说话。就不说了。儿子虽然已经有了下落，但她是真恨这个儿子啊！她对巴二说，等熬过娄书记的"二七"再说。

没等到过"二七"，龙莉莉接任娄娄来了。

基层工作，朴实得就像家务。龙莉莉接任娄娄，就等于从自家姐妹手上接过那碗将要送到长辈手上的饭。这之前，龙莉莉和娄娄互相并不认识，但这并不重要，重要的是她们的任务和目标是一致的。驻村干部每人都有一本工作日记，龙莉莉来到碧痕的第一件事情，就是拿到娄娄的日记本，找到赵口袋的信息。那是娄娄匆匆留在这个世界的最后一则日记，详细记录了赵口袋所在派出所的地点、联系人、联系电话。

于是，没等张美凤开口，龙莉莉便上门来了。这样一来，陪张美凤接领儿子的，就是龙莉莉了。

周以昭去见姜国良的时候已经是夜里十一点半了。他是骑自行车去的，为了快一点儿，他骑得飞快。但楼下门卫啰唆了半天，实际上把他赶出来的时间又耽误回去了。

家没在县里的书记、县长，宿舍和办公室是一起的，一个套房，外面办公，里面睡觉。周以昭到书记办公室门口的时候，姜国良正在洗漱。两人对上眼，他看书记嘴里正插着把牙刷，便试探着问："要不我明天再来？"

姜国良问："周以昭？"

他暗自吃惊："姜书记也晓得我？"

姜国良吐掉嘴里的泡沫，说："哈，你可有名啦。"他招手让周以昭进了门，自己回到洗漱间草草地漱了漱口，出来了。

周以昭在沙发上坐下。

姜国良泡茶。

"我听说你很年轻，没想到你这么年轻。"姜国良端过茶来，放在周以昭面前。

周以昭很简单也很真诚地笑笑。他知道自己有一张英俊的脸，笑起来会很甜，所以他特别爱笑。

"怎么样？被停职以后，都干啥呢？"姜国良扔了支烟过去，周以昭精准地接住了。

"写小说，造人，外加装修房子。"周以昭点上烟，没个正经地回答。

他"造人"的说法逗得姜国良哈哈大笑。

周以昭紧跟着得意："医生说了，我媳妇怀的是双胞胎。"

姜国良眼睛亮了一下，说："不错嘛，恭喜恭喜。"

周以昭说："事实证明，我这人无论干什么都会干得不错。这一年多，我写了一部三百多万字的网络小说，造了一对双胞胎，还装了房子。装房子的时候，我自己打杂工。"他的语气里明显带着破罐子破摔的无所谓和挑衅。

姜国良一下就感觉到他这种情绪了。他轻轻动了动身体，换了一个坐姿，让自己坐舒服了，才说："那就说说你。"

周以昭问："从哪里说起？"

姜国良说："怎么被停职了？"

周以昭迟疑了一下，说："这个……没人跟你汇报？"

姜国良笑笑，说："那就说说你为什么没能完成'亲情包保'工作吧。"

周以昭一皱眉，满脸憋屈了："我大哥说，搬可以，但我得补助他四十万。我哪有四十万啊，四万都没有。"

姜国良笑："那就是说，是你大哥害了你喽。"

又说："你大哥够狠的。"

周以昭摊开双手，说："大哥狠是一回事，可这事怎么能让我背着呢？他们拿不下我大哥，就把我拿下了，这公平吗？"

姜国良不笑了。书记的职业本能告诉他，不能纵容了这种不良情绪。他换了个二郎腿姿势，很严肃但又很平和地告诉周以昭："你是活该。"

周以昭几乎喊了起来："为啥？"

姜国良又笑了，那笑容甚至很慈祥，就像他眼前坐着的是一个不懂事的孩子。他说："因为你工作不称职。"

周以昭继续喊："我不称职？非要我拿四十万给我大哥摆平了这件事情才算称职？那谁给我这四十万？县政府不给，陈副县长也不给，我……"他真想来句"他妈的"，人一愤怒就会说脏话，但他忍住了。他之所以能这么泼皮，不过是仗着自己已经被停了职，谁也管不着他了。可最后他还是有所顾忌起来，因为面前坐着的毕竟是县委书记，而且这位书记看上去又像是可以倾诉的对象。

最后他说的是："我把自己卖了也凑不上四十万。"

姜国良说："工作是不是称职，并不全看工作结果，主要是看工作态度和工作立场。你没能说服你大哥搬迁是一回事，但你是不是努力了又是一回事。"

周以昭说："我努力了啊。我为这件事，嘴巴磨掉了几层皮，衣服也给我大嫂抓烂了好几件，头也给大哥砸破过两次。"

姜国良没忍住笑出声来。

周以昭等他笑完。

姜国良却半路刹了车，他着急想说话。他说："你努力去做了工作，却没有成果是一回事，但你被停职后，一肚子抱怨，又是一回事。"

周以昭说："书记的意思是，我挨了整，连抱怨都不行了？"

姜国良说："抱怨没错，如果你是一个普通老百姓的话。但作为一位副镇长，一位基层领导干部，这个时候就不该抱怨。因为你跟县政府也好，跟陈副县长也罢，是站一个阵营里的，工作目标是一致的。你若站在这样的立场上，就不会把工作失败后该承担的责任和后果认为是'挨整'。我们看问题，首先要站对立场，有了正确的立场，看问题才能有正确的方向。如果你站在一个称职的基层干部的立场去看这个问题，你就不会有一肚子抱怨，而是会多一份自省和担当，有了担当，你才能内心平和。所以我说你活该，是活该你给一肚子抱怨撑得难受。"

周以昭哑巴了。他似乎看到一缕光影，正摇曳在他满肚子的阴影中。

姜国良说："目前是脱贫攻坚战阶段，我们正缺干部，缺力量呢。你都做到副镇长了，想来已经具备了相当的基层工作经验，这种时候让你闲在一边，就是浪费生产力。可如果你认识上不去，让你回来，你也不一定能好好工作啊。"

周以昭眼前一亮，忙说："不会啊，不会啊！我怎么会不好好工作呢？这一年多，我闲得心里都长虱子了。"

姜国良没接茬。他换了一根烟，又递了一根给周以昭。认真抽了一口烟，姜国良又问："听说你是作家？"

周以昭红了脸，说："我只敢对我老婆说我是作家。"

姜国良起身从抽屉里拿出一本厚厚的稿件，放到周以昭眼前。封面上写着"大娄山羊经"几个字。

他说："我也想写一本书。但我不是作家，文笔枯燥，很希望你能帮我看看，指点指点。"

周以昭忙推："我哪敢，我也就是个文学爱好者而已……"

姜国良不说话，只认真地看着他。

周以昭说:"再说,我生在镇上,从没放过羊。"

姜国良问:"你干不干?"

周以昭怯怯地将那本文稿拿上了。

8

姜国良上任后的第一次走访,相当于摸底,得知道这个家的底子,才能当好家。他没要太多人跟着,只点名要了扶贫办主任雷江虹和县委办主任向涛。政府办主任也要去,但姜国良安排他留下来接待北京来的王秀林。宣传部部长张天伦主动跟了,又带了两名记者,总共两辆车。

雷江虹问怎么走,姜国良说,先走深度贫困村。他说:"目前,这大娄山几个贫困县里头都有深度贫困村,各有各的深度,别的我管不了,但我得知道我们家的深度。"

那就明白了,娄山县最深度贫困的村子是月亮山,其次是碧痕。月亮山属于马鞭沟镇,碧痕属于花河镇。花河镇近些,那就先到花河的碧痕,再到马鞭沟的月亮山。雷江虹就这样跟司机安排了路线。

雷江虹和向涛坐在姜国良车上,后排。大娄山这边的县领导坐车都喜欢副驾驶位置,视线好。

一上路,雷江虹就把脖子伸到前排两个座位中间的地方,很忐忑地说:"姜书记,你要有思想准备,我们县的情况真的有点儿糟糕。"

姜国良皱起眉头,把头转过来,像怕惊着了谁一样,小声地问:"是工作不到位吗？"

雷江虹说："不是工作不到位，是做不走。"

姜国良挤着眉头看着正前方，寻思着这话。

这时候，向涛来了一句："就比如月亮山吧，村民们世世代代习惯了打光脚，你给他们买了鞋，他们也不会穿的，说穿上鞋，脚就不舒服。"

向涛的语气里明显带着抱怨，他说："上面一来检查吧，连鞋都穿不起，那就不是'深度贫困'的问题了，而是'世界级贫困'。可你以为他们真买不起鞋吗？不是！可能是长期生活在大山里的原因，他们是不喜欢穿鞋。就我晓得的，月亮山好几家都有超过十万的存款，但他们就是要打光脚。"

姜国良沉吟了一声，跟着就是一阵沉默。

后面两人不知道他在想什么，也不敢胡乱作声。车，就在这种沉寂中行驶着。路还不算很烂，但窄，弯道大，也险，大家随时都要因会车或者转弯而分心。或许过去了两三公里吧，姜国良突然说话了："我看好多地方都荒着？"

这是个绝好的缓和气氛的机会，向涛及时地回答："姜书记看到的这部分荒地，属于季节性的。这一片海拔高了点儿，苞谷苗还没下地。"

姜国良长长地"哦"了一声，跟着又说："青壮年都出门务工了，留下来种地的都是些老弱，传统农业费力不讨好，没有引导他们种些经济作物，或者搞搞养殖业？"

后面两人对了一下眼，他们都想到了羊，姜书记大概又要谈羊了。

向涛说："我们做过工作，让他们种半夏、伸筋草，但大多数村民都不依教。"

雷江虹插嘴说："我们一位从财政局派下去的第一书记，就因为不让村民种苞谷，让村民一块石头砸到嘴上，门牙都给打掉了。"

姜国良沉默着。

后排两位你看看我，我看看你，忐忑气氛再一次弥漫开来。

车就这样向前行驶了一两公里，一拐弯，发现路中间突然慢悠悠走着一头黄牛，明明知道身后有车来了，它依然是一副处变不惊的样子。司机有经验，这种时候如果按喇叭，受惊后就很难保证它不回头来跟车斗。车慢了下来，跟在牛屁股后头爬行。姜国良突然间爆发出一阵开心大笑，他笑这头牛是如此从容又如此霸道。但后排的两位却从那笑声里听出了不耐烦，他们赶紧拿眼到处晃，结果向涛最先发现了赶牛的人。那家伙竟然在他们的车后头，嘴上叼着烟斗，双手环抱在怀里，一副悠然自得的样子，就好像他赶的是他们的车，而不是车前面的牛。向涛一激动就冲着他吼，可是隔着车玻璃，车屁股后面还有十来米距离，他的吼声除了把车里人的耳朵震麻了以外，对放牛的人毫无威力。那老牛郎透过车屁股看到他的嘴巴在动，还以为他是亲切地跟自己打招呼，于是也礼貌地冲车里头挥了挥手，还咧嘴笑了笑，但脚步却纹丝不乱。

这时候，姜国良也通过后视镜看到了车后的老牛郎，他要司机刹车。车刚停稳，他就下去了。他远远地伸着手迎向老牛郎，嘴上热情地招呼："老乡，放牛啦？"

那老牛郎原本不惊，车一停，惊了。再看到车里出来的人伸着手冲自己来了，就更惊了一成。听到下车的人这么打招呼，才把提到嗓子眼儿的心放回到肚子里。他"嗯嗯哦哦"，点了好几个头，把烟斗也拿掉了，全神贯注地咧嘴笑，一口烟牙暴露无遗。

"只喂了一头？"姜国良问。

"一头咯。"老牛郎笑嘻嘻答。

姜国良想敬烟，但摸了摸身上，才发现外套在车里。这时候，向涛又机灵上了，急忙掏出自己的烟递到书记手上。姜国良敬老牛郎烟的同时，后面宣传部部长的车也赶上来了。看到这种情形，也急忙刹了车。几乎是刹车的同时，两名记者就冲下车，相机、摄像机跟着就对准了姜国良。姜国良下意识地受了点儿惊，但影响不大，也没分神。他敬了烟，接着问老牛郎："养来耕地？"

老牛郎点上他敬的烟，陶醉了一口，才又太阳花似的满脸堆笑地说："现在种地少，耕地也少了，养起好耍咯。"

姜国良心里乐了一下，能把牛养起好耍，这家人应该日子过得不错吧。但他也是这时候才发现，老牛郎身上的光景并没体现出那种真正的富足来。凭着自己对这块土地这方人的了解，姜国良一下就明白面前这位老人属于哪一种人了。因着大山的包容，山民们也有着不一样的贫富观。比如，有的人养着几十只羊，却饿着肚皮，羊是一身肥膘，羊倌儿却瘦得皮包骨头，但他从来想不到可以把羊卖了，给自己身上也添点儿膘。因为羊是他的财富，是有血有肉的财富，是有体温有灵性的财富，是可以暖心的财富，视野里有它们，内心里有它们，逢年过节的，万分不舍地杀一头来过个节，比穿上新衣服还要有富足感。

这就是我们的山民，他们能接受家徒四壁，能接受衣不蔽体食不果腹，但只要有几只牲畜养着，他们就不认为自己很穷。

姜国良抱着试探的心理问老牛郎："没想过把它卖了换钱？"

老牛郎笑着说："卖了搞哪样？"

姜国良说："卖了换两头小的，一头变两头，慢慢扩大养殖。"

老牛郎不笑了，正好手上的香烟也燃尽了。于是他扔掉烟头，冲路边射了一泡口水，说："看样子，你是上面来的领导吧？我们书记镇长我都认得，你是县里来的？"

姜国良笑起来，说："我原来也是个放牛娃。"一边的宣传部部长急忙纠正说："这是我们新来的县委书记，姜书记。"

这样一来，姜国良就笑得有些讪，好像这些头衔都是他冒名似的。

老牛郎一下子就显得很严肃，他好像是突然间才发现身边有了这么多陌生人，尤其那两只大镜头让他浑身不自在。他脑子里突然变得热烘烘的，脸也滚烫起来，于是他赶紧把烟斗塞回嘴里，逃也似的追他的牛去了。

等人们都回到车里，他已经把牛赶到了路边。两辆车从他身边慢慢滑过，姜国良及手下都通过车窗向他挥手告别，他点了两下头，脸却一直绷得很紧。

9

听说新书记要来花河,镇长李春光便开车跑到边界线上等着。他是一个人来的,镇党委书记刘焕然出差,正在往回赶,估计能赶上座谈会。

李春光还很年轻,又天生胆小,今天这一个人的欢迎仪式,对于他来说压力不小。这个世上有很多人怵官,见到官就莫名其妙地胆怯,李春光就属于这一类人。如果每个人都能按天性选择职业,他是不会选择行政工作的。报考公务员,实在是因为那是一份不错的职业,事实上很多人大学毕业后都是见什么考什么,只要它还是一份职业。如果你不具备自由选择职业的绝对优势,那就只能是职业来选择你。考上公务员以后,李春光每一步都走得诚惶诚恐,但今天他最担心的,却不是自己将要见到新书记,而是无法避免另一个人去见新书记。

这人叫刘山坡,是花河松林村少有的聪明人。当然,他的聪明又并非在于他一生闪现过多少大智慧,而是在于他常用一种鄙夷口吻说别人"憨得很"。既然别人在他眼里都"憨得很",那他一定是个聪明人了。

以前,也没人发现他的聪明,是最近,人们才发现他的确比别人聪明。这些年,从"扶贫"到"精准扶贫",又到"脱贫攻坚",上头对贫困人口是越来越好。可一般人认为,这都是贫困户的事,跟自己没有关系,唯有他的想法不一样——那太阳光被树荫挡了,你还不知道走到树荫外面去?

早在两年前,他就不住松林村的老房子了。儿子跟他一样脑子灵光,所以就能在镇街上开个铝合金门窗加工店，就能买镇上的第一批商品房，还一买就是两套。自己那一套是楼上楼下，楼下门面做店，楼上住人。另一套也在二楼，两套对门对户，虽然买的时候，心里想的是自己的儿子，但儿子还在上小学，所以父母亲暂时可以享受。刘山坡老两口已经享受了两年儿子的商品房，可看到上头来了房改政策，他又拉上老伴回到老屋住了。老屋是土屋，但他贪图的并不是土屋的冬暖夏凉，而是一个"贫困户"资格。

他曾经跟儿子有过一次关于这件事情的讨论。

儿子说："房改政策都是针对那些没别的去处，住房条件很差的贫困户的，你怕是不行哦。"

他说："我那土房子都快垮了，住房条件还不差？这商品房是你的，又不是我的。我住在你这里，的确算不上贫困户，但我和你妈住回到老屋，不就是贫困户了？"

儿子说："房改补助款是必须用到旧房改造上的，你难道还真要把那老房子改好？"

他问："为啥不可以改好？"

儿子说："改它干啥，你们两老又不上去住。"

他说："住不住有啥关系，只要改好就行。"

儿子说："你眼红的是那笔钱，可如果那笔钱必须用到一间没用的土屋上，那你去争它来有啥用？"

儿子思路清晰，而且刘山坡也一直认为儿子跟他一样，是个聪明人，但这会儿他却不得不骂儿子："你是个憨的！"

他说："只要房改政策落到了我头上，其他政策也会跟着落到我头上，比如说低保。再说了，我的最终目的，还不是要把那老屋改好……"下面的秘密，他甚至害怕被老伴和那还上着小学的孙子听见，所以还要凑到儿子的耳朵跟前耳语，"而是要争取县城里头的'易地扶贫搬迁安置房'。"

因为儿子听得眼睛一亮，他受到了强烈的鼓舞，接下来的悄悄话竟说得有些发颤:"你想想啊,我那老屋都快垮了,是翻修划算,还是搬迁更简单?镇里那些干部还不知道算账?"

又说:"你再想想啊,那些贫困户不花一分钱就住进了县城,房子还宽宽敞敞漂漂亮亮的,那不等于一跟头趴下去,嘴上就咬到一块银子的事吗?我们为啥不去争取啊?"

儿子虽然觉得父亲的想法有点儿过于天真,但毕竟这个想法打动人心。反正又没自己什么事,父亲闲着也是闲着,他要去争就让他去争吧,万一他做到了呢?有了这份侥幸心理,他便不再管父亲的事了,每天只专心烧自己的电焊。

老两口住进了老屋,刘山坡便开始了充满耐性的死磨烂缠,一开始还找村干部,因为村干部说找他们没用,他就找镇领导去了。每天准时到镇政府上下班,专堵书记镇长。这样还不行,他便开始上访。而且因为他是个聪明人,所以上访也不用跑到县里或者市里去。脱贫攻坚是场硬仗,主战场在基层,上头隔三岔五就要下来检查工作,他只需注意打听谁要来、啥时候来,就可以坐在村口等着。用他的话说,这是一种最节约成本的上访。

松林村的村口,正好是花河跟邻镇的交界处,每次迎检,镇里的干部都要到这里来迎接领导。于是,几乎每一次,来这里迎接领导的都有他刘山坡。事实上,这件事情对于他来说,没有多大效果。上访完了,他的事还得由下面的干部来办,而下面的干部办事,又得实事求是。但有一点是确定的,那就是每一次他都能搅起一场风波,让镇里的领导挨上一通批,这似乎令他十分快意。久而久之,他的重心竟然有些朝着这个目的偏移,好像他的终极目的已经不再是"易地扶贫搬迁安置房",而是让下面的干部挨骂。为此,他很舍得下功夫,他会一天十二小时打听上头下来检查的消息,实在不行,他就十二小时蹲村口守着。

因为群众有上访的自由,谁也拿他没办法。像李春光这样的年轻干部,又没有这方面的工作经验,临了还希望自己的谦恭能赢得他的怜悯,早早地就跑去求他，说今天新上任的书记要下来，请他千万别去闹。为了表示自己的诚意，李春光还请他到羊肉粉馆吃早餐，还专门为他要的"全家（加）福"。他自己也说，那一海碗吃下去，他今天都不用吃中午饭了。

李春光自己的是单碗，什么都不加，最便宜的那种。少，吃起来就快，吃完他要先走人，临走时又乞求一遍："坡叔啊，你老人家今天放个假，在家好好歇着，只要你今天不去闹，明天我还请你吃'全家福'。"

刘山坡一连点了好几下头，但谁都不知道，他点头的时候却在暗自嘲笑这人的傻。他在心里说："憨的。"

李春光前脚一走，刘山坡后脚就跟上了。李春光是开车去的，他是步行。但李春光早到也没用，早到也是在村口等着。等上一会儿，他刘山坡就到了。

村口有棵大松树，不是迎客松，但一直站在村口行使着迎客松的职能。松树下生了一株刺巴笼，白刺，刺莓的一种，因为枝条上生有一层白粉而得名。但山里人不叫它刺莓，那太书面了。他们叫它刺泡儿。"泡"念平声，再带个儿化音。它开花早，到苞谷苗出土两三寸高的时候，果子就可以吃了，所以山里人又叫它"苞谷泡儿"。这种植物进化得特别生猛，枝条伸出去，梢也能扎地生根，所以这个家族从来都很茂盛。现在，刘山坡就得益于这个繁荣家族的庇护，躲在刺巴笼后面一边抽着烟，一边警惕地望着村口。

李春光不能躲在这样的地方，他得站在最醒目的地方，站在领导们最容易发现他的地方。那地方离刘山坡有二十米远，李春光一点儿也觉察不到他那边的动静。李春光有时候也会扭转头来看看，毕竟还是信不过他刘山坡，担心他最后还是跟来了。可有刺巴笼做掩护，李春光看也是白看。一想到李春光担心的事情已经发生，刘山坡就忍不住偷着乐。窃笑声差一点儿就暴露了他，但李春光听成是斑鸠叫了。旁边有片松林，松林里时常会有斑鸠叫的。

姜国良那黑色的车头刚从垭口冒出来，李春光便急忙扔了手上的半截烟，匆匆碾了两脚迎上前去了。车门一开，他便满脸恭敬地微笑着，躬身伸出了双手。姜国良一见，急忙伸手相握，并回报以礼貌的微笑。年轻人这般毕恭毕敬，他心里也蛮受用，不禁对这位年轻人多生出一份怜爱之心。跟着，车上两位主任也下来了，李春光也恭恭敬敬跟他们握过了手。再跟着，宣传部部长张天伦的车也到了，也下来握手。握完手，大家就该回到车里，跟上镇里的车往前走了。但姜国良想就地走走看看，至于去不去镇里，他倒觉得未必有那么要紧。

就这工夫，刘山坡就到了跟前。所有人的注意力都在书记这里，没有人看到刘山坡是怎么潜进人堆里来的。因为他是聪明人，所以一眼就认出了新书记。他没有呼天抢地，没有举状纸，也没有跪地磕头，而是笑盈盈地杵在新书记面前，等书记一发现自己就把双手伸出去。这是他的惯招，不管是什么领导，见了伸出来的双手，都会情不自禁地握住。一握住，他的眼眶就酸了就红了，笑容立刻灰飞烟灭，就像握手是通电，一通电他的伤心就给激活了。

"领导啊，我要上访。"这也是他惯用的开场白。

李春光想阻止已经来不及了。刘山坡如此不讲信用，令他十分窝火，明知道信用对刘山坡来说就是个屁，却还要对他心存侥幸，不禁自愧难当。他感觉胸口那里就像有成团的毛毛虫在蠕动，实在让他难受得不行，便吸着冷气闭着眼狠狠捶了两下胸脯。

那两下给姜国良看在了眼里，他当时想到的是"捶胸顿足"，一种悔不堪言的表现。那么肯定有问题喽，姜国良的眼神一下就变得冰冷如霜了。当然，当他重新面对面前这位鼻涕眼泪一大把的申冤百姓时，眼神又迅速回暖了。

他轻言细语地说："慢慢说。"

"我困难得很，可镇里村里的扶贫政策我硬是享受不到哩，这不公平！"刘山坡说。

姜国良的目光唰地转向了李春光，但他看到的是李春光一脸的委屈和冤枉。李春光过分在意礼貌和尊重，他没有抢着做什么申辩，相对刘山坡来说，那是另一种可怜巴巴。姜国良只好又转向刘山坡，要他继续。

刘山坡说："我家一间土墙房住了几十年了，看着要垮要垮的，住里头晚上睡觉都不踏实，怕垮下来压死人呢。我那婆娘，上秤一称，才五十斤。你说我穷不穷，贫不贫困呢？可'精准扶贫户'没得我，'建档立卡户'也没得我。村里家家改房子，一批二批的，'房改工程'也没得我，你说这公平吗？！"他越说越激动，越说越用力，唾沫星子喷了姜国良一身。姜国良扭头去看李春光，却又见李春光在捶胸。不知道为什么，这竟让姜国良产生了一丝反感。见书记的目光重重地落在自己脸上，李春光又赶紧哈下了腰，脸上的表情很复杂，皮肤成了猪肝色。

"李镇长心脏不好吗？"姜国良有点儿嘲讽地问。

李春光忙说"不是不是"，脸色更深了。他难堪，他无地自容，他想找个地缝儿往下钻，可他又天生胆儿小，在领导面前就是有地缝儿他也不敢钻。他的胸口又毛糙糙闷得难受了，可他把手抬起来，也没敢捶下去。

姜国良伸手到外衣口袋里掏，掏出来的是一瓶"速效救心丸"，他把药瓶递上，用的却是玩笑的口吻："要不来一颗？"

李春光赶忙摇手，又说出一长串儿的"不"来，可这一串儿"不"分明太烫嘴，说完他感觉自己的舌头都木了。

"那……你是镇长，你也讲讲嘛。"姜国良收回药瓶，尽量让自己的语气不要太重。

刘山坡这里还在擤鼻涕抹眼泪，听见这话，也打着哭腔吼："李镇长你说嘛，我从不告恶状，也给你个申诉的机会。"

李春光深吸了口气，眼睛还是不敢跟书记对视。但是，他终于开口说话了。他说："坡叔家，不符合条件。"

刘山坡猛地跳了起来："怎么不符合条件？！我房子都要垮了……"

"你房子都要垮了是真，可那明明是你早就淘汰掉不要了的！"李春光这下可是真火了，也是给急的，他一下就忘记书记还在跟前，也忘记记者的镜头还开着了。

可他火，刘山坡比他更火。刘山坡又跳又蹦，还拍打着自己的屁股，他也把眼前的书记忘记了。他说:"你们政府欺人太甚,就因为我家没有送你们吃,请你们喝,好政策就没我家的份儿……"

李春光也跺脚了,他的嗓门都变了调儿:"哪个送我们吃送我们喝了?你能说出名字来吗?有证据吗?"

眼看这架就要吵上了,姜国良赶忙制止。好的是双方都还怵着他,他一叫停,也就停了。他在这大娄山搞了近三十年农村工作,个中的复杂,岂是听吵架就能听明白的。他问刘山坡家住哪里,刘山坡说就这路上头,半坡上。他说:"那你带路,我们去你家看看吧。"

刘山坡立即带路。

一条小土路蛇行着伸向半坡,跟着刘山坡走上三分钟,就能看见生在一个僻弯处的竹林,透过竹林隐约能看到房子的影子。刘山坡说,那就是他家。

姜国良走在刘山坡的身后,总能看见刘山坡后裆上那个破口,裤缝绽线,他撅着屁股上坡的时候,就总走光。

刘山坡带着一行人来到自家院子,很得意地把他家房子一一指给书记看。瓦檐是缺的,屋脊中央还有个"天窗",这房子一下雨就是不能住人的。看墙,靠门框的地方已经残缺不堪,四周墙角还有耗子洞,而且墙面已给风雨侵蚀,看上去明显体力不支,这样的房子真是不能住人的。再看家里,饭桌是瘸子,椅子是三脚猫,除了这两样家具,再无其他拿得出手的家什了。不过,他家土灶背后有一台电子秤,玻璃台面的,很时尚,但它没被刘山坡算在家具之列。它来到他家,只为了证明一件事情,它的用途也只有一个,那得等到他老伴出场以后。刘山坡的压轴戏,是把老伴拉到众人面前。那是一个十分瘦小的老太婆,身高或许只有一米五多一点点,干巴巴的,像片腌了很久又翻出来晒了很久的腌菜。她实际上是个很害羞的人,刘山坡这样武断地拉她到人前,令她无地自容,眼皮都不敢抬。但刘山坡一定要让领导看看她,看看她瘦成了啥样。这个时候,那台漂亮的电子秤就闪亮登场了。他把秤往地上一搁,把老伴往上一提一放,电子秤就出来主持公道了——老伴只有二十五公斤。刘山坡一言不发了，他只用手指着秤上那个数字。他觉得，已经有了那个可以说明一切的数字，什么语言都是苍白的。

姜国良屏住了呼吸。

可李春光这会儿反而不像先前那么生气和害怕了。刘山坡是个好导演好编剧，也是个好演员，但不管怎么说他演的毕竟是戏。李春光看出来了，姜国良也是个好观众，是那种有耐心，能尊重演员的好观众。这样的观众最终总是要把戏看明白了，才去做评论的。既是这样，他也就不用着急了，他等着书记自己做出判断。

姜国良已经把老太太从电子秤上扶了下来，并且笑呵呵称赞了一回那台电子秤。

"这秤漂亮啊！"他说。

"在哪儿买的？"又问。

刘山坡说："我外孙在网上买的。"说着就要收秤。姜国良忙叫他等一下。

姜国良也要称一称自己的体重。他站了上去。七十二公斤。

"嗯，不错，应该很准。"他说。

又说："你两老人家倒过得蛮精细，还要随时监控自己的体重。这是对的，现代人的健康意识都强，都怕体重超标。我家里面也有一台，是老婆买的，她怕长胖。"

说着这话，他已经在屋里转了一圈。屋子不大，也就两间，一间堂屋，一间灶屋，堂屋后面隔出两间睡房，这是大娄山这一带最原始的民居标准。睡房很暗，他也没太认真看，但他闻到了一种冷清，那是长期不带人气的铺盖散发出来的气味，一种潮潮的、带着霉变的气味。姜国良经常到一些菌棚去参观，他觉得这两位老人的睡房，就像是有蘑菇正在生长发育。转身出门，他又看了看圈棚，空的，而且一看就空了好几年了，圈板都生虫了。

一回头发现刘山坡就在身后，他不禁问道："好些年头没养猪了？"

刘山坡说："养不起哇，猪仔贵，人又老了种不动粮食了。"

姜国良又在屋前屋后转了两圈，说："还是种着菜的嘛。"

刘山坡说："是要种点儿菜啊，不然农民还要买菜吃吗？"

姜国良问："一点儿别的庄稼也没种？"

刘山坡说："你看我们两老把式，能种得动地吗？"

姜国良问："小的们呢？"

刘山坡说："都在奔自己的生活，哪管得了我们呢？"

"几个小的？"

"两个。"

"都是儿子？"

"老大是姑娘，老二是儿子。"

"你老人家命好啊！"

"好啥，俩小的都没出息，都说'养儿防老'，可我们养了两个，都没人养老哩。"

"他们都在哪儿奔生活？"

"姑娘嫁出门了哇，在县里头打工，儿子在镇上哇，天天烧电焊，下苦力咯。"

一直没吭声的李春光突然说话了，他说："你为啥不告诉姜书记，你们两老其实也住在镇街上呢？"

刘山坡急忙申辩说："那是我儿子的房子，是他孝顺，怕我们两老住这老屋给活埋了，所以让我们去跟他们挤。这一天天的，孙子们长大了，早已经挤不下了。再说了，往后孙子们长大了，娶媳妇是要房子的，我们哪能长久住在里头？"

李春光开始争辩："你纯粹扯谎，我们调查过了，房子是你儿子买的不假，房产证上名字是你儿子也不假，但一开始那房子就是买给你们两老住的。你儿子买的是两套，一套给你们两老住，他们自己住着一套，根本不存在挤的问题。你目前还只有一个孙子，你儿子一家三口住着一百二十平的房子，宽敞得很。你们两老都搬到镇上住了两年了，这老房子也被你们扔在这里闲了两年，是你们贪图'易地扶贫搬迁安置房'，想用这老房子来算计政府，才又跑上来假装住住。原来这房子还没这么烂，是你为了达到标准，就自己在墙角到处乱挖，故意挖得稀巴烂。你以为我们不晓得？你两老晚上根本没睡在这里，天亮就上来，天黑就下去，跟上班一样准时，目的也不是为种菜，主要是为了制造你们住在危房里的假象……"

刘山坡又要跳脚，姜国良用一个安慰的手势让他打住了。他对李春光说："你也别说了，这事儿我会调查的。"又对刘山坡说，"我们反正要去镇里，不如到你镇上的家里坐坐，要得不？"

刘山坡还是跳脚了，他用劲地说："镇上没我的家！"

姜国良叹口气，说："那就不去。不过你放心，你的事情我一定会放在心上，接下来我们会认真调查研究……"

刘山坡嘴硬地说："不管咋个调查，我家都是赤贫户。"

安慰了他一番，又看了一眼李春光，姜国良跟刘山坡告别。但他的告别方式有些特别，他从裤兜里掏出了一个皮夹，取出里面仅有的三百多块现金给到刘山坡手上，悄声对他说："去买条新裤子。"

刘山坡有点儿尴尬，但他把钱接了。两名记者抢着要拍这个给钱的镜头，姜国良忙挥手制止。

从刘山坡家出来，李春光在姜国良身后咕哝了一句："那破裤子是他的道具，是他用剪刀故意剪的。每次逗起闹，他都穿那条裤子。"

姜国良没作声，但他暗自叹息了一声，只有他自己能听到。

因为这一插曲，姜国良没能继续往前走。他原本是不喜欢开座谈会的，坐下来听人读汇报材料，不如自己走走看看实在。他走的时候甚至也不喜欢有当地的干部陪着，他知道基层干部也都有自己的"小九九"，为了日子好过一点儿，他们往往都会把"家丑"藏着掖着。像今天这样的事情，在有心的基层干部那里是不会发生的。有一个词儿叫"截访"，有心的基层干部会把这个词儿用得很好。这李春光，明显脑子不太够用。但正因为他缺少了这份机灵，又让他多出一份真实可靠来。

姜国良照着李春光的意思，先去看了刘山坡儿子在镇上的房子。这一行到了镇街上，党委书记刘焕然也赶来了。他因为是从出差回来的路上赶来的，没能赶上去迎接姜书记，一脸的忐忑。但姜国良的心思不在这儿，没把他的解释放在心上。

刘山坡儿子正烧着电焊，来了这么多人，他也没有要停下的意思。焊光闪起来非常刺眼，姜国良他们不得不离他远远的。

不能靠近，姜国良就只能用大嗓门："老板，生意好啦？"

那儿子瞟他一眼，回头又把脸闷进面罩里说："还过得去。"

一边的刘焕然看不惯他那种怠慢，没好气地说他："这是我们新来的姜书记，你就不能先把活儿放下？"

那里还没反应，姜国良忙制止："别别别，就这样挺好。不耽误说话，也不耽误干活。"

他既这么说，那儿子也就不用考虑他们镇党委书记的建议了。人家是谁呀？刘山坡的儿子啊。自从他爹打定了主意要做一番大事业以来，像这种阵仗的造访，他已经见过多回了。他爹是他爹，他是他，这样的事对于他来说就是一种打扰，你还要他放下活儿听你说话，不过分吗？

姜国良进他店里一阵打量，又问："这一年能挣不少吧？"

刘山坡儿子说："吃饭没问题。"

姜国良笑道："老板低调啊，听说你都买了两套商品房了。"

刘山坡儿子瞟他一眼，说："也就是楼下这个门面，楼上两间住房。"

姜国良问："老的也住一起吧？"

刘山坡儿子说："老的在这里住不惯，回老屋里住着呢。"

姜国良说："你家那老屋我看了，住不了人啊，让两老住那里，你不怕房子垮了砸着人啊？"

刘山坡儿子突然抬起头来，目光如炬般瞪着姜国良说："房子要垮要砸人，那不是政府该关心的事儿吗？"

姜国良给噎在那儿了。

到这份儿上，刘山坡儿子再不搭理谁了，专心烧着电焊。

那刘焕然和李春光虚汗都出来了，赶紧请姜国良："姜书记，别跟这种人一般见识了，我们回去开会吧。"

姜国良忙说："什么这种人那种人的，他说得很对啊，村民的房子要垮要砸人，还真是该政府关心的事儿哩。"这话听上去像自嘲，但他的表情却又非常严肃。他在那儿站了一会儿，好像是为了缓解尴尬，末了又轻声叹了口气，跟那傲慢的儿子道了声"我们走了啊"，就离开了。

10

去镇政府的路上，姜国良沉默得像块石头。座谈会早安排好了，会议室里该到会的也都早早地入了座，热茶正袅袅地冒着热气。

姜国良一进会场，里头突然响起一片掌声，倒把正走神的他吓了一跳。姜国良挥手按下掌声，也示意大家都坐下，会场也就安静了下来。会议没有什么特别的地方，无非是主持会议的刘焕然再向大家介绍一遍新书记，大家再来一次掌声表示欢迎，然后就是李春光做工作汇报。姜国良一直没作声，而且一直在走神。工作汇报到中途，他突然咳了一嗓子，李春光误以为这是叫停，便乖乖停下来，等着书记发话。突然间的安静，使姜国良醒过神来，他左右看看，说:"既然都停下来了,那这工作汇报就暂停一会儿,我们先商讨一下刘山坡家的事儿。"

说着,他动了动屁股,在椅子的呻吟声中重新摆了摆身体。

"刘山坡两老者不能再住那破房子里头了。"他说。

除了李春光,镇里其他人都不知道刚才发生的那一幕,所以大家都去看李春光。李春光不可能在这个时候,再把刚才的事情跟大家解释一遍,所以接话的也只能是他。

"这个请姜书记放心,刘山坡两老每天一到晚上就回镇上住的。"他说得小心翼翼,怕吓着蚊子似的。

"晚上不在,白天就不怕?要是给风一刮给雨一冲,那房子就垮了呢?没说房子只兴在晚上垮,不兴在白天垮吧?"姜国良有点儿气不打一处来,差点儿就把面前的茶水打翻了。

李春光的脸皮跟他手上的纸一样白,他看上去已经吓傻了,再也张不开嘴。整个会场的人全都看着他,就像在警惕着他突然像一块石膏像一样瓦解粉碎。

姜国良心又软了。他放软了语气,换了一种语重心长的口吻:"不管这人多不讲理,他都是你花河的村民。他不讲理,你们也不讲理吗?"

到这份儿上,其他人也都明白了十之八九。看李春光还是一副惨样儿,坐在李春光身边的刘焕然看不下去,主动出来接话:"姜书记,你是不晓得,那刘山坡是块又臭又硬的石头……"

"注意工作方法!臭,你把他给我洗干净!硬,你把他给我泡软喽!"姜国良又激动起来。

"我们是干什么的?是为人民服务的。从来没哪个文件规定,党的干部只为'顺民'服务,而那些对我们有意见的,不听话的就不去管了。'顺民'从哪里来?不是逆来顺受的顺,不是强压下的不得不顺,而是由信而生的顺,是发自内心的顺……刘山坡这样的人有没有,当然有,除了刘山坡,我还见过李山坡张山坡,他们看到国家政策这么好,别人都得到了好处,就眼红,就希望也沾点儿光。这是好事嘛,这说明我们党的政策好,他们才想来要嘛。我们是有规矩,是必须符合条件,他不讲理,我们也跟他说不明白,但说不明白我们也要说,除了苦口婆心不厌其烦地说,还得想其他办法。他又臭又硬,啃脑壳硬,咬屁股臭不是?他为啥这样?人心都是肉长的,为啥他的心就长得跟石头一样硬?这说明我们的工作不到位。这地底下的石头硬不硬?可我们不还能炼成黄金吗?是石头我们不还能把它烧化了烧滚烫喽?老百姓的心硬说明什么问题?说明我们的工作没做到他们心坎上去嘛。"

口干了,他喝了口水。

"我在土平县经常遇到下面的干部讲,有的村民,你给他改房子的时候,让他搭个手,他都跟你要工钱。这在我们看来,实在令人费解。可你仔细一想,有啥想不通的呢?你房改工程是政府的工作,他搭手就是给你打工,为啥不能要工钱呢?你另外请个小工不也要开工钱吗?反过来再一想,如今的村民为啥会变得这么精,用干部们的话说,是不如以前朴实了。可什么叫朴实,什么又叫不朴实?在你们的概念里,听话的,你说啥就是啥的,就朴实。反过来,那有意见的,有情绪的,有自己见解的,就不朴实了。你们更习惯把这后面一种叫作'刁民'对吧?可有谁思考过,'刁民'是怎么产生的吗?这些人,难道生下来就是'刁民'?是基因遗传?不是嘛。'刁民'是你们叫的嘛。你们为什么要这么叫?是因为你们把自己跟他们对立起来了嘛。你们认为自己是干部,他们是村民,你们是官,他们是民,就有区别了,这种区别对待就会把你们带到村民的对立面,于是,顺的,你们就看得惯,不顺的,你们就看不惯了。更有过分的,以为自己是官,他们是民,心里还生出了等级差别,看村民的时候,目光不是平视前方,而是居高临下。村民要发表点儿自己的意见,就成'刁民'了?

"我们和他们真有区别吗?对于一个国家来说,你无论做多大的官,也都还是民嘛。我们做官,他们做民,无非就是分工不同嘛,怎么就分出等级来,就有了区别了呢?在座的干部们文化都很高,正确理解'为人民服务'这句话就那么难吗？我们作为基层干部，村民就是我们的衣食父母，没有他们，就不可能产生基层干部这种职业。我们为他们服务，也就是为了养活自己嘛。公务员履行公职，人民创造财富，要没了人民，你公务员吃什么？花什么？

"我们帮村民们脱贫，帮他们致富，为的不只是他们。因为只有他们富了，国家才富，只有国家富了，我们公务员也才能富嘛。我们为什么脱贫攻坚？因为人民是一个国家的主体，只有人民全面小康了，国家才体面，才富强嘛。

"把这个道理想明白了，我们的心就不会傲慢，就平和了，就不会跟村民生隔阂了。人有千千种，村民与村民之间肯定是有差异的，工作中难免遇到这样那样的人，但只要我们把心态放平和了，多站在对方的角度，多设身处地地思考问题，事情解决起来，就要好办很多。我们态度好点儿，把身段子放平了，就不会激怒对方，矛盾也就少了，小了。我们再为他们着想，帮他们办一些实事，矛盾也就化了，没有了。

"我们应该怎样做公务员，怎样跟百姓相处？我想，这里有人知道王阳明吧？王阳明在龙冈书院办学的时候，提出了'立志、勤学、改过、责善'四条学规。但在今天看来，它岂止是学规，其实也是做人的守则呀。

"我们公务员该立什么志？立为人民服务的志。勤学呢？不要以为你是个本科文凭、研究生文凭，你就不用学了。要学！向同事学，向百姓学，向每一个比你高明的人学。只有不断勤学，才能保证你的志不会倒。只要在工作，只要在做事，就会犯错误，那么我们就必须自省，必须改过。自己会有过，别人也会有过，而且我们往往看不见自己的过，别人的过却看得很清楚。这种时候，我们有可能会把指责别人当成自己的快乐，或者用指责别人来证明自己的正确。

"来的时候，我听说我们一位下沉干部，在阻拦村民种苞谷的时候激怒了村民，让人不小心把门牙都打掉了。真是悲哀呀！请问那位村民是疯子吗？嗯？有人能告诉我，他是疯子吗？"

他的目光从对面那一排干部脸上一一扫过，又扭头扫了扫自己左右两边。

终于有人回答说:"不是。"

他说:"既然不是疯子,他为什么打你?肯定是你工作方法不对引起的嘛。"

他说:"责善责善,就是教我们工作方法啊。看起来,村民是没你见识多,也有点犟,有点倔,但你得好好跟他们说话。你的话,只有他们真正接受了,才有用嘛。你若以为自己是个干部,就可以颐指气使、喝五喊六,那不就只会激化矛盾,逼他们干出极端的事来吗?"

他说:"作为一个基层干部,却被基层百姓当敌人,不是很悲哀吗?回到今天的刘山坡,你们说他又臭又硬,我觉得这话言过其实了。怎么说呢?这人跟你们对抗应该有些时日了吧?可你们说他又臭又硬,他不还没有火冒,不还在跟你们打太极吗?你们说,你们跟他讲过很多遍政策了,都没用。今天在现场,我还听李镇长一声声叫他'坡叔'呢。唉,这多好啊,李镇长能放低身段亲切地叫他'坡叔',这一点可不是谁都能做到的。依我看,刘山坡至今还没捡石头打你,就是因为这一声'坡叔'了。可虽然嘴上叫着'坡叔',心里却是对抗的,一开始就把对方当对手了,解释不完的政策,做不完的工作,甚至都有过乞求了,他还是顽固不化,然后我们就一筹莫展了。除了这些办法,真就没有别的办法了吗?"

他说:"我们要想做好官,得先做好人嘛!"

他在这里停顿了下来,像是要给人消化的时间。

但整个会场都屏声敛息,没人敢吱声。

这样,他便敲敲桌面,轻轻说了声"散会",好像这会是他主持的一样。

就在与会人员离场的时候,镇党委书记和镇长却都站在一边等着他们的县委书记。这正好,姜国良几乎是咬牙切齿地交代了一句狠的:"那房子里要出了人身安全问题,你们两个就吃不了兜着走吧!"

今天这个会,他说得太多了,散会后已经有些晚了,再去碧痕已经不现实。于是他决定先回县里,后面的走访第二天继续。他惦记着从北京下来的第一书记王秀林,人家大老远来,不论是按礼数,还是从感情出发,他都必须给王秀林接个风。

可等他赶回县城,才知道王秀林根本就没在县里逗留,直接就去村里了,连晚饭都是到村委会吃的。

11

当晚,李春光约了周以昭喝啤酒。

姜国良一行刚走,李春光也回了家。李春光走得有点儿像赌气,没跟镇里任何人打招呼,也不像平时那样关心后果。

他和周以昭是同学,从初中到高中,一直没分开过,两人还曾共租一间屋子"同居"过五年。再后来,两人都考了公务员,又一起提拔。结果周以昭栽了跟斗,李春光继续提拔,做了镇长。

这么深的缘分,两人自然是无话不说。像今天这样的事,李春光不找周以昭说上一说,他就没法睡觉。

周以昭也是好久没跟他聚过了,一听他邀喝酒,岂有犹豫之理。挂了电话,便带上老婆出门了。

跟大多数小县城差不多,娄山县也有一条夜宵街。一到晚上,这条路上全是烧烤摊,烟火气息超浓。

李春光家就住在这条街后面的某一栋楼里,周以昭和老婆到的时候,他和老婆孩子已经坐在"兄弟烧烤"那儿等着了。两家人经常一起吃烧烤,点什么菜也都不用商量了,李春光说他已经点好,正烤着哩。

周以昭问:"啤酒呢?"

李春光冲自己脚跟前努努嘴:"一箱。"

周以昭见了啤酒跟见了新娘子似的,脸上马上就灿烂如春。他伸出手,越过桌子去挑了一下李春光儿子的下巴,说:"豆豆,今天喝不喝点儿酒?"

那孩子正玩着他爸的手机,没搭理他。

豆豆才两岁半,李春光回家时间少,所以他一回家,孩子就往他怀里钻。他也乐得随时把儿子抱着搂着,搂着儿子,就等于搂着个最大的幸福指数。

但今天,周以昭还是从李春光脸上寻摸到了一丝不快的阴影。不过他没声张,而是继续逗着孩子。

他们的老婆则在聊另一对孩子,这一对孩子如今还在周以昭老婆的肚子里。

周以昭的老婆叫彭娜,李春光的老婆叫彭语,因为五百年前是一家,她们又在同一所学校教书,因此也亲如姐妹。

第一盘烤肉串儿上来,周以昭七七八八张罗了一番,喝酒的人都有了酒,不喝酒的人也有了别的喝的,兄弟俩便小心地举起那软得像尿泡一样的一次性塑料杯子扬了扬,一口干掉了第一杯。

"忙得很吗,都多久没回家了?"周以昭擦着嘴角的泡沫问李春光。

李春光还没来得及回答,彭语抢了先:"都两个星期没回来了。"

周以昭假装叹口气,开玩笑说:"这不是做镇长了嘛,忙啊!"

彭语撇撇嘴,表示很不拿他这个镇长当回事。

李春光也没看她的表情,兄弟俩又各自满上一杯喝着。

"妈的,今天我挨了新书记的批,那才叫体无完肤,到现在我还没下得来台。"李春光终于说。

周以昭睁着他那双熬夜熬得血红的毛毛眼,怀疑地问:"你说的是姜国良?"

李春光说:"不是他还有谁?"

周以昭想说什么,但又没说。

李春光感觉到了,问他:"你们认识?"

周以昭得意地说:"他昨晚就召见我了。"

李春光说:"吹死牛吧你,他召见你做啥子?你一个戴罪之人。"

周以昭拉过彭娜,要她向李春光证明自己昨晚的确跟书记在一起。可彭娜使坏,说的却是:"周以昭的话你也信,哪个晓得他昨晚跟谁在一起?"这当然都是玩笑话,周以昭也不较真,回头自己跟李春光说:"姜书记知道我是个文学爱好者,要我替他修改书稿呢。"

李春光差点儿惊掉了下巴:"不会吧?"

周以昭就得意:"你以为呢?"得意着,就从包里掏出了那本书稿。原来,周以昭早就打算来李春光面前显摆了。

李春光半信半疑地接过书稿看了看,自语道:"《大娄山羊经》?"

周以昭学舌似的重复道:"《大娄山羊经》。"

李春光干打了两声"哈哈",来了句:"这叫啥书啊?科普啊,还是小说啊?"

周以昭说:"有科普内容,但又不是纯科普。有点儿像小说,但又不能算是小说。"

李春光冷笑着说:"不伦不类吧。"

周以昭却说:"也不能那么说。"

李春光因为一只手搂着孩子,翻书也不方便,于是干脆把书稿抖得哗啦啦响,暴躁地问他:"到底算个啥啊?"

周以昭不紧不慢小心翼翼地举起酒杯去跟他碰,他只好先放下书稿,端起酒跟周以昭碰了一下。两人都灌下那杯啤酒,周以昭才说:"他写了娄山羊的前世今生。一部分属于科普,一部分又有点儿像传记。"

李春光问:"娄山羊?"

周以昭用下巴示意他看书稿,李春光翻开书稿,果然就在打印稿中看到了一些"娄山"字样的手迹。

周以昭说:"看得出来,羊的名字应该是刚刚才得到的。他那年纪的人都节约，重新打印一份稿件是浪费，所以干脆就在打印稿上直接改了。"

李春光一边翻看那些潦草的字迹，一边若有所思道："土平的羊为啥不叫土平羊，要叫娄山羊？"

周以昭说："这就是一个镇长和一个县委书记的差别了，人家有格局啊。"

看李春光神情里似有不快，周以昭又玩笑起来："人家这不来娄山县了？'羊书记'到了娄山县，羊为什么还要叫土平羊？再说了，土平不就在大娄山下？娄山县不在大娄山下？"完了他自己喝下一口啤酒润了下嗓子，又说，"大娄山下的娄山羊，这才有格局嘛。"

听他这一说，李春光虽有不快，也不得不跟上他的思路："你的意思是，'羊书记'要把他的羊也带过来？"

周以昭说："为什么不？要是我，我肯定带过来。"

李春光说："也是呢，那可是他在土平县辛苦三年搞出的最大成果。"

周以昭就又邀他喝酒，两人又咕咚灌下一杯。

李春光说："可我们县这个情况，养羊怕来不及啊。"

周以昭说："关键我们县拖后腿的，不仅仅是增收的问题。你比如移民搬迁吧，问题可大了。"

李春光玩笑道："你娃儿这是'身在曹营心在汉'啊，被停了职还想着县里的事，值得表扬啊。"

周以昭晕了一下，那是因为李春光那蹩脚的比喻。但他一时间也想不出更好的比方，便说起了别的。他说："哼哼，'羊书记'可不那么看。他可把我扎实批了一顿。"

李春光说："不批人，怎么能体现出他是领导呢？"

周以昭说："你还别说，我回去一想，还真服。"

李春光问："他批你啥了？"

周以昭说："他说我立场不对，不是一个称职的干部。"

李春光唰地劈开腿，将腿上的儿子拨到一边，靠近周以昭神秘兮兮地说：

"一个调儿！"

周以昭问："你服吗？"

李春光想都没想就说："当然不服。"

周以昭吃下一块鸡皮，说："可我怎么觉得他其实说得很有道理呢！"

李春光气呼呼地说："大道理有啥用？"

周以昭问："你是为什么挨批呀？"

李春光说："我今天还真要请教你，我们松林村那个刘山坡你还记得不？就是我前面跟你讲过的那个，以他家老伴上秤只有五十斤为名，想争取贫困户名额……"

周以昭问："因他挨批？"

李春光叫屈道："那老鬼不是爱拦路喊冤吗？今天又把'羊书记'给拦下了。"

周以昭问："然后'羊书记'就不分青红皂白把你给批了？"

李春光说："可不吗？"

但跟着又说："不过，平心而论，他那堂课上得还真有水平。"

周以昭笑，说："看来还是服嘛。"

李春光端起杯中啤酒冲他举了举，喝下。周以昭也响应着喝下。李春光清了清嗓子，模仿着姜国良的声音，将他那套"人民论"的话演了一遍，然后问周以昭："这种论调，你以前听到过吗？"

周以昭说："一个县委书记，没两把刷子行吗？"

接着，李春光又把姜国良散会前撂给他们那句"那房子里要出了人身安全问题，你们两个就吃不了兜着走吧"有声有色地学了一遍。完了，又问周以昭："你说我们该拿那老鬼怎么办？"

周以昭说："你不是刚上完一堂课吗？"

李春光不解："嗯？"

周以昭说："刚上完课，又和村民对立了不是？"

李春光不语。

周以昭笑，表示他是在开玩笑。

李春光说："刘山坡为了能争取到移民搬迁的条件，把原本已经要倒的房子挖得稀巴烂。你别说，姜书记说得有道理，我还真怕突然哪天那房子就垮了，把刘山坡那两老鬼砸一个进去，我就栽深了。"

周以昭说："怕个卵，大不了像我一样回家造人，你正好回来造二胎。"

李春光说："二胎的事，我计划等中国实现全面小康之后再说。名字我都想好了，就叫'小康'。"这本来是他跟老婆开的一个玩笑，所以说完了他还干瘪地笑了两声。

那边彭语嘲讽道："就你这样三天两头不着家，还二胎？你自己生去！"

李春光说："我不是说等脱贫攻坚收官以后吗？"

彭语撇嘴。

这当口，周以昭却毫无由头地骂了一句脏话。

李春光很费解地看着他，不知道他这情绪从何而起。

周以昭白他一眼，说："同样是热血男儿，你们在一线为脱贫攻坚的伟大战役冲锋陷阵热火朝天，我却只能站在你们屁股后面当观众，这叫啥卵事？"

李春光认真看了他一会儿，发现他并不像是在说讽刺话。这倒不稀奇，要知道这家伙自从一跟头栽下去，跟他说话就从来没认真过。这样一来，李春光反倒生出了嘲笑的心思，说："你周以昭是谁呀？是作家呀，作家关注的是人类的灵魂啊。让你去一线，不是糟蹋人才吗？"

周以昭正想说话，他老婆突然尖叫了一声。这一声可不光吓着了他们这一桌，还把挨着的几桌人都吓了一跳。原来是她肚子突然痛了一下。她可是个临近预产期的孕妇，这段时间可天天都担心着这一下呢。她小心地跟周以昭打听今天是几号。周以昭正要去手机上看日期，彭语那里已经报了，今天3月21号。彭语那里话音未落，彭娜这里又尖叫起来。肚子又痛了，而且这一次痛得要绵长一些。忙乱中，两口子对视了一眼，大致达成了统一看法：离预产期还有六天，孩子们大概想提前出来了。

这还了得，两家人都急得踢开椅子，三个大人全都来扶孕妇。彭语嫌李春光碍事，儿子又没人牵着，便叫他抱上儿子赶紧去打车，孕妇这里由她和周以昭扶着。李春光跑向路边拦了辆出租车，周以昭和彭语也架着彭娜到了，胡乱拱进车里，一溜烟儿奔县医院去了。

半小时后，彭娜已经在产房里喊叫了。里头有彭语陪着，男人们只能在过道上等。周以昭看上了过道尽头那一小块露天阳台，那里既能抽烟，又能远离彭娜那瘆人的惨叫。两人抽上烟，周以昭向李春光透露了他刚想出来的对付刘山坡的招儿。

他说："你把他那破房子给租下来。"

话虽没头没脑，但李春光稍一想，就明白他指的是什么了。他责怪周以昭说："这种时候你还惦记这事儿。"

周以昭说："这年头生个孩子不算啥，我完全相信新世纪的产科医生能把我的双胞胎顺利接生下来。"

李春光怕烟熏着儿子，换了一只手抱着。周以昭示意他放下孩子，盯着点儿就是了。李春光把孩子放下，由着他在一边玩手机。他很认真地问周以昭："那法子能灵？"

周以昭说："只要他愿意出租，你们镇里把它租下来，他就不能跑那房子里去了。他不进去，不就没安全隐患了？等这脱贫攻坚战打完，形势一换，那事儿不就拖过去了？"

李春光说："以镇里的名义去租那房子，怕说不过去吧？"

周以昭说："那就私人，你自己租。"

李春光做沉思状。

周以昭说："你不会连租那破房子的钱都没有吧？身上就没几个私房钱？"

李春光还是一副在深思的样子。

周以昭说："你要没有，我借给你，我手上有点儿稿费，还没上缴。"

李春光说:"要是刘山坡死活不出租呢?"

周以昭说:"那你就找个机会悄悄把那破房子炸了,比如在某个雷雨交加的夜晚,你将现场做成雷雨冲塌的不就行了?"

李春光脸都白了:"你娃儿写小说啊?"

周以昭说:"是你娃儿自己跟我讨教的。"

李春光说:"我是正经的,可你呢?"

正说着话,周以昭像背后中弹一样"啊"了一声,他突然想起了姜国良那本书稿,刚才一忙乱,就把它忘记了。他也没跟李春光解释,像子弹一样射出医院,奔"兄弟烧烤"去了。

12

姜国良临睡前接到通知,第二天市里临时有个重要会议,下午两点。姜国良有点儿抵触这个会,他惦记着前不久碧痕村牺牲的第一书记娄娄,他想尽早去慰问一下她的家人——那位老实巴交的父亲,和那位残疾的母亲。另一个急于想见的,便是王秀林。他去的是娄山县最穷的一个村子——月亮山。他担心的是,这位雄心勃勃从北京下来的干部,会不会受当头一棒呢?碧痕、月亮山,原本就是姜国良要下访的头两站,可有了市里这个会,这两件事就得往后推。

不过,因为通知上说这个会议非常重要,不能找人代开,他也只能先去开会。

这个消息让碧痕村下沉干部火炮妹十分开心，为了迎接新书记的第一次检查，她一连两个晚上都在熬夜整资料。这检查多往后推一天，她就能更从容一天。她曾经是娄娄的好助手，每次迎检都是她指挥准备资料的事。现在的龙莉莉跟娄娄很像，她们都不大在乎资料汇报这一块。但原先的娄娄，她火炮妹一急，娄娄也能跟着急。她跟娄娄说，不光实际工作重要，汇报资料也很重要，领导下来检查，哪能去一户一户查数据呢，肯定得通过资料了解情况。再说了，每次检查，就是追究一个是否达标的问题，达标要怎样体现，就是资料。她这样说，娄娄听，不能睡觉就大家都别睡，村两委全部熬夜整资料。可龙莉莉呢，随便你怎么说，她还是那副火烧着了脚背还不知道跳跳的样子。

既然新书记暂时不来检查了，龙莉莉便把翻看娄娄的工作日记当成了最重要的事情。娄娄的工作日记上记着村里各户人家的基本情况，每一户是什么问题，都解决到哪一步了，还存在什么问题，工艺厂的每一位阿妈的情况，都记得清清楚楚。读这本日记，她便免去了初访工作的必要，只需照着日记本上的进度去推进，就有很多事要做。

"3月5日，阳光灿烂，今天是个好日子，居然通过百度找到了张美凤的儿子，明天就去接人。对方联系电话……"

娄娄的日记本还剩下一小部分空白，龙莉莉接着往下写："3月15日，同张美凤到南昌东湖公园派出所接儿子……"

娄娄喜欢将更重要更急需解决的事情标记起来，那是一个桃心，用红笔画的，热血饱满。3月5日有两件事都被她标了桃心，头一件是张美凤儿子的事，第二件是工艺厂里一位阿妈的事："我终于意识到，会仙阿妈坚决不来厂里同大伙儿一起上班，一定是有隐情。在我看来，她身上散发出来的味道，一定不仅仅是因为她的脚背生了个大疮。切记，一定要说服她去看医生，不行就还是把医生请到她家里来……"

龙莉莉接着往下写："3月18日，迎检的事可以暂缓了，今天一定要去走访会仙阿妈……"

碧痕村生在一个偏坡上，就是山脊的一边，另一边是他们的地。人是人，地是地，由一条山脊一分为二，又是同一条山脊把人和地合二为一。因此碧痕村人出门干活不说"下地"，也不说"上坡"，说的是"过坡咯"。

坡，就意味着陡。近百户人家聚在一起，从下往上看，像摞起来的一个连体建筑，村委会在最下面，依次往上摞着近百户人家，李会仙家住最上头。

龙莉莉来报到的那天，随车带来了一辆自行车。来之前她一点儿不了解碧痕村。如今村村都通连户路了，但那连户路窄，得要驾驶技术极好的人才能开着四个轮子的车跑，她没那个胆量。那么她就想，自行车是可以的吧？有辆自行车，走访的时候就能少在路上浪费时间。可她没想到，这辆自行车刚露面，就遭到了同事们的笑话，说，你以为碧痕是县城啊？

她不信，第一天走访就骑上它。可刚出门就骑不动了，坡太陡，估计骑行运动员也坚持不了几下。末了还得推着自行车走，反倒成了负担。

要访李会仙，火炮妹就和她开玩笑："龙书记，你咋不骑车呢？她家远哩，在坡顶上哦。"

她撇撇嘴，开玩笑说："除非你在后头推。"

火炮妹不吭声了。她到底不属于那种有多能开玩笑的人，只这两句就够了。

龙莉莉开始跋涉了。

她穿了双内增高的中筒板鞋，一条阔腿裤。穿内增高是为了既保持青春亮丽，又能让人在不知不觉间增高，对于此时的龙莉莉来说，还有上坡省力的优势。

龙莉莉有一米六，这身高已经够可以了。但她的头发很长很长。那是真正的长发及腰。所以她喜欢让自己再高那么一点儿。收腰小西装，阔腿裤，增高鞋，外加一头"银河落九天"的长发，龙莉莉显得很仙。坡上总来往着一些风，一会儿东，一会儿西，闹着玩似的撩着她的头发，看上去就更仙。

才上了不到三分之一的坡，她就不得不停下来歇会儿。走热了，冒汗了，膝盖也酸得不行了。不过，更多的应该是受到了另一头长发的吸引。那头长发属于这里的一位年轻媳妇。碧痕村的女人从生到死基本上不剪发，从小姑娘开始蓄，蓄得越长越好，出嫁那天好绾。成为媳妇后，头发就再不能扎成马尾，一直到老都是绾成个髻的。

媳妇正在梳头，头微微偏着，乌发从头的一边挂下来，像一块黑绸般在她的两手间荡漾。龙莉莉看得惊心动魄，情不自禁停了下来。

人家也看见她了，停下来冲她微笑。

"梳头哈。"她说。

对方点头，回了一句"啊哈"。

龙莉莉忍不住走近她，伸手摸了摸那头发。"是要绾起来吗？"她问。

媳妇给她摸得有点儿害羞，红着脸说："嗯。"

她说："披着多好看。"

又把自己的撸给她看："像我这样。"

媳妇捂着嘴无声地笑，还笑得抬不起头来，笑完了才咕哝了一句什么。龙莉莉跟这个村庄还不是很熟，村里人要是说土话，龙莉莉就不是那么容易听懂。见龙莉莉一脸迷茫的样子，媳妇只好一字一句用了汉话："媳、妇、不、兴、披、头、发。"

说着话，媳妇已经将她那头乌丝绾成髻束在了头顶。龙莉莉打量了一番，突然来了一句："不过这样肯定凉快？"

媳妇笑道："嗯啊。"

龙莉莉突然就冒出也要绾个发髻的想法，便缠着媳妇，要她帮自己也绾一个。媳妇乐得不行，说了一大堆难懂的当地土话。龙莉莉猜想，大概意思是，她还是姑娘，不能绾发。所以她开玩笑说："我先实习，先实习。"

媳妇也不太懂她的意思，但很明显自己说那么多也是白说，这位第一书记太难缠了。就进屋拿来自己的一把小梳子，把龙莉莉的头发也绾了个髻别在头顶上。果然凉爽了好多，但龙莉莉还想看看自己绾着发髻的样子，媳妇就还得拿了自己的镜子给她。她左看看右看看，觉得很满意了，才谢过人家，继续赶路。

"我今天得先去会仙阿妈家。"她略略有点儿抱歉地告诉她。

李会仙一个人在家。

娄娄的日记记载，李会仙的老伴三年前死于癌症，膝下一儿两女，女儿嫁得远，还都贫困，她跟着儿子。但儿子媳妇都在外务工，一年到头也只有过年才在她身边待上几天。

碧痕人治病是不找医生的，找巫师，因为巫师便是他们的医生。历来如此。碧痕村的巫师叫朝纳，因为很老，所以大家都叫他朝纳阿公。朝纳阿公一生都在村里行医作法，治好过很多病，但他使尽浑身解数，也没能拿住李会仙老伴的癌症。

两年前，李会仙的左脚背生了一个毒疮。朝纳阿公说，那是撞上了脏东西，作作法就好了，所以她也就没把村干部那些用药的建议放在心上。朝纳阿公作过法也不见好，她也没太在意，一个疮而已。后来这个疮灌了脓，感染了整个脚背，导致她走不好路，她也很无奈。如果朝纳阿公都没办法，那她还能有什么办法呢？况且朝纳阿公说过，一个人摆脱不掉的东西，一定是命里注定了的。他拿她老伴的癌症没办法时，就是这么说的。

走不了路，就下不了地，跟个废人没两样。娄娄让她进厂，做手工挣钱。为了大家方便，厂就在寨子中央。说是厂，也不过是一个大家聚在一起做活的地方，实际上就是娄娄家的堂屋。娄娄的亲阿妈下半身瘫痪，堂屋也宽，把工艺厂建在自己家里，也方便照顾亲阿妈。娄娄要的都是村里的老阿妈弱阿妈病阿妈残疾阿妈，李会仙这种，当然也被她纳进了工艺厂。每天早上，娄娄一开门，阿妈们就来上班。能走的自己来，不能走的，娄娄一个一个去背。她们在这里做她们最拿手的事情——绣花。但这些绣片要做到娄娄设计出的各种各样的装饰品上，才卖得了钱。李会仙自己走不了路，娄娄也背她。但李会仙只让她背过一次，就再不让她背了。不因为别的，就因为自己身上有股味儿。

碧痕人天生害羞，不想被人嫌弃。娄娄没有嫌弃她，但娄娄那天把她背回家就一定要烧盐水替她洗疮，当晚又赶下山去替她买了药膏。说起来羞耻，她身上的味儿可不全是那个烂疮引起的，但另一个地方，是碧痕这些阿妈们自己都不好启齿的地方，现代医学把这个地方的病叫"妇科病"。阿妈们从来不认识"现代医学"，即便活在新世纪，"现代医学"也被隔离在她们的世界之外。这种病，世代被她们看成是羞耻，是见不得人的病。同时，也被约定俗成地看成是一个女人的宿命，因为生活习惯的原因，所有阿妈都摆脱不掉这种病，那几乎像她们的影子，第一次得了，便相伴终身。她们顺服于这种命运之下，轻则不把它当回事，重则尽量藏着掖着。李会仙属于后者，或许还受到了那毒疮的感染，就变得更重，重到藏不住掖不住的地步了。

她不想让娄娄恶心，更不想自己熏着更多的人，便坚决不去娄娄家堂屋了。因为这一点，她在干活上就更用心，所以不跟大家凑一起，她也能把活做好。娄娄会给她拿些出色的样品，要她照着做。然后，她就尽量做得比样品更出色。

娄娄几次提出要送她去医院，她不干。娄娄又要请医生到她家里来，她也不准。她的反对，并不是客气地半推半就，而是坚决果断地拒绝。娄娄是了解自己这些阿妈们的，知道要她们接受现代文明，得有个过程。她天天督促李会仙洗疮口，搽药膏，甚至提出过愿意帮着换洗衣服，但她不是医生，人又还相当年轻，还怀疑不到病的源头上去。她是少有的走出了碧痕，又回到了碧痕的姑娘，深知被愚昧统治的山民们有多固执又有多自尊，他们的确没有好的卫生传统，但你跟他们提脏，你在他们面前表现出嫌弃试试，他们再不会靠近你，就更别说和你交心了。娄娄不是那种没心没肺的姑娘，她细心、体贴，跟阿妈们说话总是小心翼翼，这也是阿妈们都特别喜欢她的原因。

龙莉莉进门的时候，李会仙正想着娄娄。娄娄买的药膏对她的疮是有效的，脓正在变少，脚背总发痒，她知道那是在长肉了。但娄娄走了，她的药也用完了，接下来该怎么办呢？还有，娄娄走了，也没人招呼她们做手工了，工艺厂的活早就停了，接下来她们这帮阿妈该怎么办呢？她是真想娄娄了，牵肠挂肚地想。

所以龙莉莉进门的时候，她竟恍惚以为见到了娄娄，惊喜得老身板儿一激灵。可龙莉莉是龙莉莉，娄娄是娄娄，一个大大咧咧，一个细心周到。龙莉莉一进门就问会仙阿妈脚有没有好些，药膏是不是用完了。这话刚问完，就接着问"这是哪来的味儿啊"，末了又紧盯着会仙阿妈那身衣服看。有什么好看的呢，庄稼人的衣服，哪能跟你干部的比干净？再说，李会仙自己脚不方便，衣服自然是能穿着就穿着。

李会仙不喜欢龙莉莉。

可龙莉莉像是一点儿都感觉不到。她说："会仙阿妈，你的衣服呢？"说着话，已经满屋子翻找开了。李会仙做过制止，但无奈龙莉莉根本听不懂她们的土话，白费神。龙莉莉在床上找到一套干净衣服，拿出来就硬拖着李会仙换衣服。李会仙不干，但又挣不过她，上衣算是勉强换下来了。但龙莉莉刚碰到裤子，就挨了李会仙一耳光。那一耳光算是把龙莉莉打醒了。她受到惊吓的大眼睛看到的是一张发绿的脸，原来，对面这位阿妈，受到的是更大的惊吓，一种尊严将被推倒、被摔碎的惊吓。

或许是那一耳光的原因，接下来龙莉莉的行为有点儿疯狂。她在李会仙家领教了那一耳光之后，连村委会都没进，就径直跑回家了。她原本是不爱回家的，她怕见到正处于更年期的母亲。就在前天，母亲还打电话要她抽个时间回家相亲。

在大娄山，做父母的最怕的就是男大不婚，女大不嫁。三十年前，姑娘当嫁的年龄是十八，二十年前是二十，十年前是二十二，如今是二十五，已经很宽限了。龙莉莉今年秋天就二十六了，可看上去，就像她男朋友还没在这个世上出生一样，一点儿那方面的动静都没有。更年期的母亲们一扎堆，又不喜欢聊别的，专聊儿女们的敏感问题，聊完了，那心头的潮热比更年期综合征还厉害，于是便心烦意乱地催婚逼婚，搞得儿女们把母亲不当母亲，当母老虎一样躲着。

龙莉莉的母亲算是好的，她性子弱，一辈子温言软语惯了，所以即便是更年期，她也不炸火。她是这样一个人，跟你说她很生气的时候，也用的是那种有气无力的声音，让你听不出一点儿生气的味道来。进入更年期后，她所有的唠叨，都是这样一个调子。

她说："莉莉呀，不是妈说你，妈在你这个年龄，你都满地爬了，你怎么就不着急呢？"

她说："我也晓得，你们这代人，跟我们那代人的思想不一样了，但也不能差距太大吧？我也晓得，你们都很忙，没时间去谈恋爱，可妈不是在替你留心吗？张阿姨家儿子也不错哩……"

不管是在电话里头，还是在你跟前，她都是轻言细语的，生怕声音大了吓着你似的。可正因为她的这点与众不同，倒使她显得不好对付——你都不好意思生她的气。

这次因为有事要请教母亲，龙莉莉也顾不上那么多了。

家里的情况一点儿没变，她一进家门，母亲就不高兴地来了一句："你还认得回家的路哈？"当然，照样是轻言细语的。

龙莉莉微笑一下，算是歉意。

"那我赶紧通知对方，你回来了。"母亲说着就要打电话，龙莉莉赶紧夺了她的电话，说："我可不是回来相亲的。"

"那你回来干啥？"母亲深表不解。

"我是……"她原本想说她是有事要请教母亲，但这当口她突然想起另一个更合适请教的人来。也是给急的，她竟然这会儿才想到这位在县医院妇科做护士的朋友。

她急忙拿起手机找电话号码。至于母亲，她已经忘到脑后了。她也没跟对方寒暄，直接就问老年妇女会不会得妇科病。对方给问得没头没脑，还问她为什么问这个问题，可她的思维已经跳跃到前面几条街去了。直接问对方哪天休假，说要请她到村里做一次妇科病大检查，把村里的阿妈们全检查一遍。

对方以为她是在开玩笑，在电话那边只顾笑。

她急眼了，说："你别笑，我认真得很。"

对方说："你不是在开玩笑吗？你要我利用休假时间去给你搞什么大检查，我不干。我休假都是要补觉的，你不晓得吗？"

她说："早死三年，要多睡多少觉啊，也不差那一天咯。"

那边说："可我不想早死，别说三年，连三天都不想提前。"

她说："我是认真的，我现在就去找你。"说完，挂了电话就走了，全然不顾站在她身后表情复杂的母亲。

到了县医院，她不止抓住她的朋友不放，还找到了她们的主任。她跟主任说只占用五分钟时间，但她实际上占用了主任十五分钟。她跟主任谈碧痕村，谈碧痕村的妇女，谈李会仙身上的味道，谈娄娄说到的"难言之隐"，谈她的想法，也谈到了她的条件。她说："完事我请你们全科的人吃烧烤。"

不等主任开口表态，她又蹦出了另一个想法："事实上，你们完全可以当成一次扶贫工作来做，这比你们到大街上摆一排凳子，义务给过路的人测个血糖血压的，要实际得多。"说完，她盯着主任问，"咋样，要不我再去找你们院长说说？"

这话把主任逗笑起来，主任说："还是我去跟院长请示一下吧。"

有这句话，八字就有了一撇，龙莉莉心头宽慰了好多。她当天的工作日记开头一句是这样的："会仙阿妈你就等着吧，看你敢不敢打医生的耳光。"

不过，她在这句话后面画了个开心的脸谱。

她是有自己专门的日记本的，但她决定接着娄娄的日记往下写。她来这里就是接任娄娄的，从这一点出发，她龙莉莉就是娄娄，她们不分彼此。

驻村工作日记最大的功能，就是把一件一件需要解决的事情记在上头，再一件一件去落实。娄娄一个多月前的日记上体现出她对土平县的羊产业很感兴趣，并跟村民们有过试探，问他们有没有想过养羊。而今，土平县的"羊书记"调任娄山县了，不正好是个机会吗？眼前，新书记就要下来检查工作，所以龙莉莉这天晚上的日记下面，还多了两个关键词：姜书记、羊。

13

王秀林看上去实在不像一个从北京来的人，每天早上起来，他竟然提着个箢箕捡粪。

如果说，他这辈子曾有什么时候被十万分震惊到，那就是走进月亮山这个村子的时候了。

他出生在延安的一个窑洞里，后来又是靠一个村的乡里乡亲凑钱支持，才上完了大学。在他的人生经验里，他的家乡就已经够贫够困了。在北京工作的这些年，他也常听说一些贫穷的地方，所以，贵州他并不陌生。但事实证明，听到和看到是有区别的。听，是需要调动自己的经验来加以识别的，在经验不足的情况下，想象力是有限的。看，是直观的，效果就不一样了。王秀林双脚踏进这个村子，就被自己看到的景象震傻了。即便他清楚自己此行的目的，即便他早有心理准备，也还是给震傻了。

月亮山，字眼儿里全是诗意。可是这里居住着的，是一群看上去好像没洗过脸，永远一身黑衣，还像原始人一样打着赤脚的人。王秀林他们是把车开到山脚，走了一里多山路才来到这里的。一路上来，早已经气喘吁吁，等走进村子，他却屏住了呼吸。

因为他这一表情，县委组织部部长陆枫当即便怜悯地告诉他，他还可以选择别的村。

可这件事情被他当成一种羞耻，当天晚上跟老婆通电话的时候，他很没意思地说了出来。

"他们这是瞧不起我。"他这样对老婆说。

可老婆是善解人意的,她说:"人家那是怕你吃不了苦,是体贴你。"

他说:"我当然知道他们的好意,可我为什么要选择别的村呢?我来之前就跟组织上保证过,一定要下到最偏远最贫穷的村子。这里不正好吗?"

老婆说:"既然正好,那就好好干吧。你生啊死的要下到一线,这回满意了吧?"这口吻里,自然是带着不满的。这也不怪她,王秀林跟组织上主动请缨要去脱贫攻坚一线,也没跟她商量过。回到家说起这事的时候,也并不是商量的口吻,无非就是告知一声:我可能不久就要下去了。老婆表现出不满,他还觉得她矫情。平日里,两口子聊到这类话题,老婆的表现也都是积极向上的,他从来就没想过她会不同意,所以他觉得事先跟她商量纯属多余。他到底是出生在大西北黄土高原的汉子,骨子里没那么细腻温柔,老婆不满的,也不是他要去扶贫一线,而是他没跟她商量。既然是这么小的事,在他这里就不足挂齿。至于老婆那里是不是得慢慢消化,就由着她吧。

他说:"你知道我想干点儿实事。我原本想的是,凭我的资源,我可以给地方拉进点儿项目,为地方百姓做点儿更实在的事。可这个村子是一个计划整体搬迁的村子,根本就没那种事。"

老婆也意外:"怎么给了你那么容易的一个村子?看来他们还真是为了照顾你。"

他说:"我看看再说吧,不行我就申请到另一个村,要不然,我大老远跑来干吗,享清闲来了?"

那天晚上他竟睡不着觉,月亮山这种富氧空气竟让他有些难受。他听说过醉氧,他想大概就是这种情况吧。一夜没合眼,天刚微亮他便起了床。村子还没醒来,村民们也都还在最后一个香梦中。他大口呼吸着新鲜的空气,决定到村子里走走。能见度还不是很高,他没走几步就发现脚下异样,仔细一看,踩猪屎上了。再往前走,脚下就特别小心。这一小心,才意识到那堆猪屎不是意外，事实上满村子都是猪屎牛屎狗屎。一个村子怎么能脏成这样呢，他有些想不通。

听见"吱呀"一声，前面有扇门打开了。他移步上前，就看见门前站着一位老汉，上身穿一件T恤，下身着一条夸张的阔腿裤。刚起，他正系腰带，那腰带是一条拧成一股的胳膊粗的布带，那阔腿裤是没收腰的，得用这条布带固定了，再将腰扁翻卷过来，以保证它不往下掉。王秀林不知道，这种裤子在当地被叫作"泡菜坛"。因为翻着的那块腰扁，极像泡菜坛脖子上那圈蓄水沿儿。

王秀林向老汉问"早上好"，人家也没听懂。昨晚王秀林到的时候已经是黄昏时分，除了村两委的人，别人都没能认清过他。一时间，人家还以为开门就撞上个天外来客，发了半天傻。

他说："我是刚到的第一书记，我叫王秀林。"说着，就把手伸出去。在北京，人人见面都是先握手的。

老汉看看他的手，又看看他，大概琢磨出点儿所以然来，脸色变软了，但并没跟他握手。老汉咧了咧嘴，要出门。王秀林让开，他便出门自顾走了。王秀林的目光追着他那双脚，那是一双赤脚。

这之后，村子也就慢慢醒来了，开门声相继多了起来，村子里人影儿也多了起来，鸡啊狗啊猪啊猫啊牛啊，也都伸着懒腰打着哈欠开始了新的一天。比起昨天晚上刚到那会儿，现在王秀林的视野要清楚得多，那可真是一世界的赤脚。

这两年，村子里来个干部并不稀罕，所以王秀林也没受到过多关注。那些陌生的眼神飘过来，很快就飘走了。一些好奇心强的孩子，会站下来多看他一会儿。然而因为陌生，他们也都宁可离他远点儿。小脚板飞奔起来，"啪啪"响成一串儿，竟有点儿像掌声。

倒是有几条土狗缩头缩脑地围过来，把他嗅了好一会儿。

村子生在山脊上，很随意的一个村落，房子们一些挤挤挨挨，一些又七零八落。风格倒是整齐，全都是木房，统一的吊脚楼。只是看上去歪歪倒倒的，很多地方都给风雨蚀朽了，那显然跟建筑风格无关。

村子两边的偏坡多处受伤，大多是非法采煤者留下的矿坑，少数是因为不规范开采造成的地质灾难——泥石流留下的。你实在无法相信，当人们发疯的时候，会把煤矿当野山芋一样采挖。你租个挖掘机可以挖，我提把铁锹也可以挖。你站那边可以挖，我站这边也可以挖。不是他们无知，都知道这叫非法开采，心里明镜似的。既然不是正经的矿场，也就不必太正经，比如修条路，比如矿井里的安全设施，那都是没必要的。反正地下到处都是煤矿，你站在坡上，刨开地皮，挖出煤块，那煤块就自己滚下山去了。山下是有毛马路的。原本没有，挖掘机走出来的。再往前，路就更宽一点儿，那是拉煤的卡车走出来的。

这些非法小煤窑被整治后，山下的路便被硬化了，因为沿路是有村子的，那叫通村公路。至于山体的伤痕，或许得几百年后才能恢复了。这山，泥皮薄。养活这个村落的，也正是这层薄薄的泥土。东一块萝卜，西一块土豆，因为疏于管理，也都长得不成气候。远远的山脚下能见到些鲜艳的色彩，看着似乎是几块零落的油菜田，但不知道跟山脊上这个村落有没有关系。

王秀林傻乎乎转了一圈儿，就看见一位老妪正挑着菜担子颤颤巍巍从坎下往上爬。一开始，是她的头吸引了他。那是一颗很荒芜的头，稀疏的头发被勉强地集中起来，在头顶绾了个小得可怜的发髻。因为他站在高处，这颗头一直冲着他，一下一下地向他靠近，王秀林情不自禁地蹲了下去——只有这样才不至于失敬。老妪离他已经很近了，这下吸引他的，是她那赤裸的小腿和那双赤脚。她着一条黑色短裙，上身是黑袄。说是袄，分明也是曾经的事情，现在它虽依稀还有袄的影子，但袖子和肩头这些经常会受到摩擦的地方，早已经漏洞百出了。她的脚很长，一看就是那种在无拘无束的状态下生活着的脚。王秀林觉得，那应该比他的还长。她脚下的路其实不是路，不过是一些想走捷径的人随意攀爬出来的一串儿脚窝。看来牛啊猪啊，有时候也会选择这条捷径，所以这条路上还有些牛脚窝猪脚窝，当然还有它们的粪便。老妪走得很小心，只拣干净的地方走。

她就那么一步一颤爬上来，爬上了村街子。这时候，王秀林才发现她的背很弯，像虾那么弯。她的菜担子也是粗放型，一根木棍，两个竹筐，一个筐装了几个萝卜，一个筐装了几颗芋头。老妪瞟了他一眼，他赶紧冲她笑，但她没有回应。那张皱得眉眼都看不清的脸，更像是木刻的。

她从他身边走过，那双光脚下悄无声息。

回到办公室，村主任正等他吃早餐。村主任叫大歹，月亮山人。村里有间厨房，但没有做饭师傅，平时都是谁有时间谁做饭。早餐是一碗面条，上面卧着两个煎蛋。大歹主任怕不合王秀林的口味，从把碗送到王秀林手上，他就一直诚惶诚恐地站一边看着。被看了一会儿，王秀林才感觉到不对劲，笑着问他："你为什么不吃？"大歹主任满脸堆笑，说："马上马上。"王秀林说："你盯着我，我吃起来压力大呀。"大歹主任大概没想到这一点，很抱歉，但他还是担心王秀林可能吃着吃着，会发现面里差点儿盐或者少点儿醋。王秀林不说，他就只好问了："差盐不？"王秀林说："不差。"他又问："那差醋不？"王秀林说："什么都不差，很好吃，你赶紧吃去吧。"他才吃自己的去了。

他在里头吃，王秀林在外头吃。但王秀林觉得他吃出的声音比自己的还响，受那响声吸引，王秀林端着碗去了里头。里头是他们的简易厨房，一个用压模板做的简易操作台，台上放着个电磁炉，还有个电饭煲，墙上挂了两只锅。大歹主任坐在操作台前，跷着二郎腿，正吃得欢。见他进来，忙让。王秀林也让，要他好好坐着，说自己喜欢站着吃。大歹主任免不了又得客气一番，说村里条件差，他手艺也差什么什么的。王秀林听着，却发现他碗里没鸡蛋。问这是为什么，大歹主任忙瞪着眼保证，说自己的早已经吃掉了。王秀林信了他，蹲下来同他一起吃。他开玩笑说，听着大歹主任吃面，自己吃得也特香。大歹主任把脸笑得稀烂，面渣子不小心就漏出嘴来，忙擦。

王秀林问："这些年，月亮山一点儿扶贫政策都没享受到吗？"

大歹主任说："我们村要整体搬迁的。"

王秀林问:"可不是还没搬吗?"

大歹主任说:"原来是打算第一批搬的,但这些人固执,搬不动,所以就……还没搬。"

王秀林问:"搬不动?"

大歹主任说:"搬不动。"

王秀林问:"为什么?他们难道不想住更好的房子,不想住到更热闹的地方去?"

大歹主任说:"你不了解我们,我们跟你们想的不一样。"

王秀林很认真地看了他一眼,有些不明白他所说的"我们"和"你们"。

大歹主任只好解释:"我是月亮山的人。"

王秀林问:"所以你跟他们站一边?"

大歹主任说:"不是不是,我是村委会的人。"

王秀林点了点头,表示明白这个了。但刚才的话题还要继续:"既然一时搬不了,为什么不解决一下眼前的问题?"

大歹主任问:"书记指的是啥?"

王秀林说:"比如村子里的公共卫生。"

大歹主任说:"这个没办法解决,我们的牲畜都是放养,那些牲畜是不讲究的。"

王秀林说:"那鞋呢,我们是不是应该让他们穿上鞋?连鞋都穿不起,还怎么脱贫?"

大歹主任笑道:"买了买了,他们不穿。他们习惯了光脚,说穿上鞋不舒服。"

王秀林晃了两下脑袋,大歹主任终于又说"他们"了,看看他的脚,果然,他是穿着鞋的。于是,王秀林又开玩笑了:"主任,你不也是月亮山的人吗,你为什么穿着鞋?"

大歹主任笑:"我年轻时候就出门务工去了,出门是要穿鞋的嘛。"

王秀林觉得无话可说了。这当口他的面也吃完了，他要去洗碗，大歹主任赶忙起身拦，说："我洗我洗，你一边歇着就是。"

王秀林问："我大老远从北京来，就是来歇着？"

大歹主任赶忙赔笑，说他不是那个意思。

王秀林也赶紧笑，他也是开个玩笑。

说笑间，村两委的其他同事也都到齐了。按照常规，今天早上他们该开个会，让新来的第一书记系统地了解一下村里的情况，接下来好开展工作。大家到会议室围起来，会就开始了。支书主持会议，主任汇报，完了以后，大家就你一句我一句，很随意地聊。会议最后变得这么随意，主要是受王秀林的影响，因为他后来总是想起一句就问一句，问一句就得有人答一句，就成那样了。不过，王秀林是满意的，通过这个会，他清楚了月亮山必须整体搬迁的最大原因，是前些年小煤窑非法开采给这个地方留下的地质隐患——泥石流。用村支书的话说，穷还算不了什么，关键是生命安全。村支书是位年轻小伙儿，刚上任不到半年，姓雷，名字也很响，叫雷鸣。但人却生得相当斯文，完全就是一个白面书生，而且说话声音也跟蚊子似的。听他说月亮山的人身安全问题，你一点儿都感觉不到问题的严重性。

他说："我就出生在附近的一个村子，贫困对于我来说那就相当于发小，是和我一起长大的伙伴。但第一天来到这里，我还是很震撼。我就出生在隔壁，却从来不知道这里竟然还藏着这么贫困的一个村庄，还生活着这么穷的一群人。"

他说："什么叫绝对贫困？依我看，这就是绝对贫困。"

他用他那斯文的声音说着这些话，就像跟朋友喝着茶聊着天似的。

开完这个会，雷鸣支书和大歹主任带王秀林去见这里最关键的一个人物——巫师。巫师是汉语里的一种释义，在月亮山，人们称他为迷拉。

迷拉不是随便什么人都可以做的，因为考察过程非常严格，学艺过程也相当不易，完了还要遵守很多戒条，诸如：不接触死人尸体，不能帮别人抬灵枢；平常不许说流言秽语，不许和妇女打情骂俏，黄昏后不许从寡妇门前路过；不许有偷盗、赌博行为，更不许有为匪抢劫行径；平时行为要端正，不欺负弱小，不能伤人性命等等。

这些戒条对于常人来说，守住一条两条都是不易的，迷拉能守住这么多，自然就是神人了。在这种偏僻封闭的民族村落，迷拉是一个权威的职业。他的权威，来自他的"能"。

因为长期封闭，这里的人们不知道细胞为何物，不知道疾病来源于细菌，也不知道什么是抗生素。他们相信病症是邪魔作祟，迷拉驱走邪魔便能治病。至于贫穷，他们根本就没见到过富裕，又怎么知道自己贫穷呢？

半路上，雷鸣支书对王秀林说："这里的工作难做，就在于他们并不觉醒，他们不知道自己处于一种绝对贫困，你跟他们谈脱贫，就是空谈。"

又说："还有，迷拉的话他们信，我们的话他们不信。"

大歹主任解释说："关键是绝大多数人也不懂汉话。"

雷鸣支书说："迷拉是这个村子里唯一算有点儿文化的人……"

大歹主任忙报："还有我。"

雷鸣支书笑了笑，接着自己的话往下说："所以我们做工作就得先找迷拉。"

大歹主任说："是这样的。"

雷鸣支书自嘲地笑笑，说："对于月亮山的村民来说，我们村两委这帮人就是摆设，是这个地方生出来的几棵杂木树。"

说话间，就到了迷拉家。可迷拉不在家，门锁着。大歹主任找了个小孩子打听，小孩子朝一个方向胡乱地指了指，逃了。

大歹主任说他知道了，就带着王秀林和支书往孩子指的方向走。走过几间房，便隐约能听到锣声和念咒的声音了。大歹主任说："这家阿达叫胸口痛很长时间了，我就晓得迷拉是在这里。"

雷鸣支书就给王秀林解释："阿达就是汉语里的奶奶。"

他们到达这家人的门口时，迷拉的法事刚好结束。那位阿达原本是躺在地铺上的，见他们杵在门口，便坐了起来。雷鸣支书和大歹主任都是熟人，忙上前问候。他们都是懂当地土话的，跟阿达交流起来很顺畅，但王秀林一句都听不懂。他只能根据双方的表情，猜测他们是在讨论病情，好点儿了吗？好点儿了。他暗自发笑：这能好吗？这要能好才怪。他倒是没少拿眼看迷拉，看他那一身披挂，看他那一脸神气和汗水。他想，看来驱魔是很耗体力的。

等大家一起出了门，大歹主任才向迷拉介绍王秀林："迷拉，这是北京来的第一书记，王书记。"然后又对王秀林介绍迷拉，"这是我们村里的迷拉。"

迷拉冷冷地点了点头，站了一会儿。在他那里，大概那么站一会儿，就是礼貌。之后，他又继续往前走了。

这几位便跟着。

雷鸣支书紧跟在他身后，因为迷拉走得快，他也不得不走得快一些，看上去他倒像个跟班似的。他在迷拉身后说："我们的话你可以不听，可王书记是从北京来的，你可要支持王书记的工作哦。"雷鸣支书的声音那么小，王秀林真怕迷拉听不见，但他听见了，因为他回了话。他说："光是让我听你们的话，可我的话哪个听？"

雷鸣支书说："你的话只要正确，我们当然听。"

迷拉猛然回头，雷鸣支书急忙刹车，两人差点儿就亲上嘴了。迷拉那么激动，就是为了反驳他的话："我说的啥话不正确？"

雷鸣支书说："你说的啥话都不正确。"可这年轻人原本就不够有力的那点儿气焰，很明显被迷拉吓进小腿里去了，他勉强挣扎出来的这句话，显得那么有气无力。

前面是个岔路口了，迷拉家朝上走，村委会朝下走。迷拉停下来，也是为了阻止这几位继续跟着他，他很强硬地说："你们不用跟着我，跟到天黑，跟到天边，我也还是那句话，月亮山不搬！"

撂下这硬话，他巾巾挂挂神气十足地朝上走了。这几位还杵在原地，因为一时间没人知道是该跟上去，还是该回村委会。

王秀林问:"他说的什么话是不正确的?"

雷鸣支书哭笑不得地说:"他说人搬得走风水搬不走,这里有风水。"又说,"这就算了,你猜他还说啥?'月亮山不穷。'"说完,他意味深长地看着王秀林,问,"好笑吧?"

王秀林摇摇头说:"不好笑。"

雷鸣支书尴尬地笑笑,说:"你刚才看到那位奶奶的表情了?只要生病的时候有迷拉为她作法,她就很幸福很安宁。她不要打针吃药,只要迷拉作个法,她的病就好了。这里的人们没有更高的生活要求,只要能吃饱,只要人丁兴旺,他们的幸福指数就爆表了。"

王秀林沉吟了一声,摇摇头,说:"可我觉得,你说这话也未必正确。他们的幸福指数你怎么能靠猜呢?"又说,"我们怎么能因为工作做不好,就去找些冠冕堂皇的借口呢?比如这光脚吧,明明是穿不起鞋,你们非要说那是他们的习惯,他们习惯打光脚。我也是在贫困的农村长大,我知道,即便那是习惯,那也是因为穿不起鞋才养成的习惯。再说这病吧,迷拉作作法,就真的好了?"

面前这位年轻人给他的直言不讳搞得很尴尬,蚊子一般咕哝着说:"心理疗法吧,有时候也管用。"

王秀林问:"真管用?"

大歹主任忙悄声到王秀林耳边申辩:"有些时候还真管用。比如感冒吧,有句话是怎么说的?吃药,一个周就好了,不吃药,七天就好了。那么迷拉作作法,不也是一个星期就好了?"说完,他夸张地咧着嘴笑。很明显,他因为自己在这个问题上比别人高明,得意得不行。

接着,他又把他那颗圆溜溜的头倾到另两位中间,悄声说:"这大山里的病,多是因为邪气,也就是古时候说的瘴气。比如春天吧,雨季啊,潮湿啊。比如夏天吧,林子大呀,生菌啊。再比如冬天吧,寒气啊。所以迷拉作法,也就是驱走这些邪气。你们刚才有没有感觉阿达的屋子里有种烟味儿,迷拉作法时是要点香的。"

至于为什么要点香,他又不说了,他想卖个关子。雷鸣支书也就将话扭回到了起初的道上,说:"事实上,我们最重要的是要先解决他们的脱贫和搬迁,尤其是搬迁。"

王秀林沉默了一下,说:"你们忙你们的去吧,我想去走走。"

雷鸣支书一听这话,忙对大歹主任说:"你陪着王书记,村里没人能听懂普通话,你得去翻译。"

大歹主任说:"也好,我陪王书记走一趟,不然他不相信月亮山的人是有鞋也不穿,有床也不睡的。"

王秀林还想说什么,但没说。他想,没有调查研究,就没有发言权,还是先走访一下再说吧。

那之后,大歹主任陪着他一家一户地走,还尽职尽责地当着同声翻译。月亮山近三百户人家,那天他们走到天黑才走了二十多户。这一趟走下来,王秀林的确在村民家里看到过一些鞋子,它们看上去的确也被人穿过,鞋底上有泥,但鞋面上的灰尘又说明它们已经被遗弃了很长时间。根据大歹主任的翻译,他得到的回答,也的确是穿着鞋不舒服,夹脚,磨脚趾。不光是鞋,村民们家里还有新家具,像衣柜和床。但它们同样被闲置着,衣柜里没有装衣服。以前他们是将一条绳子拉在屋里放衣服的,那样拿衣服的时候方便,现在衣服依然搭在绳子上,谁的衣服谁的裤子,一目了然。至于床,月亮山的人从来没睡过床,床铺往地上一铺,可挤一家人。所以,床也被冷落在一边,人照样在床前的地面上睡觉。根据大歹主任的翻译,说睡在床上怕孩子滚下来摔着。

王秀林本来是不相信这种情况的,但事实竟然真的如此。他越走越沉默,大歹主任却越走话越多。他告诉王秀林,虽然这里一开始就是要整体搬迁的村庄,但政府还是按补短板的政策给了他们鞋子和家具,可结果就是这种样子。看王秀林在事实面前无话可说,他倒有些自得。

天已经黑了,他问王秀林:"还要走吗,王书记?"

王秀林没好气地说："当然要走。"

大歹主任说："那也得明天了，天都黑了。"

两人就往回走。回头路竟然是要上到顶再往下走，很奇怪的路线，但的确就是这样。快接近山顶的时候，王秀林看到山顶上有两个身影，仔细一看，是一个小姑娘和一条狗。大歹主任告诉他，那小姑娘叫丙妹，十三岁了，是迷拉兄弟的孩子。前年下暴雨，月亮山发生了泥石流，把他们一家人全埋了，这孩子和这狗是从泥里抠出来的。这孩子原先并不哑，从泥巴里抠出来后就哑了。

王秀林问："她父母呢？"

大歹主任说："她父母和另外三个兄弟姐妹都没能救回来，就她和这狗活着。迷拉是她大伯，她没了家没了父母，迷拉就把她当自己的娃儿养着。"

王秀林说："天都黑了，这孩子在那里看什么呢？"

大歹主任说："县城。娄山县的县城。"

王秀林惊讶了："这里能看到县城？"

大歹主任说："看得到。一到晚上，灯一亮起，可好看啦。"

又说："这姑娘经常坐那儿看。"

王秀林朝着山顶走去。

身后有了动静，小姑娘回过了头。王秀林看清了，那是一个很漂亮的小姑娘。虽然跟大家一样，皮肤黝黑，身上又是一身黑衣，但这些都没法遮挡她的清秀美丽。

山顶上的确能看到一片灯火，在远处一个被众多山头围着的洼地，一个和月亮山隔着几座山的地方。那是一片灯海，半个天空都给它映红了。

王秀林在小姑娘身边席地坐下来，问她："想去那里吗？"

小姑娘看着他轻轻点了点头。

王秀林说："那我们搬到那里去住？"

小姑娘又摇了摇头。

王秀林回头问木桩似的大歹主任："她听懂我说的话了吗？"

大歹主任说:"她可能听懂了,也有可能没听懂。"

小姑娘没上过学。这里的孩子,绝大多数都没上过学。

第二天早上起来,王秀林就开始拾粪了。

14

从市里开会回来,姜国良已经有好几个晚上没睡好觉了。那个会上,大娄山的四个省级贫困县已经有三个宣布脱贫摘帽。这也罢了,原本就只是省级贫困县,整到这个时候才摘帽,也不是什么值得夸耀的事。关键是土平县也在这次会上宣布摘帽。大娄山三个国家级贫困县,指的是土平县、娄山县和姜国良的老家大方县。土平县刚宣布完,大方县的县委书记受了刺激,当即就主动立下了军令状。

这样一来,市委书记任有光的目光就投向了姜国良。

说实话,姜国良内心觉得吃亏极了。土平县在这个时候摘帽原本就是他的计划,他要不走,在这个会上满脸自豪一身荣光的就是他。这一点大家心里也都明白,而且也认账。那刚上任的土平县委书记张明,不当场就发表过真诚的感言吗?"土平县的今天,离不开前任县委书记、县长的辛苦和心血啊。"对于这话,市委书记、市长也都点头认可,任有光书记还当场表扬了土平县的羊产业,那可是姜国良亲自抓起来的。书记的话还很风趣:"土平县是骑在羊背上脱贫的。"

可姜国良现在是娄山县的县委书记了。虽然到了哪里,县委书记都一样大有可为，可在这个时候，在娄山，它就是一种责任，是一副不是仅有勇气就能扛得住的担子。当初市委领导找他谈话，也是这个意思。决战决胜期间，最后几百米冲刺，怎么能容人闪腰？所以，重担子一定要找腰板硬的人扛。

可再强壮的人，内心都有个"小孩儿"。姜国良这里因为被委以重任而自豪，"小孩儿"却在为他叫屈：你几年来鞍不离马，甲不离身，战不旋踵，好不容易拿下了阵地，可这时候拿在手上的却不是胜利的红旗，而是一纸调令。你原本已经可以松口气，可以戴着军功章荣归故里，可这下好了，还得去打仗，而且是恶仗。"小孩儿"用了一个很时尚的词汇：悲摧。姜国良很欣赏这个词汇的到位，但同时又不能不把它当耳旁风。

姜国良向来以处事冷静而著名，不能听的，他从来都当耳旁风。

市委书记的眼神，像两块秤砣悬于姜国良脑门之上，这是希望他最好也能下个保证。可姜国良哪敢随便下保证呢？任有光自己也说了，娄山县还落后得太远。可任有光同时还说了，今年九月底全市都得摘帽！

任有光直接点名说："姜国良，你可不能拖后腿啊！"

姜国良甚至都不敢看任有光的眼睛。那时候，他的手机在文件袋里一直亮个没完，透过塑料袋，他看到是老婆李青的电话。他当然不能接电话。但能猜到电话是因为老母亲的病，几天前老婆就告诉过他，老母亲又喊肚子不舒服了。在大山里生活了大半辈子的老母亲常年多病，今年耳朵又听不清楚了。姜国良从大山里把老人家接出来，原本是想让她来享福的，可事实上，她来到他家以后，他根本就顾不上她。李青倒是贤惠，可她自己也每天朝九晚五上着班，女儿又正处于青春期，叛逆得厉害，虽每个周末回家待两天，但母女基本上一张嘴就呛起来。这老啊小的全交给李青一个人，她也难免有吃不消的时候。吃不消她就要求助，况且像婆婆生病这样的大事，就必须要让丈夫知道，而且最好是他拿主意。

那个会一直开到晚上七点，会后任有光又把他叫到了自己办公室。这里没有别人，书记不用给他面子，直接就批评他在会上那种消极萎靡的态度。娄山县原本就属于脱贫的重点区域,现在是重中之重,八万贫困人口等着脱贫,任何人都不能拖"全面小康"的后腿。这种情况下,要的是冲锋决战的激情和劲头,可他姜国良却是一副垂头丧气的样子!

没办法,姜国良只能咬着牙跟书记表了个态:"请组织放心,娄山县不会拖后腿。"

任有光盯着他问:"你能保证吗?"

姜国良略顿了顿,说:"我保证。"

任有光长吐了一口气,说:"那就等你的好消息。"

书记也是这才想起该吃晚饭了,他邀上姜国良一起往食堂走,可半路上姜国良说有事,便没去吃饭。他得给老婆回个电话,不管怎样也得问问老母亲的情况。

李青没生他的气,习惯了。接电话也不啰唆,直接告诉他,老母亲已经住院,急性阑尾炎,此时正在手术。老母亲年纪大,身体又弱,手术风险很高。李青给姜国良打电话,正是因为这个,毕竟是他的老母亲。即便他不在身边,也得拿个主意。姜国良真是无名火烧,这种时候,老母亲怎么又闹起这出来呢?可火归火,更多的还是心痛,是内疚。不管多大,不管离母亲有多远,都有一根无形的脐带,在他和母亲之间牵绊着。姜国良一边跟老婆打着电话,一边做出了决定:天塌下来,今晚也得去看望老母亲。

司机小刘躺在车里打瞌睡,见他来了急忙起身打火。他还没进车,就告诉小刘:"去土平县医院。"

小刘有点儿受惊:"去县医院干啥?"

姜国良说:"老娘在县医院做手术。"

小刘再没敢吭声,立即出发。

市里离土平县一个半小时车程,等他赶到县医院,已经晚上九点半了。老母亲的手术早已经结束,手术很顺利。老母亲很争气,原本担心的风险问题,一点儿都没在她身上发生。姜国良想哭——老母亲真是太让人省心了。

或许是手术后太虚弱,老母亲越发显得瘦小了,她窝在病床上,只占了一个十多岁孩子能占的地方。李青就坐在床尾,把床头的椅子让给了姜国良。姜国良轻轻抓过老母亲的手,拇指在那些生有老年斑的地方摩挲着,老母亲就醒过来了。看清是他,老母亲一点一点笑开来:"回来了?"

老母亲自从耳朵不好使了,就不大爱说话,但今天看上去她却特别想说。

姜国良把嘴伏到她耳朵边说:"回来了。"

老母亲一直在笑,但因为身体虚弱,那笑容竟是那般无力,似乎来一点儿风,就会给吹没了。她说:"我以为,这回要去阎王那里报到了。"

姜国良说:"你老人家寿数还没到,阎王不收。"

正说话呢,电话又进来了,一看是副县长陈晓波打来的,便知道是种草的事。姜国良都没想到要跟老母亲解释一下,便出门接电话去了。

果真是种草的事情,他请的陈耀博士到了。那陈博士又是个性急之人,一听陈晓波跟姜国良通上了电话,便把电话抢了过去,在那边直喊姜书记呢。姜国良说:"没想到你这么快就到了。"陈耀说:"你姜书记一声召唤,我还不跑快点儿?"姜国良问:"你走走娄山那些地方没?"陈耀说:"走了走了,我一进娄山就上山了,今天一整天,我都在爬娄山的山哩。"姜国良问:"怎么样?"陈耀说:"好得很,好得很。"一听说好得很,姜国良便脚板痒痒了,他说:"你等着,我马上就赶回来。我们今晚一定好好谈谈。"

挂了电话就转身去跟老母亲请假:"妈,我又要走了,你听医生的话,好好养着哈。"

老母亲脸上露出失望,问道:"你到底做哪样,那样忙啊?"

他说:"你儿在打仗哩。"

老母亲问:"打仗啊?打的是哪个?"

他说:"贫穷,你儿打的是贫穷。"

李青原本也不高兴,听他这么诌,忍不住笑起来,说:"行了行了,要走就快走吧,妈有我守着呢。我算是前辈子欠了你,这辈子是在还债呢。"

姜国良一边拿包一边解释:"关于羊的事。"

李青说:"羊是你前世的娘,今世的娘就交给我管吧。"

那他还等什么呢,飞身就往外走。没想到在病房门口,跟迎面进来的小刘撞了个满怀。小刘提着两碗粉,他们俩都还没吃饭哩。姜国良说:"车上吃,车上吃。"说着这话,已经风风火火朝前走了。小刘只好跟上,粉汤泼了也顾不上那么多了。李青追出来,冲着姜国良飞奔的背影喊:"有事我给你打电话,你可千万要接啊!"

姜国良没有停下,他只是草草地"唔唔"了两声。

上了车,他吃上粉,才想起小刘开车是没法吃粉的,于是他问小刘:"要不你先吃了我们再走?"

小刘说:"没事,我不饿,到了再吃。"

姜国良觉得也行,就没再提这个话题。吃完粉,又给陈晓波打了个电话,问把客人安排在哪里了,说他已经出发了,让陈博士稍等一下。然后,就冲小刘说:"你把车停下,换我来开,你吃粉。"小刘没停,说:"不用不用,我真不饿。"他说:"不饿才怪!再说了,一个半小时后,粉已经烂了还怎么吃。"看他很严肃,小刘停了车,和他换了座位,自己坐副驾驶吃粉,车由姜国良来开。姜国良开得比他快,他担着心,想说又不敢说,只好三两下把那碗粉倒进肚子,告诉姜国良他吃完了。姜国良停下车,回到自己的副驾驶位,说陈博士在那边等着呢,要小刘把车开快点儿。

小刘一声没吭,但车速的确比先前要快。

15

那晚,姜国良跟陈耀博士聊到深夜。

土平县跟娄山县,生在同一条山脉上,地质情况完全没有差别。既然土平都能骑在羊背上脱贫,娄山为何不能骑在羊背上小康?今年,土平县全县人工种草近五十万亩,羊存栏近六十万只,肉羊基地就八十八个,种草养羊覆盖全县十四个乡镇两万户人家,养羊户创收总额超过四个亿——土平县可不仅仅是脱贫摘帽,而是正在欣欣向荣。

姜国良跟羊的缘分,是从他年少时结下的。生活在大山深处的人家,除了会养头牛来耕地以外,同时还会养一两只羊。不管平时生活过得多紧巴,到了过年的时候,杀上一只羊,一个春节就都是富足的了。这就是为什么他当上县领导后,会想到用养羊来为老百姓脱贫。他了解大娄山,了解这块土地。这块土地很贫瘠,不出庄稼,但养草却是可以的。

一开始,他走的是发展本地山羊的路子。但本地山羊个儿小,产值不高。后来又引进,但引进的羊却又时常发生水土不服的情况,稍有不慎就会造成损失。于是他开始寻思,能不能培育出一个完美的杂交品种,既适应大娄山的水土,又能供应优质高产的羊肉?

在土平县任县委书记那三年,他便专心致志地做着这件事情。陈耀便是那时候他当特殊人才引进的,两人一起研究了三年的羊,早已经是老朋友了。

老朋友,老话题,两人一聊就聊到了凌晨三点钟。后半夜姜国良睡不着,陈耀也没睡着。但陈耀就只想羊和草的事，姜国良却端着全县的盘子，得想全县的事。娄山县前期可以规划十万亩草场，铺十万只羊，等到第二期再规划二十万亩草场，铺二十万只羊。但几个月时间，羊是没法让娄山县摘帽的，长不了那么快。关键是娄山县还有移民搬迁问题，月亮山的问题……对了，得去看看北京来的第一书记，还有碧痕牺牲的那位第一书记娄娄……那孩子，一个月前还往土平县公开的书记邮箱写过一封邮件，跟他借羊呢……

思绪来到这儿，姜国良干脆翻身起床打开电脑，找到那封邮件，又看了起来：

敬爱的姜书记，您好！我是娄娄，娄山县碧痕村的第一书记。我知道一个外县的第一书记贸然给您写信很唐突，但我又无法说服自己不写这封信。我们碧痕生在山坡上，全村找不到一两块整齐的庄稼地，传统农业在这里没法承担起让村民摆脱贫困的重担。您这些年在土平县搞羊产业，使土平县村民脱了贫致了富，这是人人皆知的。土平县跟娄山县，同生于一条山脉，地理环境没有差别，所以我想，如果土平能养羊，我们娄山为什么不能养呢？给您写这封信，就是希望能得到您的关注，我想，您或许可以在一个恰当的时候跟我们的书记县长提提建议，或者，我们碧痕村先跟您借一批羊来试养……

姜国良看得眼眶发酸，眼前模糊起来。他仰靠在椅背上，望着天花板长叹一声："这孩子可惜了！"

16

　　花河街上那家羊肉粉馆很有名。它甚至没有挂个正经的牌子,但煮的是正宗的本地黑山羊肉,粉也不是普通米粉,而是零添加的红薯粉。花河离县城不近,三十多公里路哩,可县城的吃货们都知道这家羊肉粉馆,馋了就开车跑到这里吃上一碗。

　　因为是"羊书记",姜国良一来到娄山,自然就有人跟他说过这家羊肉粉馆。"羊书记"、羊肉粉馆,是有关联的两个词汇,更何况这家羊肉粉馆还远近闻名。尤其,作为花河镇的书记、镇长,花河能让他们骄傲的东西也不多,所以这家羊肉粉馆也得算上。

　　姜国良第二天要到花河的碧痕,刘焕然和李春光当晚就请示了他:姜书记是不是可以来我们花河吃早餐,就吃我们的特色羊肉粉?

　　姜国良当然就同意了。

　　早早地,李春光和刘焕然就到羊肉粉馆去张罗。他们跟店老板说,今天早上县里的姜书记要来吃粉,得留出一张桌子来。

　　这家店生意兴隆,一般情况下座位都不够坐,往往是座位坐满了,能蹲的地方还蹲满了人。所以,要是不留座位的话,怕姜书记他们来了就没地方坐了。

　　店老板一开始也同意,但等了一会儿,也不见领导们来,客人们又对空着位置不让人坐有意见,便悄悄使个眼色,让大家过去坐了。那书记、镇长想拦呢，店老板就说："领导不是还没来吗？来了再让大家让吧。"

这话你想反对都找不到理由呢，也只能这样了。

可话不离口，姜国良一行就到了。他也没带多少人，就秘书小陈、司机小刘，加上他，三个人。预留的座位给人占满了，无座的地方还站满蹲满，他们这一来，别说坐，就连站的地方也没有。李春光和刘焕然急忙喊店老板赶人，说快给姜书记找个位置。

店老板同时也是大厨，手上忙着，脸上笑着，嘴上喊着打杂的："赶紧给几位领导安排个坐的地方。"

可雷都不打吃饭人呢，那坐着的都正吃得热烈，怎么好意思赶人呢？"民以食为天"，只要他们正吃着饭，就别想有任何事情能分他们的心，是不是有领导来了，是哪个领导来，他们根本不感兴趣，或者说他们根本听而不闻，视而不见，因为他们正做着一件天大的事——吃饭。

好在姜国良看上去并不在意是不是得有一个位置等着自己，他一看生意这般火旺，还莫名地高兴。一上来就直奔店家的灶台，要看是什么羊肉。而他偏偏又是个行家，一看一闻，就知道是黑山羊肉。

"本地黑山羊！"他赞叹道。

店老板看上去有些受宠若惊，两眼亮得跟灯泡似的。他说："领导识货啊！"

姜国良笑道："哈哈，我养羊的啊。"

店老板说："领导要是养羊的，那我们就该是羊了。"

姜国良哈哈大笑，夸他说话幽默。

那边刚好有个人吃完了，腾出了一个位置，李春光一屁股占了，刘焕然便赶紧过来请姜国良。姜国良回头看了一眼，说："李镇长坐着就让他坐着吧，我这里再跟老板聊会儿。"话还没说完，李春光便赶紧抬屁股让开了，那本来就是专门为姜书记占的，他可没有敢坐的意思。可他屁股刚抬起，就被别人占了。那是一个妇人，朴实得像蒿草一样的妇人。李春光和刘焕然都很无奈。

姜国良却没注意到这个，他还在跟店老板聊羊，他说黑山羊个儿小，肉少，养这种羊意思不大。他说今后娄山会发展"娄山羊"，个儿大，肉又肥又香。店老板一边操着勺，一边还得听他说话，有时候就跟不上他的节奏。好半天了，店老板才对姜国良说："但是黑山羊香。"

姜国良还想跟他说娄山羊身上也有黑山羊基因，但店老板已经在喊："领导们的粉好了哈！"

李春光他们都争着来替姜国良端粉，姜国良自己端了一碗在手，那一行人又急忙给他开路，小刘那里又占着了一个位置，姜国良赶紧过去坐下。

正好他对面那人吃完了，那人走开，李春光看刘焕然也在另一边坐下了，便赶紧坐下吃粉。姜国良看他们这一伙要么坐，要么蹲，要么站，都吃上了，便开吃起来。

"这粉还真不一样。"他称赞道。

李春光说："肉和粉都是地道的土货，所以不一样。"

姜国良突然就想起刘山坡来，问李春光："刘山坡那事怎么样了？他今天可没来拦路喊冤。"

李春光说："他今天大概是不知道您会这么早来。"

姜国良看看手机上的时间，又看看店里的拥挤，说："时间来不及，不然请他来吃粉，跟他吹吹牛。老两口还住那老屋里？"

李春光说："他们从来就没住进去过。"

姜国良想想，记起李春光说过老两口像上班一样朝九晚五。但他还是担心白天："那白天他们不还在那里吗？房子要是白天垮呢？"

李春光说："他们白天也都不进那房子的，因为他们也怕垮。平时只有领导要实地查看那房子，他们才会进去。那房子就是他们的道具。"

姜国良有些不高兴地问："你们怎么知道他们平时不进那房子？"

李春光说："他们在房子旁边搭了个窝棚，白天多数时间都待在窝棚里，我们特别注意观察了，老两口多数时间都在窝棚里玩大贰。"

姜国良把眉毛挤成一堆:"玩大贰?""大贰"是大娄山一带的土牌。

李春光说:"玩大贰。"

姜国良把眉毛放松下来:"他老伴也会玩?"

李春光说:"早先可能不会,但刘山坡为了能有人陪他打牌,肯定得把她教会。"

姜国良哈哈笑起来。笑完却又认真地说:"这说明什么?说明刘山坡想要的不是房子。"

李春光傻傻地看着姜国良,显然他还不完全明白书记的意思。

姜国良吃下一口粉,说:"我们的目标是'一收入两不愁三保障',对吧?可这个'愁'字,我们可不能仅仅只往吃穿上想啊。刘山坡愁吃吗?愁穿吗?可他为什么依然还来找政府要帮扶呢?"话到这里,他停下来认真想了想,他想到了一个好比方。他问李春光家有兄弟几个。李春光说,两个。他点点头说:"这就是了,在一个家庭里,父母要是仅仅在吃穿问题上保证孩子们的公平,是不够的。兄弟吃一样了,穿一样了,可他们的心不一样。有一种孩子,天生内心就强大,你可能不用太操心,但那种内心脆弱的孩子,则需要你更多地关注他的内心。这种孩子在冷的时候最需要的不是你给他一件衣服,而是一个动作,是把他搂进怀里,用你的体温为他取暖。"

他说:"刘山坡就是这种孩子。"

他说:"他需要的不是政府的房子,也不是帮扶款,他要的是政府的关爱,是他寂寞空虚的时候,能迎来政府的目光,或者是一个抚摸。我们试着想想啊,人老了老了,又不愁吃不愁穿不愁住,不需要为生计辛劳了,精神是不是最容易空虚?再加上儿女大了,各自忙着各自的生活,谁都顾不上他了,他还不更加空虚……"

正说着,周皓宇突然出现了。

那家伙太洋气,出现在花河这样的乡场上自然是很打眼,就像你在一堆土豆里看见一块芝士蛋糕。他骑了一辆从县城里租来的摩托车，车屁股上坐的是他从半路捡来的老太太。老太太背着一背篓菜，怀里还抱着一只鸡，是到花河来赶集的。

看这地方有吃的，周皓宇刹了车要老太太自己去赶集，他说他要先吃点儿东西。把老太太扶下来，才又想起问老太太要不要吃东西，说他请客。老太太羞红着脸又是摇手又是摇头，还连声道着谢。周皓宇说："是我要谢您呢，您给我指路呀。"这话说完了，老太太已经走远了。

周皓宇进门叫了粉，便冲着满屋子的人问："这里有人要去碧痕村吗？有的话搭我的摩托车，顺便给我带下路。"

不管是他那城市人的模样，还是那一口普通话，都蛮引人注意的，几乎所有人都做出了回应，当然，不过是看了他一眼而已。

真回答他话的，只有姜国良。"小伙子要去碧痕？"他问。

周皓宇说："是的，你也要去吗？能不能给我带个路？很奇怪，那地方连导航都找不到。"

姜国良说："我的确要去碧痕，也可以为你带路。"

那会儿他对面又空了个位置，周皓宇想都没想便在那个位置上坐了下来。

他说："太好了，那我跟在你们的车后面。"

姜国良问："你怎么晓得我有车？"

周皓宇说："直觉吧。路边那车一定是你们的了。"

姜国良问："你去碧痕干啥？"

周皓宇说："找个朋友，我们失去联系有一阵儿了。"

周皓宇的粉上来了。

姜国良问："这朋友是碧痕的？"

周皓宇一边搅粉，一边说："碧痕的，不知道你认不认识，她叫娄娄。"

姜国良把自己的舌头咬了一口。

17

都吃完粉，姜国良让周皓宇把摩托车寄放在羊肉粉馆，上了他的车。冥冥中，一些事情总是很神奇，这小伙子一出现为什么就引起了他的注意，或许正是因为他是来找娄娄的。

上了车，姜国良告诉周皓宇，他姓姜。

周皓宇也说："我姓周，叫周皓宇。"

坐他旁边的秘书小陈赶紧补充道："这是我们县委姜书记。"

周皓宇说："我猜也是。"

姜国良笑起来，说："你猜的是啥？"

周皓宇也笑，说："我猜要么是县委书记，要么是县长。"

姜国良笑着回过头来，说："可多数人都以为我是羊贩子，还有人以为我是兽医。"

周皓宇笑出声来，说："怎么会？！"

一边的小陈说："主要是因为我们书记太朴素，下去检查工作又太实在……"话没说完就给姜国良打断了，他让周皓宇讲讲和碧痕这位朋友是怎么认识的。周皓宇说，他认识娄娄是因为他在网上买了一件苗族服饰，卖家就是娄娄。他买这件服饰，是为了送给他的俄罗斯女友做生日礼物。

几年前，周皓宇的父母在俄罗斯租地搞蔬菜种植，他当然也就一起到了俄罗斯，在那边上学。大三的时候，他有了女朋友。为了能在她生日那天送她一件非比寻常的礼物，他想到了中国的民族服饰。于是他上了淘宝，在一家叫"娄娄苗饰工艺品"的店铺前停了下来。这家店铺的服饰看上去并不十分精美，甚至也没有漂亮的模特儿展示，更没有直播这一类的新事物。但它有诗。每一件宝贝的展示台上都有一首诗，或在宝贝图片下方，或在左右。周皓宇从来没有发现自己会喜欢诗。环境造人，他的父母一直经商，后又做农场主，他们家里没有藏书的习惯，他也就很少涉猎课外阅读。可在这次网购中，他却被一首小诗牢牢困住，迈不开腿。

那首诗是这样的：

  古老的风，吹起云卷云舒

  老歌唱出千年不变的幽独

  凤凰于飞

  抖落一地斑斓

  多情的心，能否从绣绷

  走进书生的字里行间

或许在一个真正的诗人那里，这首小诗根本就算不得诗，诗歌评论家们更是会嗤之以鼻，但在充满铜臭的商海中，突然出现这么一抹清新和优雅，便独具魅力。更何况，并不是所有的买家都是了不起的诗人和诗歌评论家。一般人更在意的，是那几句话对自己的打动。而对于周皓宇来说，最后那一句，带给他的几乎是情诗一般的感动。正好这首小诗是配在一套重工苗族服饰下方的，尽管标价不菲，但他还是毫不犹豫就将它放进了购物车。

因为这件礼物给女朋友和她的家人带去了惊喜，也曾在生日宴会上艳压全场，所以第二天他忍不住又回去跟客服分享了这个结果，并缠着人家讨论那些小诗。店铺很小，就只有一位客服，也就是店主娄娄。聊起那些小诗，娄娄接连回了好几个害羞的表情，说那都是她自己瞎写的，不能叫诗，顶多就是几句梦话。作为买方和卖方，能把天儿聊到这一步，才算是真正的合作愉快，回头周皓宇又给了全五星评价，并表示还会继续光临此店。遇上这样的黄金顾客，店家都是要回谢的。娄娄那段"掌柜回复"，让周皓宇有了再次跟她交流的话题。

现在，周皓宇打开手机，将那段"掌柜回复"念给姜国良他们听："亲，感谢您的厚爱和支持，您带走的每一件宝贝，都承载了一位苗族阿妈的梦，别忘了，是您带着这些梦在飞翔。"

"是不是写得很好？"周皓宇问。

车里却是一片沉默。这里没有人告诉他，娄娄已经没了。在一个生人面前，谁也开不了那个口。但现实的残酷又在于：除了他之外，一车人都知道，娄娄真的已经没了。

周皓宇把这种沉默看成是对牛弹琴，以为车里几位都是大老粗，不懂文字的美。失望，但谈兴正浓，继续。

好感和好奇，再加上他身边激起的购买狂潮，他和娄娄开始了更多更深入的交流。慢慢地，他了解到娄娄是一位苗族姑娘，大学毕业后又回到家乡工作，一年前，申请回到自己老家做了第一书记，领着一群残弱的阿妈开了间工艺厂，店铺里的每一件宝贝，都是这些阿妈的劳动成果。周皓宇觉得娄娄的工作很有意思，也很有意义。虽然在这之前周皓宇从来没认真思考过人生的意义，但那一刻他是那么确信，确信娄娄正在实现一种人生的意义。他主动要了娄娄的微信，他们开始聊三观，聊兴趣爱好，聊某一部他们都很喜欢的电影，聊各自身边的趣事，他甚至主动聊起了他的女朋友，聊到了两种文化的差异，聊这种差异带来的无趣和尴尬。

总之，他们很聊得来。用他女朋友的话说，是比跟她更聊得来。

上了大四，女朋友就把他甩了。他倒也没觉得有多沮丧。在两种文化环境下长大的人，你说个笑话我听不懂，我说个段子你也觉得完全不好笑，两人谈的完全是荷尔蒙，分手是迟早的事儿。分完手的第一天，他就把这事儿告诉了娄娄，并且用了好多事例来证明这个女朋友丢得并不可惜，说："她不甩我，最后我也是要甩她的。"那时候正值那边的寒假，他也回了国，那靠荷尔蒙建立起来的爱情终究是经不起距离的考验的。相反，他跟娄娄已经聊到了无话不说的地步，却还从未见过真人。不久前，他跟娄娄约定：过一阵儿就去贵州。可他没想到，时间还没来得及敲定，娄娄就不理他了。发信息不回，视频电话也不接，甚至跑到网店里找她，她也不吭声。他因此而烦躁了一阵子。虽然大四的后半学期已经不用正经上课，但他还有毕业论文要准备，所以他先回了学校。

这段时间，他坚持每天给娄娄发微信，每天进网店去打声招呼。他搞不清楚出了什么问题，他想过可能娄娄已经有了男友，害怕他来找她，还想过或许受民族风俗的限制，娄娄不能跟外族人通婚，这样的话，娄娄最好还是别见他的好。他想了很多，就是没想过她会出意外。

到学校处理了些事情，他便回了国。他的父母一年前已经回国开辟另一行业，他去那边应酬了几天，便跑贵州来了。

周皓宇问车里一行人："你们说，今天我突然出现在娄娄面前，她会不会给惊呆？"

他一脸得意，想象着这种突然袭击带来的最开心的可能性。可大家依然沉默着。这当然是一贯的，从一开始就是这样。他一直把这种沉默理解为，要么这帮人听他的故事听得入迷，要么根本就没听进去。

这就到了碧痕村委会。下车之前，姜国良突然扭头对他说："会的，我想她一定会很惊喜。"

周皓宇开心地说了声"谢谢"。

姜国良的车刚到，后边刘焕然他们的车也到了。

村里正在搞集体体检，龙莉莉请来了五六位"白大褂"，两个在院子里替妇女们量血压测血糖，另外的在里头为妇女们做妇检。村委会腾出一间办公室来做临时的妇检室，妇女们量完血压测完血糖便坐在门口排队，等着叫她们的名字。

知道姜书记和李镇长要来村里，支书和村主任早等在村委会院子里了，车刚停稳，他们便迎了上去。龙莉莉早先也在等的，但刚好那会儿里头有医生叫她，她只能先把迎接姜书记的事儿放下，跑里头去了。等她再次跑出来的时候，姜国良已经跟量血压的医生们握上了手。这时候，那被人冷落在一边的周皓宇认出了龙莉莉，可他踮脚挥手打招呼，忙活了半天，龙莉莉还是直奔县委书记去了。显然，她并没有发现周皓宇。

周皓宇虽然很惊喜，但他心里清楚，他的事小，书记检查工作事大，他只能站后面耐心地等待，等龙莉莉忙完迎接的事，他才能有机会说话。

但没想到他的惊喜却被姜国良抓在了眼里。姜国良虽然是来检查工作的，但自从周皓宇上了他的车，他的心思就总显得有些散，感觉像一块受过创的点心，一不小心就掉渣。因此下车后，虽然得忙着跟迎接他的村干部打招呼，还得忙着跟来这里义检的医生们道辛苦，但他却没有忘记周皓宇，他的眼睛总有一线余光属于周皓宇。当他抓住对方脸上那份惊喜，又寻到那份惊喜的出处时，他曾有过一秒钟的恍惚。恍惚中，周皓宇目光的另一端是娄娄，回过神来，又怀疑周皓宇可能认错了人。

这样，当他握住龙莉莉的手，听着她说"欢迎姜书记"的时候，他却说："那边可能有你一位老朋友。"

龙莉莉跟着姜国良目光的指引看过去，就看到了周皓宇。但他们并没有像老朋友相见那般迫不及待地奔向对方，龙莉莉只是匆匆一笑，周皓宇也只是挥了挥手。然后，周皓宇就拿起矿泉水瓶灌自己水。这会儿除了喝水，他再没别的可干了。

另一间村办公室里，火炮妹已经将要召开的迎检会准备得妥妥的了。虽然地方有点儿逼仄，但桌子整齐，座位牌、资料都是齐备的，茶水也刚刚泡上。一行人前呼后拥到了门口，姜国良在龙莉莉跟前停住了。

"怎么不去跟老朋友打个招呼呢？"他问龙莉莉。

"我们不是老朋友，我们前两天刚在火车上认识。"龙莉莉解释的时候，又飞了远处的周皓宇一眼。于是，姜国良也情不自禁地朝那边看了一眼。那会儿周皓宇正跟一位测血压的本地阿妈搭讪，姜国良想，他可能在跟人打听娄娄。

于是，他告诉龙莉莉："这年轻人是来找娄娄的。"

"娄娄？"龙莉莉的表情冻那儿了。

姜国良说："你不用参加这个会了。带他去看看吧。"

他没有点明要去看什么，但龙莉莉却知道他指的是什么。姜国良交代完就进去了，龙莉莉站在那儿，脚像生了根一样。屋里，主持会议的张明支书吹了两声麦克风，像是终于把她给吹活了。她朝周皓宇走去。

周皓宇果然在跟那位阿妈打听娄娄，但因为那位阿妈完全听不懂普通话，并没有打听出个结果来。所以他发现龙莉莉朝自己走来，便赶紧谢了阿妈奔龙莉莉来了。

"嗨！"他冲她喊。

"嗨。"龙莉莉回。

两人在距离一米远的地方停下，周皓宇笑得像颗太阳，龙莉莉也勉强笑着。

"你怎么在这里？"周皓宇问。

龙莉莉说："我当然要在这里，我是这里的第一书记。"

周皓宇说："这里的第一书记是娄娄。"

龙莉莉不笑了。她小心翼翼地问他："你认识的，真的是我们的娄娄？"

周皓宇笑道："难道贵州有很多人叫娄娄吗？"

龙莉莉说："只有一个娄娄。"

周皓宇对龙莉莉暗淡的表情似有察觉，但一时间也想不到多深去，他看上去还是那副没心没肺的样子。他问龙莉莉："那么，她在哪里？"

龙莉莉沉默了那么一会儿，说："你等我。"

要去看娄娄，她得回宿舍拿车钥匙。就在她去拿包的时候，周皓宇眼前曾闪过两个阴影，有点儿像刚得了飞蚊症的人第一次在强光下发现的"飞蚊"，一眨眼就没了。

坐上车后,周皓宇终于忍不住问了一句:"娄娄……有什么问题吗?"

龙莉莉清了一下嗓子,但声音依然不是她希望的那么清亮。她说:"到了你就知道了。"

18

从县城来碧痕,是不用去镇里绕一圈儿的,可以选择邻镇的这条通村公路。娄娄正是在这条路上出的车祸。事实上,如果没出事的话,她离村委会就只剩下十分钟车程了,可那十分钟,竟成了她此生再也跨不过去的时间切口。

今天,龙莉莉也只花了十分钟就把周皓宇带到了这里。

那是一个陡坡急弯的地方。龙莉莉告诉周皓宇,娄娄从县城赶回的那夜,是个雨雾天气,路很滑,能见度低。这条路是硬化过的水泥路,有陡坡的地方还做了防滑处理,抠了一条条的防滑齿痕,但这种路要是沾上稀泥,就算是沾过水的肥皂也不敢跟它比。然而作为通村公路,稀泥自然是最常见的一种东西了。

周皓宇满脸的不相信。他不愿相信这么一个凶险的地方和这么惨烈的事故,会跟娄娄那样一个人产生关系。

他几乎呆愣了一个世纪,才接受了这个现实。

他在那个拐子上坐了下来。那里有块石头,他就坐在那块石头上。娄娄的车,就是从那个地方下去的,一些还没完全被野草覆盖的地方,和那些当时被折断的灌木,还保留着一部分痕迹。他的目光循着这些痕迹一直到谷底,谷底终于有了一块柔软的地方,那里看上去虽然有些零乱,但草却厚实,边缘那些不曾受过伤的草丛,已经有了星星点点的花朵。他在那里看到了娄娄,娄娄躺在那块柔软的草地上,身上的颜色跟四周的花朵一样。他看到娄娄在冲他笑,就像他们视频聊天时那样,娄娄的笑从来都是静谧的,像阳光洒向大地时一样静谧。

龙莉莉的手机突然就响了,但很快又静了。它响得太不是时候,把龙莉莉吓了一大跳。她看都没看就把手机挂了,并立即将它调成了静音。这种时候,就是老天爷打电话来,也是"逝者为大"。

但周皓宇还是在那个铃声之后醒过神来。他突然问龙莉莉:"你有烟吗?"

龙莉莉说:"我去村里帮你找。"

周皓宇摆摆手,说:"那就不用了。"

又问:"你们之前是很好的朋友吗?"

龙莉莉摇头。她们不仅不是朋友,甚至互相还不认识。

周皓宇脸上闪过一丝笑容,他看着谷底自语:"我们很谈得来。她性格很阳光很乐观,心地很善良,要是你们认识,也一定会成为好朋友。"

龙莉莉清清嗓子,说:"我相信。"

周皓宇的头突然垂下了,就像它突然失去了支撑。

龙莉莉小心地问:"我去给你找烟好吗?"

周皓宇把头撑起来了,他扭着头,像是看着龙莉莉,又像是看着她身后的某个地方,说:"我什么都想到了,就是没想到……"后面的话他没有说完。

龙莉莉犹豫着问:"你……想去看看她的坟墓吗?"

周皓宇慢慢地站了起来。

娄娄的坟处在半山坡上,在她家的一块责任田里。殡葬改革后,坟墓小了很多。虽依然保留着山里人自由选择墓地的习惯,但坟墓却是依照公墓的形式来的。一米大的墓堆,一块墓碑。墓堆上的土还很新,得非常仔细才能看见一些正在冒头的草芽。坟前有一个土碗做的香炉，里头装着半碗米，米里站着若干残香。坟前是新栽的两棵桫椤，一左一右，像守护神。

来这里是要走一小段土路的，路边正好开着些野花，周皓宇顺手采了一把。现在，娄娄的坟前又多了一把鲜花，缤纷的色彩一下子就让这个冰冷的地方变得温暖起来，恰巧太阳那会儿也突破了云层，温暖的阳光泼向了大地。

周皓宇在坟前默默地站了那么一会儿，突然掏出手机，就地坐下倚靠在坟堆上自拍了一张。

龙莉莉说："不如让我给你们拍吧。"

周皓宇像是这才想起旁边还有她，忙说："对呀。"龙莉莉接过手机，他侧侧身，手扶着墓碑。龙莉莉稍稍后退一点儿，把那束鲜花也拍了进去。

把手机还给周皓宇，龙莉莉也干脆在坟前坐下了。周皓宇从口袋里掏出了一只手镯、一枚戒指，都是苗族工艺。他告诉龙莉莉，这都是从娄娄的店铺里买的，原本打算买来送俄罗斯女友，结果还没来得及送，女友就吹了。

说这个的时候，他在笑，笑自己和俄罗斯女友的那段尴尬经历。

龙莉莉从他手上拿过手镯和戒指，一边打量一边说："娄娄走后，工艺厂已经停了，但我们正在考虑把它恢复起来。对于碧痕的这帮阿妈来说，这个工艺厂不光是她们求生计的地方，还是一个她们安放心的地方。"

周皓宇笑笑，说："你们说话的调子很像。"

于是龙莉莉也笑。

这时，龙莉莉的手机又有电话进来，手机一直亮着。周皓宇问："你不接电话吗？"

龙莉莉看一眼手机屏幕，是火炮妹的来电。她把它挂了。她说："是我一位性子特急的同事，她肯定不知道我来了这里，找不到我，就一直打电话。"

周皓宇说："那……我们走吧。"

龙莉莉点点头，把手镯和戒指还给了他。他却将它们放到了坟前，就在那束鲜花的旁边。

他们回到村委会的时候，里头的汇报会刚接近尾声。龙莉莉先带周皓宇看了他们的岗位墙，那上面还有娄娄的照片，只是颜色被处理过了。即便是在一个黑白的世界里，娄娄也笑得阳光灿烂。周皓宇发出一声只有他自己才能明白含义的感叹：这就是她了。他在想象那一个世界的样子，一个只有黑白色的世界的样子……

龙莉莉突然叫他，因为她看见了娄娄的阿妈。

娄娄的阿妈也在村里等着做体检。她下半身瘫痪，坐在轮椅上，由另一位阿妈陪着。龙莉莉远远地将她指给周皓宇看，但周皓宇觉得自己看到的不是一位阿妈，而是一块木头。

娄娄的阿妈其实还不老，才五十岁左右，皮肤还没被岁月吸干，风霜也还没来得及在她脸上刻满皱纹，可一年前命运夺走了她生活自理的能力，今年又夺走了她唯一的女儿。她就像一块被无情的伐木工随意砍伐，后又随手扔在灌木丛中的木头，只剩下绝望和无奈了。

周皓宇没有前去见她。即便娄娄的不幸他可以接受，即便娄娄的坟墓和她的黑白照片他也可以接受，但她母亲呈现出来的那种状态，却是他无法接受的。他毕竟还年轻，阅历还非常有限，生活在他面前摆出如此冷酷的面孔，这还是第一次。他胆怯。他想马上离开这里。去哪里都行，但一定要离开这里。

他跟龙莉莉说了他的想法，龙莉莉要他等等，她送他一程。他没有拒绝龙莉莉的好意，只是告诉她，他的摩托车在镇上，她只需把他送到那里就好。

一路上，他们谁也没说过话。

到了镇上，下了车，周皓宇突然说："娄娄也是长发，但没你的这么长。"他的语气很认真，好像在说一件十分严肃的事情。

龙莉莉点了点头。这个她知道。

下车之前，龙莉莉从包里掏出周皓宇的充电宝递到他面前，说："你的。"

周皓宇当然很快就想起它来了，但他没接。他说："你留着吧，我都买新的了。"

龙莉莉也没再坚持，重新揣回包里，下了车。

她陪周皓宇到羊肉粉馆打了声招呼，取了摩托车。打上火，周皓宇冲龙莉莉笑了笑，再见的意思。于是，龙莉莉也轻声说了"再见"。

摩托车上了马路，周皓宇的脚已经踏上了脚踏板，龙莉莉又说："你可以在百度上找到一些她的资料。"她原本想专门提一下娄娄的那个告别会视频，但最后又没有。

19

回村前，龙莉莉关掉了手机静音，手机铃声立刻响起。火炮妹在那边冒火，问她跑哪儿去了，汇报会上不见她的影儿，妇检室也找不到她。

她没有说她干什么来了，她说的是"我马上回来"。

她赶回村里，汇报会早已结束，姜国良一行正朝着"苗绣工艺厂"的方向走去。她泊好车，风风火火一阵追，在娄娄家门口追上了大部队。她气喘吁吁，姜国良便循声看见了她。

姜国良说："来了？"

她说："嗯。"

姜国良问："走了？"

她说："嗯。"

这场对话到此结束，只有他们知道，他们在说什么。

一行人进了厂，也就是娄娄家的堂屋。屋里除了一些工艺样品和一些布料、线料以外，就只有两台缝纫机。就是在这种简陋的环境下，阿妈们绣出了一件件珍贵的工艺品，绣出了一个色彩斑斓的世界。但现在这里一位阿妈都没有，那些布料、缝纫机，就像一些被抛弃了的孩子，呈现出的只有孤独和无助。

姜国良说："刚才在会上，张支书已经说了，你们想把这个工艺厂恢复起来。这是件好事啊！不光因为我们的传统文化需要传承，还因为我们的阿妈们需要这份事业啊。"

他在人群中找到龙莉莉，用期许的目光看着她说："我们可能没学过平面设计，但只要我们有心，娄娄的这份事业就能继续下去。"

龙莉莉说："我注意了一下，其实就娄娄书记原先设计出来的样品数量，已经足够供应一片市场了。后期如果需要发展和更新，我们还可以请设计师。再说了，真正赢得市场的不仅仅是样式，更主要的还是我们的传统苗绣。"

姜国良给了她一个赞许的表情，说："回头我们还要把这个厂建成一个厂的样子，同时还要扩大销售市场。我听说，娄娄书记的销售路子是走淘宝对吧？你们思考一下，除了淘宝这个地方，是不是还应该有别的空间呢？比如走进旅游景点，或者进酒店？酒店几乎都有地方特产店，我们的绣品是不是也可以到那里开辟一块地方？"

龙莉莉说："娄娄书记同时还开有微店。另外，我们还可以开启直播模式，对网店平台销售也是一种促进。"

这里说着话，那里张支书便把娄娄的父亲引到了姜国良面前。刚跟那位沧桑的父亲对上目光，姜国良便突然想起，慰问娄娄的父母，原本是他一直惦记在心上的事情啊。他紧握住那双糙黑的手，却一时间不知道该说什么好。但作为一位县委书记，他深知有些话又是不能不说的。于是，抓着那双手静默了半分钟，他还是开了口："你养了一个好女儿啊！"

这话的确是个敏感源，刚出口，对面那双眼睛就红了。

姜国良怕看那双眼睛，但他必须坚持，坚持面对那双眼睛。他说："你女儿是一位优秀的基层干部、优秀共产党员，我们都要向她学习啊！"

对面的父亲在笑，女儿的这些荣光照在他心上呢，但他却有些管不住自己的眼睛，它们早已经潮成沼泽了。

姜国良也两眼发潮，他问："阿妈在哪里，娄书记的阿妈呢？"大家都争着回答："娄书记的阿妈在村委会做体检，还没回来。"

而这位阿妈的情况，姜国良早就有过很详细的了解，这会儿他如果再朝着一个惯常的逻辑，用一种慰问的口吻打着官腔提出"阿妈身体可好"一类的问话，那就太对不起他那颗心了。那一刻，他真希望自己不是什么县委书记。若他仅仅是一位邻居、一个亲戚，那么他尽可以默默地握着这双手，什么也不说，只默默地握着，就够了。

秘书小陈救了他。小陈从包里拿出了一个厚重的红包。那是姜国良事先准备好，让他保管着的。他们今天来碧痕，慰问娄娄父母也是其中一件大事。但因为这件事情属于姜国良的私事，他便没有提到议事日程上来。来前他叮嘱过小陈，要么随机，要么完成了这边的检查工作后再说。很显然，这就是最恰当的时候。

姜国良接过红包，将它塞进父亲的手，又将他那双手紧紧握住，说："我知道，这种时候钱解决不了什么问题，但它是我的一点儿心意，也是我的一份敬意，还请您不要生分。"

他说："娄书记虽然走了，但我们村又来了龙书记，还有……"他指指身边的几个村干部，"这几位年轻干部都还在，他们是娄书记的同事，还有镇里的刘书记、李镇长，他们也相当于您的儿女，有什么需要帮助的，您尽管找他们，不要见外。"

说完，又让小陈递上一张名片，说："要是找不到他们，您就找我。"

娄娄父亲一直都不知道说什么好，所以只能一个劲地点头。感动和悲伤混杂在一起，使他不知道如何是好。姜国良也一个劲地拍着那双手，那一刻，他感觉任何语言都那么无力、那么苍白。

一边的刘焕然和李春光看出了这种艰难，上前解了围。他们对姜国良，也是对娄娄父亲说："姜书记，我们还要上坡，村里联系好的，那些流转土地的人家还等着呢。"

然后，又专门对娄娄父亲说："娄叔，您歇着吧。姜书记说过了，我们就相当于您的儿女，今后有什么事儿，您就跟我们说。"

这样，姜国良又叮嘱了一声"保重"，才放开了那双手。

接下来，这一行人要上坡，因为碧痕村想养羊，临时通知了十多户人家等着，姜国良要去做一些养殖户和养殖数量的摸底，以及草场土地流转的调查，同时还要看看坡上是不是好种草。

往坡上走到一半的时候，姜国良突然回头问道："娄书记家纳入养羊计划了吗？"

20

周皓宇当时走得十分匆忙，他甚至都没想起跟龙莉莉握个手。看着他逃也似的背影，龙莉莉不会相信半个月后他还会出现在这里，而且是以一个志愿者的身份。事实上周皓宇自己在逃的时候，也没想到会有这一天，但回去后的这段时间，他只做了一件事情，那就是申请志愿者，到贵州，下碧痕。

他再次回到大娄山那天，生活用了糟糕的一面来迎接他。

他是下午到的，而那天下午，娄娄的阿妈就着一瓶"妇炎洁"洗液，吞下了一瓶"妇炎康"片。这两种药都是县医院妇科帮扶的，上次集体妇检得出的结果是碧痕村99%的阿妈都患有妇科病,而且其中有50%还很严重。因此,除去那50%做重点治疗以外,医院为其他阿妈也开了内服和外用的药,要她们在家自己按说明书服用,并做些日常洗护。娄娄的阿妈属于后者,所以她也得了一瓶"妇炎康"片和一瓶"妇炎洁"洗液。但不管是龙莉莉,还是妇科医生,他们都忽略了一点,在娄娄阿妈身上,妇科病真算不了什么。别说她还是属于那病得轻的49%,即便她在那50%之列,也真算不了什么。有什么病,比得过下半身瘫痪呢?又有什么病,比得过生无可恋呢?

一年前,她背着一背篓苞谷棒子从坡上摔到了两百米深的坡底,落了个半身瘫痪,但因为她还有娄娄,有娄娄的父亲,所以并不认为自己的生活糟糕透顶。原先,娄娄的父亲在外打工,她留守在家种点儿地,娄娄上学就不成问题。后来她摔了,生活不能自理,娄娄的父亲只好留在家里。主要劳动力挣不了钱,家里的日子就越过越紧。好在娄娄刚刚大学毕业就考上了公务员,还回家做了第一书记,娄娄父亲又可以出门挣钱了。跟着,娄娄又在村里办了个工艺厂,还就办在自己家里,这样她就是坐在轮椅上也可以绣花挣钱。娄娄孝顺乖巧,把她照顾得也很好,那个阶段,她的幸福指数竟比任何时候都要高。可没想到命运对她如此刻薄,竟从她手中活生生夺走了娄娄。

娄娄出事以后,她自始至终都没有哭过。娄娄父亲哭着告诉她,娄娄出了车祸,娄娄走了,她没有哭;后来娄娄变成了一把骨灰,躺在一只盒子里,被她父亲抱回家,放到了她的两腿上,她也没哭;送娄娄回来的同事们全在哭,娄娄的父亲也在哭,她没哭;大家让她搂着娄娄待了半个小时,又把娄娄送上了山,邻居们好心背着她去送行,工艺厂的阿妈们哭得呼天抢地,她,依然没哭。

当然,她也没做过别的表情。娄娄一走,她身上的表情也给带走了。哭也好,笑也罢,愤也好,怒也罢,统统带走了。

娄娄的父亲对人很好,对家人好,对外人也很好。娄娄没了,他又出不了门了,可他不抱怨。趁着季节合适,他种上地,又买回了只猪仔。娄娄阿妈变成一声不吭的木头，他每天抱上抱下，递饭递水，动作大了怕惊着她，声音大了怕吓着她。

这样的人从不挑剔，命运给他什么样的日子，他就过什么样的日子。

十多天前，龙莉莉送来了药，要这位逆来顺受的父亲照顾阿妈用药。但娄娄阿妈不吃药，就更别说洗护了。给她饭她吃，给她水她喝，给她药，她不接。这样过了十来天，那天她突然说话了。她说："你把药瓶拿过来，两个药瓶都拿给我，让我好好看看。"那做男人的，当时还暗自欣喜，以为她总算挺过来了。想想吧，多久没说过一句话了，这天终于开了口。不就是要看个药瓶吗，他毫不犹豫就给她了。别说她只是要个药瓶，她就是要星星，他都会立即替她摘去。

她得了那两个药瓶，就支使他去厨房取水。等他拿了水过来，她已经完成了她的壮举。

她差一点儿就送了命。用医生的话说，晚到一分钟她就没命了。

但是，正是这"一分钟"令她绝望至极。当无常鬼终于绝情地弃她而去，她不禁悲愤地哭喊起来："老天哪，你硬是要让我活起等死啊？"

因为洗液的腐蚀和抢救时有过很长时间的催吐，她的喉咙受了伤，声音听上去不像是她的，倒像是发自她身体里的一个寄生生物。

都说这下好了，这下好了。对于她男人来说，对于在场的碧痕村的村干部和李春光来说，只要她活回来了，就是有惊无险的大幸。别说她的嗓子眼儿难受，这一干人也一样，要知道在整个抢救过程中，他们的心可全都悬在嗓子眼儿了。

男人及时送上了水，哆哆嗦嗦，显然还心有余悸。他要她喝一口润润喉咙，结果这杯水被她打翻在病床上。但她打翻的，似乎又是自己身体里那盛着泪的容器，自那之后，她的两眼便奔流不息。她的嘴唇不住地颤抖，就像激流边那些受惊的水草，呜咽声像是从远古的源头开始的，一点点，从似有似无到清晰可见，就像听一条河流从远古流到今天，从遥远的时空来到你的面前——

她终于哭出声来了。那无尽的悲伤,终于以它最善意的方式从她的身体里决堤而出,她在这条激流中喊出了"娄娄",喊出了悲痛的根源。

正像站在洪流边的那些无奈的人们,病床边所有的人都陪着她落下了眼泪,火炮妹甚至哭着喊了起来:"阿妈,你别哭娄娄了!"

"是啊,你别哭娄娄了。"

"不是说过,娄娄没了,还有我们吗?"

"是的,还有我们。"这是周皓宇的声音。

他是跑着进来的,说话时还气喘吁吁。

21

虽然娄山县落后了很远,但它的脱贫攻坚指挥部还是应运而生了。姜国良任总指挥,往下副指挥、攻坚队长、副队长也都齐备。副县长陈晓波是易地扶贫搬迁攻坚队队长,但刚上任他就出事了。

市纪委的人来到县里的时候,陈晓波还在城区的易地扶贫搬迁安置点督察项目施工,接到召回电话之前,他还有模有样地提着工作要求:一要注意安全,二要保证质量,三要保证进度。那一分钟,在一帮下级和建筑工人面前,作为一个副县长,该有的派头和风度他都做得很足。但他实在没料想到,那一分钟,竟是自己政治生涯的尽头。

娄山县去年易地扶贫搬迁任务数为两千三百多户,规划用于安置易地扶贫搬迁住房共两千三百多套。但到现在为止,娄山县达到入住条件的安置房仅有八百多套，与任务数相差太大。决战决胜期间，省委、省政府要求今年九月底前必须全面完成搬迁入住，这个进度如何完成得了？于是，陈晓波要求职能部门按住房主体建设完成率百分之百上报，想瞒天过海。

据说，这种情况前任县委书记和县长都是知道的，还多次要求他据实上报，但他一直置若罔闻，我行我素。

市纪委经过调查审查后，得出这样的结论："陈晓波作为分管易地扶贫搬迁工作的副县长，又是易地扶贫搬迁攻坚队队长、生态移民局局长，违反政治纪律，在推进易地扶贫搬迁项目和上报数据过程中，存在工作推动不力，督促不到位，工作作风不实，明知县委、县政府主要领导要求据实上报数据的情况下仍虚报数据等问题，陈晓波本人应承担主要领导责任和直接责任。"

最后的结果是：因他工作怠惰，弄虚作假，对娄山县脱贫攻坚工作造成消极负面影响，被处以党内严重警告，按程序免去副县长、生态移民局局长职务。

他这一跟头，栽在自以为是上。

毋庸置疑，从这个消息获得最大快感的肯定有周以昭。自从听说陈晓波被市纪委立案调查，周以昭就一直关注着这件事情的进展。他虽然被停职在家，但他的朋友们都还在，晚上把朋友们请出来吃吃烧烤喝喝啤酒，打探到的情报并不少。知道陈晓波已经是满屁股屎，他便耐心地等待着陈晓波臭名昭著的那一天。这些天来，他都不能静下心来写小说，整日不是翻手机就是打手机。老婆都烦他了，说："你还有点儿正事做没有？"对此他要么不理会，要么只说一句："我做的就是正事。"

得到这个消息的第一时间，周以昭仰天大笑。笑完了就直奔县委，他是那么急切地想见到他们的姜书记，他的想法很简单：既然整他的人翻了车，那他难道不应该翻身？但这一次他没能见着姜国良，因为门卫说姜书记一大早出门，到现在还没回来。那时候天还没黑。

他扫兴地回到家，像热锅上的蚂蚁一样煎熬到晚上十一点，又去了。但或许是这个下午的翻江倒海导致了最初那个念头的破碎，见到姜国良后，他却说是为那本书稿而来。

那会儿姜国良正心急火燎地找烟，办公桌所有的抽屉都给他翻遍了。他不记得自己今天抽了几包烟，反正最后一包也给抽完了。周以昭在门口看明白是怎么一回事，便说了一声"我这里有"。一看是他，姜国良第一时间有点儿反应不过来。但当周以昭把烟递上来，姜国良又觉得自己是欢迎他的了。

"你来干啥？"他接过烟点上，问。

周以昭扬了扬手上的《大娄山羊经》。

姜国良好像这才想起曾给过他那部书稿，问："看完了？"

周以昭说："看完了。"

姜国良说："润色过了？"

周以昭忙说："我哪敢！"

姜国良把眉头挤起来。

"那你来干什么？"他问。

周以昭说："我可以提些建议。"

姜国良问："嗯？"

周以昭说："首先我建议将书名改成《娄山羊传》"

姜国良眼睛亮了一下，调整一下坐姿，猛吸了一口烟，示意他继续。

周以昭说："你写的是娄山羊的前世今生，但书中不全是养羊知识的科普，还有这个过程中你们这帮人的喜怒哀乐、羊们的喜怒哀乐，很多故事都很感人。所以，我觉得把它定位为传记比较好。"

有一种不动声色的诚服在姜国良的表情中流转，他从桌上拿起周以昭的烟，先扔给对方一根，再自己接上。

周以昭把扔过来的烟拿在手上，因为他的第一根还没抽完。但他从姜国良扔烟这个事件中觉察到他的话正在起作用，他因此而暗自得意，所以他得继续。

他说:"你在中间插进了一些关于养羊的理念,建议你将那些理念写成序。"

到此,建议已经提完,他歇下来,慢条斯理地接上烟,等姜国良说话。

姜国良这些天吃不好睡不好,一脑子乱麻呢,周以昭这一来,倒像是给了他一剂清凉油,使他脑门两边多出一些清凉来。

因而,见周以昭闭了嘴,他就有些上瘾地问:"就这些?"

周以昭说:"我这水平,能提的就这些。"

姜国良说:"你就没能从那本书稿里获得一点儿别的东西?比如你作为一个基层干部,就没得到一点儿启示?"

周以昭恍然大悟,说:"有有有,我看完后就觉得,娄山县的春天要来了。"

姜国良一急,说:"屁话!这都快进初夏了。"

周以昭笑起来。他说:"你晓得我指的是什么。'羊书记'来了,娄山县肯定会推广娄山羊养殖,这要真像土平县那样大规模发展羊产业,娄山县不就迎来全民小康的春天了吗?而且你的书告诉我们,娄山羊不光适应土平县的水土,也适应娄山县,适应整个大娄山。说实话,我现在都心痒痒了,你让我回去吧,我想回马鞍沟养羊了。"

姜国良问:"就这个?"

周以昭反问:"还不够?"

姜国良沉默了一会儿,似乎很失望。他自顾自点了几下头,说:"看来这书还差火候。"

周以昭面带疑问,说:"可能是我这读者水平不够。"

姜国良说:"很显然还得加强思想性。"

周以昭不作声。

姜国良瞅他一眼,问:"你怎么想回马鞍沟?"

周以昭说:"在哪里倒下,在哪里爬起嘛。"

姜国良笑起来,又很认真地问:"你觉得马鞍沟能有多大规模?"

周以昭说:"马鞍沟镇山地面积有二十多万亩,我们就拿出十万亩山地来种草，你说能铺多少羊呢？"

姜国良一下子就兴奋了，他向周以昭倾过身子，正想说什么，却又突然把身体收回来，悻悻地说："可很多人都觉得，娄山县要在几个月内摘帽，养羊已经来不及了。"

周以昭随口就说："脱贫攻坚的最终目的又不是为了摘帽。"

姜国良紧跟着就问："那你说是为了什么？"

周以昭用怀疑的口吻反问："难道不是为了实现全面小康？"

姜国良动作很大地动了一下身体，而后又发出了一声欣慰的呻吟。他下意识地想抽烟，却发现手上的烟不知道什么时候已经燃尽，在过滤嘴前熄灭了。

周以昭见状，把桌上的烟盒递过去。姜国良接过来抖出两支，一人一支点上烟，吐出一大口烟雾，又挥手赶开烟雾，正正身体说："你可是我来娄山后遇到的第一个能跟我想到一块的人。"

他显然是有些激动了，看上去像屁股下有针似的，最后他干脆站起来，在办公桌跟沙发中间那有限的空地上踱了起来。

他就这样一边踱着步一边激动地说："摘帽是什么？假如我们把脱贫攻坚比喻成一场战争，摘帽只不过是把战旗插上阵地，只意味着一个阶段的胜利。就脱贫攻坚而言，只意味着我们占领了一块脱贫致富的阵地，然而脱贫攻坚的终极意义，不仅仅是要占领这样一块阵地，还要在这块阵地上持续、发展，是实实在在的全面小康。就拿我们的工作来说，我们补短板好不好？好！贫困户缺什么我们补上去，比如月亮山的人，不穿鞋，我们给他们买鞋，没有家具家电，我们给他们买。扶贫搬迁好不好？好！但这都只能解决暂时性的问题。他们穿烂你买的鞋，用坏了你买的家具怎么办？我们要的是他们自己能买得起鞋，要的是他们自己能买得起家具。那些住进了移民新村的人，我们要的不是他们暂时有了好房子住，要的是他们能在这里住得长久，住得安心。房子对于一个人来说，不只是一个安放身体的地方，还是一个安放心灵的地方。这就是我们的扶贫搬迁工作总是那么难做的原因。在年轻人的概念里，甚至在像刘山坡那样的人心里，这明明是天上掉馅饼的事情，可很多老人却就是不愿意搬，为什么？就因为他们的心！他们要的是一个驻心的地方，而不仅仅是一间好房子。那么，我们的脱贫攻坚工作，在努力摘帽的同时，就还要长远考虑，就要为摘帽后的持续发展考虑。所以说，'来不及'论是错的。只要我们的目的是奔着老百姓小康去的，就永远不会来不及。养羊能给大娄山的百姓带来持续健康的小康基础，娄山羊是我们的专业团队花了三年的心血，研发出来的一个完全适应大娄山这片土地的成熟产品，它应该是当地老百姓今后的一个相对高效而且稳定的产业。那么，我们为什么要说来不及？"

他说得口干，停下来喝了一口水，又继续："在大娄山养羊，是因地制宜。因为从实际出发，这地方适合发展羊产业。我们要为老百姓找出路，就要找最好的出路，找最适合他们的出路。每个地方的情况不一样，工作路子就不一样。但有一点肯定是一样的，那就是我们的目标。所以我说，养羊，它不仅仅是养羊，还是为了养心。养谁的心？养老百姓的心。俗语说，家中有粮，心中不慌。你要是只给老百姓碗里添上饭，却没有让他看见粮仓里还有储备粮，不让他看见吃完了这顿还有下顿的希望，他吃你这碗饭的时候，是没法安心的。而我们要做的，恰恰是让他们安心，从这种意义上说，我们要脱的不仅仅是他们物质上的贫困，还有心灵上的贫困。内心要有希望才有祥和，只有老百姓内心祥和了，社会才能祥和，祥和的小康社会才是我们要的小康嘛。"

周以昭突然诈尸一般拍了一下茶几，把姜国良吓了一大跳。他看到周以昭冲他竖着两个大拇指。

"有水平！"周以昭说。

"书记有水平！"周以昭又说。

好像是因为他用力过猛，姜国良竟给他弄得有些尴尬。顿了一顿，他坐下来问周以昭："你认为那部书有价值吗？"

周以昭问："《娄山羊传》？"

姜国良说："《娄山羊传》。"

周以昭说:"任何精神的东西都是有价值的。"

姜国良说:"我其实是想通过这部书阐述我刚刚那个理念,不然这部书的价值就不大。但显然我没做到,因为你竟然都没读出来。"

周以昭说:"阅读都是见仁见智的事情,我的水平不高,自然就没能读出来。所以我认为这书应该有一个序,你不如在序里头直接将你的理念抛出来,不要藏着掖着,这样一来,各种水平的人也都能读到你的观点了。"

姜国良说:"你说得对,但现在我哪有改书的时间?不如你来做余下的这些事情,就算我们俩合作。"

周以昭说:"我也没时间啊,我不是要回马鞭沟养羊吗?"

姜国良愣那儿了。

22

第二天上午,周以昭接到了组织部通知,要他到城关镇报到,岗位是城关镇金山社区副主任。

被重新启用是一件天大的喜事,但要去的地方却不是他想去的。况且,他要去的地方跟生态移民局工作交叉很多,而陈晓波就地免职后,就在生态移民局。也就是说,今后这两个冤家可是要经常碰头了。

这不是存心要他难受吗?

当天晚上,他便邀请李春光喝酒。李春光那会儿正忙,随口问他:"又喝啥子酒?"

他说:"我重出江湖了。"

李春光一愣,随即就说:"好事啊!是该喝酒哈。"而且周以昭这一提"喝酒",李春光还真就觉得今晚应该有酒才对,他甚至意识到,早就该有这一顿酒了。

李春光可不像周以昭那么清闲,他是花河攻坚队副队长,事儿已经够多了,但刘山坡的事儿却像一窝刺丛般套着他。他打开左边,右边还困着,等他打开右边,左边又被困住了。因为是刺儿,他还得小心再小心,不然你试试那滋味儿。

他没听周以昭关于租用刘山坡那破房子的馊主意,而是带着派出所所长拜访了刘山坡的儿子。刘山坡儿子很精,只要镇里有领导来,他就开始烧电焊,真忙假忙都那样。

刘山坡儿媳正给孙子辅导作业,也没工夫搭理人。孙子不知道"不断"这个词该怎么造句,儿媳很生气,说:"你真笨啊,枉自天天看着你爸切钢条呢!'这根钢条怎么切也切不断'不是很好?"孙子一听满脸欣喜,赶紧埋头把这个充满着母亲智慧的句子写下来。

趁着这个机会,李春光才又把他们此行的目的重复一遍:"我们是来通知你们,你们家山上那老房子是危房,但你们家两老白天总往那里跑,为了避免发生安全事故,我们要封掉。"

儿媳不吭声,这个家里拿主意的是男人。但男人的耳朵只听得见电焊的"嚓嚓"声。没办法,李春光只好让派出所所长将书面通知贴到他家门上。

通知下到了位,当晚趁刘山坡老两口回到镇上去睡觉,李春光便带着派出所一干人连夜将那破房子封了。到此,总算可以松口气了。

可第二天一早,刘山坡老两口就到镇政府办公室报到来了,说他们没有去处,只能来这里住哩。那刘山坡并不反对封他的房子,他也承认那是危房,还承认自己老两口住里头也都是时时悬心吊胆的,随时都准备着房子垮塌他们就开逃。只是这一封,他们老两口没了去处,就只能来镇里了。镇政府办公室住着多安全，虽然老伴坐那里总是如坐针毡，但他有一杆烟抽着，就可以坐得从容淡定。

况且这种时候，政府里也没有一个人是闲的，书记镇长白天都在一线，留在镇里的也都是必须要留下来的人，都有自己的活要忙。没人盯着，也没人赶他们走，他们便一直坐在那里。那刘山坡还冲留守办公室的小伙子说："放心，你忙你的，办公室有我们替你看着。"到了吃饭的时间，他便拉了老伴去政府食堂吃饭。老伴拘束得不行，但她一辈子都听刘山坡的，但凡有不同意见，都在出口前就给她嚼碎吞进了肚子。所以，每当刘山坡拉上她一起做出格之事，她那张皱得像颗干枣的嘴便会一直不停地蠕动。据说她已经少了三颗牙，大概就是因为这个。

镇政府的人都到一线了，食堂吃饭的人就那么两三个，他们老两口一进去就特别显眼。

饭是自助餐，刘山坡也不认生，自己拿了饭盒去盛。怕老伴不好意思，还有生以来第一次替老伴拿了饭盒盛了饭菜。别人都不吭声，做饭的师傅过来问了："你们……是咋回事？"

刘山坡底气十足地回答他："李镇长叫我们来的。"

既然是李镇长叫来的，那还有什么好说的。不光不能赶，还要对他们很客气："慢慢吃，吃饱啊。"

那两三个吃饭的公务员，也是想过要揭穿他的，但转念一想，雷都不打吃饭人呢，就一笑了之了。

那天，书记刘焕然到县里头开会去了，晚上没回镇里。李春光在村里忙活小辣椒产业的事情，又是合作社又是动员会什么的，回到镇里的时候，已经是深夜十二点了。刘山坡老两口一直在政府办公室等他。他们原本是要到李春光寝室门口等的，但留守办公室那小伙子对他们说，这一阵儿李镇长回来得都晚，他们要等也还是在办公室等好一点儿。这样，他们就又坐下来。他们不走，小伙子也没敢去睡，陪着他们在那里加班。李春光回来见办公室还亮着灯，正准备去看个究竟，刘山坡便拉着他老伴奔出来了。此刻在这里见到他们，李春光十分震惊，但他们二话不说就直奔他的寝室去了。

小伙子也没跟李春光多解释，只说："你回来了，那我就去睡了。"他也是困得眼睛都睁不开了，说完就撂下他们镇长，睡自己的觉去了。

李春光当然知道是怎么回事，他都不用刘山坡解释，就知道他们抱的是什么目的。他想把老两口送回去，说有什么事明天再说，但刘山坡不依，说他们没地方回，今晚只能住镇长寝室了。李春光说："你们住我寝室，我住哪里呢？"刘山坡说："我们是老百姓，老百姓没地方住了就问镇长，你是镇长，镇长没地方住了就去问组织。"他倒蛮清楚这个程序的。李春光的脑子里突然闪过姜国良那个关于孩子的比方，他觉得这时候的刘山坡还真像个耍赖的孩子。他想，难道这就是人们常说的"老小孩儿"？这样想着，李春光不禁笑起来，他替两老开了门，把他们让了进去。

如果姜国良是对的，如果刘山坡真是那种孩子，那他这会儿就应该这样做。

怕两老搞不清楚，他便告诉他们厕所在哪里，拖鞋在哪里，在哪里关灯，完了又替他们带上门。一时又不知道自己该去哪里，又敲门，刘山坡开了门，他进门发现老太太像根木桩似的杵在屋中央，显然她是不敢睡到镇长床上去的。这样他还得劝上几句："睡吧，别拘束。我那床也不见得有你们家的舒服，但也只能将就一晚了。"他是进来拿铺盖的，好在柜子里有床备用的被子，他抱上被子冲他们笑笑，去了办公室。

镇长办公室是有沙发的，可以将就一晚。大娄山的春天，夜晚还很凉，幸好他还有只电暖炉，烤着炉子，捂紧被子，很快就睡着了。

23

第二天早上起来，李春光回到寝室去看那老两口，见他们已经穿戴整齐等着他了。刘山坡正在抽他一天中的第一支早烟。

李春光说："那……我请两老吃羊肉粉？"

刘山坡起身就走。老伴急忙跟着。她心里尴尬，要不跟上老头子，她根本就不知道该怎么办。

路上李春光问："两老睡得好不？"

刘山坡说："睡得好，睡得好。"他一脸的得意。

李春光却只能苦笑。

吃了粉，李春光要送他们回去，刘山坡说："回哪里去？我们的家现在在镇里哩。"

李春光用乞求的口吻说："坡叔哎，你别无理取闹了好不？现在是非常时期，我们忙得很，没时间跟你闹好不好？"

刘山坡刚吃完粉，中气足得很，他说："我是无理取闹吗？你们才是无理取闹，好好的房子给我封了，我不住你镇里住哪里去？"

李春光噎了一口气，理顺了才又说："你那是危房，不能住人的，我们也是考虑到你们两老的安全哩。"

刘山坡干笑："哈哈，哪是考虑到我们的安全，是考虑到你自己的安全吧？县委书记那天说了，我要是出了安全问题，就拿你们是问，你们怕的是这个。"揭人之短真是令人快活，那之后，他的笑声圆润得很，一点儿不像出自他那条干瘪的喉咙。

李春光惨笑。他承认刘山坡说得对，但这件事情的最终目的也还是为他们老两口好，而且礼尚往来，他也揭了刘山坡的短，说他们老两口晚上根本就不住在那里，只是白天在那里装装样子而已。刘山坡还要犟嘴，李春光便问："前晚你们住哪里呢？"

刘山坡想都没想就说住在老房子里。

这回轮到李春光开心了，他也干笑，说："你们要是住在里头，我们封房子的时候你们去了哪里？"

刘山坡也有给噎住的时候，但他比李春光顽强，只噎了那么一下，就开口说前晚他们走亲戚去了。这当然是撒谎，李春光也没得理不饶人，只是拉上他就走。刘山坡在镇上住的地方离粉馆也就两百来米，李春光年轻，刘山坡年老，拉拉扯扯两分钟，就到了。老两口住的是二楼，李春光把他拉上楼，要他开门，他却不开。正拉扯呢，门开了。一个年轻女人开的，门刚打开，又跑出来个小女孩贴在她腿上，再往里头瞧，还能瞧见另一个稍大点儿的孩子。

李春光一头雾水，看刘山坡，刘山坡正半张着嘴得意呢。李春光只好问那女人："你是……亲戚？"

女人说："我住这里。"

李春光问："租的房子？"

女人说："嗯呢。"

李春光说："把你的租房合同给我看看。"

女人进去一会儿，拿了一个折得很好的塑料小包出来了。那租房合同很重要，所以她用一个塑料袋包了又包，好半天才打开来。李春光看了，的确是认真的租房合同。就是说，这个时间，刘山坡的儿子将房子租给了这个女人。

李春光回头看刘山坡，刘山坡一脸无奈，说："儿子不孝咯，我有啥办法？"

从二楼下来，李春光要去见刘山坡的儿子。但他儿子一家却不在，门紧紧闭着。门面倒是开着的,里头是一屋子白花花的铝合金条和铁条。李春光照着门框上的联系电话打过去,关机。回头看刘山坡,又看到一脸假装出来的无奈。刘山坡说:"两口子带着娃儿旅游去了。"

李春光说:"这样也好,这两天你两老可以住得宽敞点儿。"说着,他就打算走了。可刘山坡又拉上老伴跟着,像长在李春光身上的尾巴一样。

李春光说:"你们都到家了,还跟着我干吗?"

刘山坡说:"这哪是我们家呀,我们门都开不了。"

李春光不相信,往刘山坡身上摸钥匙。刘山坡怕痒,还扭来扭去咯咯笑。他身上的确没什么钥匙,李春光只好问他老伴:"钥匙在大婶那里吧?"

那老人羞得恨不能把头拱地下去,像蚊子一样说:"我没钥匙。"

李春光叹口气,只好把老两口又带回了镇政府,让他们坐到政府办公室,为他们泡好茶水,又安排了专人照顾,才离开。他可耽搁不起,村里昨天那一摊子事还没完,小辣椒产业园土地流转的事还等着他去做工作哩。

当然,那事也不是一天就能完,天黑后,他还惦记着这两老,急急忙忙赶回镇上,又去找刘山坡的儿子,结果还是吃了闭门羹。邻居看不下去,悄悄告诉他:"人家旅游去了,这几天见不着了。"

李春光只好回镇政府见那两老。两老早吃过饭,正等着他呢。李春光一上去就忍不住问:"你们一整天坐这里无聊不?"

刘山坡快嘴快舌:"不无聊不无聊,有时候我们也在这院坝里转转。干活干了一辈子,难得像这样休养几天,这都是托李镇长的福。"

李春光说:"那两老咋不跟儿子一家旅游去?"

刘山坡又做欲哭无泪状:"我那儿子靠不住呢,完全是个不孝子,他连房子都不让我们住,哪会带我们去旅游啊?"

李春光顺便问一句:"那你们打算靠哪个?"

刘山坡随口就说:"靠政府。"

李春光无法,只好给司机打电话,说得再跑一趟县城。

他让刘山坡两老跟他走，刘山坡却不动，问要去哪儿。他说："能去哪儿，去我家。"刘山坡一听是去他家，站起来就走。看老伴还犹豫，又回转身把她拉上，还开玩笑说："李镇长带我们住县城，你还磨叽个啥？"

24

李春光刚到自家楼下，就接到了周以昭的电话。既然周以昭想喝酒，那还不如来家里，索性请刘山坡喝一回酒，或许在酒桌上动之以情晓之以理，就能把那老顽固的思想工作做通了。

他安排周以昭带些下酒菜来他家，酒他家里有。他说："我们不喝啤酒，来烈的。"

周以昭那里答应下来，他便领着两老往家里走，一边走一边给彭语打电话，说他回来了，要她多准备两双拖鞋，家里来客人了。一听说他回家了，儿子就跑出门在电梯间等着了，他一出电梯，儿子就扑进他怀里撒欢儿。他抱着儿子进了家门，又把刘山坡两老让进去，把拖鞋放到他们跟前。彭语正收拾满地的玩具，抬头看来的是两位陌生老人，略有点儿意外。

李春光说："这是坡叔跟大婶。"

彭语便跟着叫："坡叔，大婶。"

两老见镇长媳妇这么礼貌，也就扭捏起来。他们的脚臭，刚脱下鞋便臭气扑鼻，刘山坡这样的人，竟也有些不好意思。但他们最终还是换上镇长家干净的拖鞋，在镇长媳妇的指引下，坐到了客厅的沙发上。

李春光要儿子从他身上下去，让他去洗个脸。儿子很听话，放他去了。

在洗漱间刚弄湿了脸，他又滴答着水来到门口安排彭语为两老泡茶。虽然那两老表现得很客气，刘山坡还说，不用麻烦，要喝他们自己弄，但彭语还是认真地为他们泡了两杯绿茶。茶叶是家里最好的，专门用来待客的。两老的脚污染了屋子里的空气，儿子童言无忌，说："妈妈，好臭。"彭语用眼神制止了儿子，自己不动声色地去把窗户开得大了一点儿。

李春光洗完脸出来，又跟彭语交代："待会儿周以昭要来，我让他带了下酒菜，你看看家里还有啥可以下酒的，再凑上两个，今晚我要请坡叔喝酒。"

十分钟后，周以昭打电话叫李春光到楼下接他。他大包小包弄了一大堆，还有一个火锅锅底。接上他往回走的途中，李春光告诉他，今天晚上喝酒的还有刘山坡老两口。周以昭问哪个刘山坡，看来他早已经忘掉了。

李春光说："就是整得我大气不敢出的那个，你让我把他家破房子租下来那个，你忘了？"

周以昭说："你把他带家里来干啥？"

李春光说："我封了他的破房子，他要来我家住呢。"

周以昭喊起来："他自家的房子呢？他儿呢？"

李春光说："他自家的房子租给别人了，他儿旅游去了。"

两人面对面站在电梯里，大眼瞪小眼，李春光一脸的无语和无奈。

周以昭喝酒的主题，原本是为了庆祝陈晓波的降职和自己的出山。如果可以的话，还想抱怨一下没让他去马鞭沟镇任副镇长，而且今后他还得经常碰上陈晓波这事，结果却给刘山坡搅黄了。事实上，他一见到刘山坡就把自己的事给忘了。不知道为什么，他一见到刘山坡就无名火起。按他的德行，一上去就是要发火的，但因为是在李春光家，也只好忍着点儿。周以昭没跟刘山坡打招呼，甚至看都不往他那边看，就好像那边不过是堵墙。事实上那边也是堵墙，刘山坡或多或少缺了点儿心安理得，所以自己选了有墙的那一面坐了，想从墙那里找到点儿安全感。

李春光跟周以昭完全是两回事,坡叔长坡叔短的,夹菜敬酒,像孙子孝敬爷爷那般殷勤。三杯下肚,他觉得是时候跟刘山坡来一番道理了,就说:"坡叔啊,你得体谅政府,政府办事是要讲原则的,你说你那老屋,都被你老人家扔掉两年了,这看到移民搬迁政策下来,你又跑进去假装住起……"

刘山坡说:"我体谅政府,哪个体谅我啊?"

李春光说:"那些真穷、真没房子住的还不想搬呢,怕臊皮。你老人家呢,镇上住着商品房,儿子又是小老板,还跟政府要移民安置房,就不怕臊皮?"

刘山坡说:"我怕哪样臊皮?政府的便宜,别人都可以占,我为啥不能占?"

李春光说:"哪有人占便宜呀?要搬的都是符合条件的,是在政策允许范围内的。你老人家指出个人来吧,哪一个是白占便宜的?"

刘山坡说:"全都是!不出一分钱,白得一套房,人多的还两套,不是白占便宜是啥?"

不管李春光态度有多温和,也不管他们是不是一句话就一杯酒,刘山坡始终是一副抬杠的态度。在一边坐着冷板凳的周以昭终于忍不住火冒,倏地起身将杯中的酒泼到了刘山坡脸上。这动作可惊呆了全场,好像他泼出去的酒,正好遇上了零下八十度的气温,一桌子人的表情都给冻住了。

最强大的当然还是刘山坡,他第一个解冻表情,并第一个喊起来:"搞哪样名堂?"

周以昭就等着这句话哩,他几乎是惊喜地喊起来:"搞哪样名堂?我要揍你!"

刘山坡一时还有点儿明白不过来:"你为哪样要揍我?"

周以昭把手都指到刘山坡鼻子上去了:"因为你丢了你先人的脸!"他那急赤白脸的样子,就好像刘山坡的先人也是他的先人一样。

刘山坡下意识地看了一眼李春光,这一眼可是意味深长:他认定周以昭是李春光请来的帮手,原来李春光请他们到家来就是想揍他呢。这一想还得了,他忽地站起,将面前的碗碟掀得稀里哗啦,跟着手就指到了周以昭的鼻子上:"你打!老子今天看你敢打!老子站这儿等你打!老子保证不还你一个手指头!你打……"

周以昭真就要打,可李春光哪能让他胡来呢?两人抱成一团扭来扭去,周以昭倒跟李春光打了起来。豆豆本来就感觉今晚的气氛不对劲,这下好了,吓得哭起来了。做妈妈的先是劝,后来考虑到儿子的感受,只好换作吼。两个大男人这才消停下来。李春光去哄儿子,周以昭这里白眼儿瞪刘山坡。要是刘山坡也跟着消停了,可能也就算了。可刘山坡嘚瑟得很,他已经看明白了,不管这家伙是不是李春光请来的帮手,他们都是不敢伸手打他的。得意忘形间,他又来了一句:"打呀,只怕你手伸出来,就没有缩回去的。"

这还了得,周以昭说:"我今天就不信这个邪了!"说时迟那时快,眨眼工夫,周以昭和刘山坡已经扭上了。因为他们中间隔着大半个桌子和刘山坡老伴,两人都不是那么顺手,所以李春光放下儿子上去拦架还来得及。谁也没注意到那自卑得从不敢吭声的老太婆,她一直悄无声息地缩在桌子角,尽量不引起人注意。可这会儿她也急了,即便是一辈子都不打算吭声,这会儿她也不能不开口说话了。她的声音并不高亢,语气也不激烈,但因为她的声音特别,一出来就引起了注意。她说的是:"老头子你不要闹了!"那是哀求的语气,声音小得像猫。不知道什么时候,也不知道是不是两人扭打过程中发生的事故——她跪在了地上。

周以昭松开了刘山坡的衣领。

于是,刘山坡也放了手。不过看上去,他松开周以昭,只是为了腾出手来拉他的老伴,他不能让她这样丢人。他骂老伴:"你跪个卵啦跪!你给哪个下跪……"

周以昭一声暴吼,一脚踢开椅子,扑通跪下了。"我跪好吧?刘山坡,坡叔,我给你老人家下跪行吧?!"他说着还真给刘山坡作揖打拱起来,谁也劝不住。他的脸和脖子青筋暴起,两眼充血。他说:"刘山坡,坡叔,我给你磕头,请你饶了李春光!做基层干部的都不容易,你就是他亲爹,他都不敢为你违法乱纪！你就饶了他吧，你饶了他，你死后我们给你烧纸！妈的，我们给你烧大票子，一张就是几百个亿，你觉得那个便宜大不大？"

他的话差点儿就把人逗笑了，可那场合谁也笑不起来。这顿酒最终喝成了一场闹剧，以刘山坡哇哇大吐收场。也不知道刘山坡是真醉，还是周以昭那一出让他下不来台，他当即便把一肚子秽物都吐在了桌子上。

25

第二天清早起来，周以昭打电话问李春光在哪儿，李春光说已经到镇里了。周以昭问："刘山坡呢？"

李春光说："在我家哩。"

周以昭说："你还真让他住你家啦？"

李春光说："那怎么办？只能暂时让他住下了。"

又说："不过，我老婆可是一肚子气，老两口不讲究，把痰吐地上拿鞋底蹭。"

周以昭问："刘山坡啥反应？"

李春光说："啥反应？人家心安理得得很，早起还对我说，昨晚都喝醉了，他不计较。"

周以昭在这边直喊"佩服佩服"。他突然觉得头好痛，昨晚的确喝醉了。

李春光却没头没脑地问他："你说刘山坡像不像个孩子？"

周以昭反问："这话啥来头？"

李春光说:"姜书记打过一个比方,说刘山坡这种人就像那种渴望抚摸的孩子,我明白他的意思,但就是拿不准该怎么'抚摸'。"

周以昭在这边哑然失笑,说:"你现在就是在'抚摸'。"

话虽如此说,但这并不是长久之计,挂了电话,周以昭还得寻思怎么拯救李春光。他依稀记得,彭娜学校的教工食堂里,有一名女工好像来自花河,正好也姓刘。不管这有多牵强,但花河就那么大个地方,姓刘的人又不多,或许他们真就有点儿亲戚关系呢?

他曾到彭娜学校的食堂吃过两次饭,因为两次都是那名女工在打饭,他又是那种自来熟的德行,便随口问过她是哪里人,姓啥。如果她姓周的话,他就会跟她论亲戚,那样一来,就可多调笑两句。但她说,她姓刘。

他让彭娜打听一下,她们食堂那名姓刘的女工跟刘山坡有没有关系。本来也没抱多大希望,天下姓刘的那么多,也不全是亲戚。可有时候事情偏偏就那么巧,这姓刘的女工,还就不是别人,她是刘山坡家姑娘。

周以昭都拍案叫绝了。

彭娜还在产假中,她是通过电话打听的。得到这个结果,周以昭就叫彭娜再打个电话,叫那女工到他家里来。至于理由,他想都没想,就说她老爹在这里,让她过来一下。昨晚的事他告诉过彭娜,刘山坡是个什么人,他也做过介绍,彭娜虽然不太支持把人叫到家里来,但从感情上她又是支持周以昭的。她打完电话,就把自己和双胞胎千金关卧室里去了。

那姓刘的女工如约来到他家,却看不到自家老爹,一脸疑惑。周以昭问:"找你爸是吧?"

女工点头,说:"不是说他老人家在这儿?"

周以昭说:"他没在我们家,他在李春光家。李春光是谁,晓得吗?是花河的镇长。你爸为啥在他们镇长家,你晓得不?"

女工摇头。她都嫁出来了,即使晓得那么一点点,也不想管。

周以昭说:"你爸妈想讹政府的房子,现在赖在李镇长家吃住哩,你不晓得？"

女工这回摇头摇得一脸茫然，这件事情才刚发生，她的确不晓得。

周以昭说："李春光你不认得，彭语老师你也不认得？"

女工眼睛像灯泡通了电一样亮起来。学校就那么几十个老师，她在食堂干了快三年了，怎么可能不认识彭语老师？

周以昭说："彭语老师就是李春光李镇长家老婆，清楚了？"

女工忙点头。

周以昭说："你爸你妈现在赖在李镇长家，不给他们移民新村的房子，他们就不走了。你打算怎么办？"

女工脸红得不行，表情也十分难堪，可她一开口却又是满嘴的无可奈何："老人家不懂道理，我们做儿女的，能拿他们怎么办？"

周以昭说："我不知道你们是怎么想，但如果是我爸妈这样，我会觉得祖宗八代的脸都给他们丢尽了。"

女工说："我们也觉得丢人啊，可我们能怎么办？"

周以昭说："你们就不能劝劝？"

女工说："劝了！我爸听不进去。"

周以昭说："求呢？"

女工说："也求了，我爸油盐不进呢。"

周以昭说："你爸到底什么毛病，你们应该清楚吧？"

女工随口就说："什么毛病，都是闲出来的！"

这话算不得答案，但周以昭却仿佛从中看到了一线光明。他拉上女工，要她去李春光家做父母的思想工作，说："既然以前劝都没用，那今天你得来厉害的。"又说，"你让他们待在李镇长家，像什么话？这不等于要挟吗？"

女工在学校里打工，知道"要挟"这个词的厉害，所以一路上都在咬牙。她就坐在周以昭的自行车后座上，听她咬牙，周以昭便开玩笑说："你可别一急，就在我后颈窝来一口啊！"

女工笑道："你一身酒气，我才不会咬你呢。"

两人哈哈笑了一气，很快就到了李春光家楼下。周以昭把李春光家门牌号告诉女工，让她先上去，他随后就来。他说这会儿李春光和彭语都已经出门上班去了，家里可能只有刘山坡两老在，要她上去直接敲门就行。女工也是个急性子，这都到父母跟前了，哪还等得及周以昭锁车。见电梯正好在一楼，自己便心急火燎先上去了。

等周以昭乘第二趟电梯上去，她已经和父亲交上了火。那女工不愧是刘山坡之女，嘴上功夫和刘山坡不相上下，两人交起火来，还真是棋逢对手。周以昭在外边听着，也禁不住暗自叫好。

这种力量相当的较量，最终只能以巧取胜。女工知道跟她老爹没法讲道理，丢人现眼也威胁不了他。她爹不是会要挟吗？那她也要挟，她说他们要是继续这样，她在学校那份工就保不住了。她说她要是丢了那份工，她们一家子就回娘家坐着吃饭去。但就这样，刘山坡也不怕，他甚至无赖一般说："你回来呀，你回来孝敬一下你爹也是应该的嘛！"这可把女工气翻了，火一灌顶，她便来了句："你怎么不去死啊？"这话可把她父母吓了一大跳，可话已经出口，收不回来了，女工索性来了句更狠的："你死吧！你死了埋了，我好去挖你的坟，我把你刨出来，扔进粪池里去！你信不信？"

如果大娄山人在发着狠问"你信不信"，那其实就是你必须信，就是你没有选择。

刘山坡当然是最了解大娄山人的了，所以他甘拜下风，蔫了语气问她："那你到底要我怎样嘛？"

女工看她爹在后退，便紧跟一步逼上去："我要你滚回你自己家去！"

刘山坡脖子一梗又要犟上，旁边那只有五十斤重的老伴，像是从长久的沉默中获得了神力，只听她老鸦一般喊了一声"走啊"，便一把将刘山坡推出了门。这一推，当然就没给他留什么回头的余地，母女俩推推搡搡将他轰出门来，随手就将门关上了。

那刘山坡出门一头撞上周以昭，似有气要上来，但身后有母女推着，他也停不下来。一秒钟后，他又十分感激她们母女，让他在周以昭面前有了抽身的台阶。事实上，刘山坡把事情做到这一步，自己也不知道该怎么收场，这样一来，他姑娘倒算是救了他。

周以昭也松了口气。他没有跟他们乘一部电梯，那样大家都尴尬。等那一家子进了电梯，他给李春光去了个电话，告诉他家里的麻烦已经解决了，刘山坡已经回家了。

李春光在那边喊："他回啥子家，他老两口都没家里的钥匙，他儿子一家锁门旅游去了。"

周以昭生气："这话你也信？！"

李春光说："不信还能咋的？你把他们撵出来，让他们去哪里？"

周以昭说："放心吧，不是我撵的，是他姑娘来接的。"

李春光松了口气，说："这还差不多。"

周以昭想了想，又说："这也是暂时的，我估计他回去照样要闹。"

李春光说："你有啥好点子吗？"

周以昭想了想，犹豫着说："要不，你给他点儿事干？"

李春光那边似乎还在说什么，但他已经听不见了。电梯里信号不好，他索性挂了电话。

出了电梯，点根烟叼上，周以昭上班去了。

他骑得慢。他在琢磨前天晚上姜国良的一些话，比如，"养羊"跟"养心"的说法。女工说她爹是闲出来的毛病，这不就是在说"心"？姜书记是怎么说的？"我们要脱的不仅仅是他们物质上的贫困，还有心灵上的贫困。"心的贫困，心的荒芜、空虚，便让人丢了祥和……周以昭感觉自己琢磨出点儿东西来了，于是脚下也快了起来。

26

王秀林要带丙妹去省里看病的事，遭到了迷拉的坚决反对。虽早有这方面的心理准备，但王秀林还是有些无法理解。

王秀林以为，经过一个多月的努力，他已经得到了月亮山人的信任。他每天早起拾粪，已经得到了全村孩子们的支持。早在半个月前，月亮山清晨的拾粪队伍，就从他一个人变成了几十个人。不管那些孩子是冲他那些糖果，和他每天早上为他们义务上的那两堂汉语课，还是真的被他的行为感化了，反正他已经拉起了一支几十人的拾粪队伍，每天清早起来，第一个开门的，正是这些孩子。他们全都像王秀林一样，提着一个粪筐，拿着一只铲子，从自家门前开始干起。这些日子以来，那铲粪的声响，堪称月亮山最美的声音。

当然，那是因为原来那些光脚击打地面的声音已经成为过去——王秀林从开始拾粪那天起，就每天督促孩子们穿鞋，一开始是穿鞋就有糖吃，后来是看见谁穿了鞋就奖励糖果。事实上，他只用了两天时间、五斤糖果，就让全村的孩子们都穿上了鞋。然后，他开始一家一户进门督促大人。"穿上，穿上。"他对他们说。他们听不懂他说的是啥，他便从屋角拿了鞋过来，替他们穿。老人们盘子老，又加上有些木讷，便由着他穿。那还不算老的，赶紧夺了鞋自己穿。

他说："这就对了，原来不穿鞋，那是没鞋穿，现在有鞋了，为什么不穿呢？"

又说:"你们只要穿惯了,就知道穿上鞋还是要比光脚舒服很多。"

他知道他们听不懂他的普通话,但他相信,有的时候语言其实是次要的。他买了很多创可贴,在替他们穿鞋之前,先在那些粗糙得像松树皮一样的脚后跟和小脚趾上贴上创可贴。他告诉他们,他也是打着光脚长到上小学的时候才有了鞋穿,为了不让新鞋伤着他的脚,他母亲就用一块布片像这样保护他的脚。正如当年母亲的法子对他有用一样,他这个法子对月亮山人也有用。一天天的,村子里的光脚少了起来。他坚持每天走访,进屋先看屋里的人脚上是否有鞋,没有,就替他们找到鞋,要是还需要他帮着穿,他便毫不犹豫帮着穿。那之后,他便教他们使用电饭煲和电磁炉。这两样是月亮山最大的电器,和那些床啊衣柜啊一样,是"补短板"来到这里的。月亮山从来没有过用电器的历史,村子里能跟电扯上关系的,就只有电灯。不知道他们花了多少时间才接受了电灯,就电饭煲和电磁炉而言,那两件东西放他们家里都大半年了,一直被他们遗弃在一边。就像喜欢光脚一样,主妇们依然喜欢用柴火做饭,喜欢烟熏火燎。当然,也有人直言不讳地跟他说到电费问题,也就是说,他们不想使用那两样电器,是有电费方面的担忧。这样他就还得为他们算账,家里几口人,种着几块地,几个人在外面务工,年收入多少,电费一度多少,两样电器每月需要多少电费,再说说柴火做饭潜在的危险,烟熏火燎给身体带来的危害,得了病花的钱等等,算来算去,他觉得还是用电器做饭的好处更多,而且这点儿电费他们也还能承受得起。像穿鞋一样,主妇们大多都很给他面子,第一天在他的督促下用起来后,第二天竟然接着在用。第三天、第四天,月亮山的炊烟变得凋零起来,再往后,主妇们已经开始忘记那种原始生活了。虽然袅袅炊烟曾经是月亮山的一大景观,但它们的消失,换来的是一种文明生活方式,又何尝不可?

大歹主任曾说王秀林是在干空事,因为在月亮山,搬迁才是大事。关于搬迁,他们开过无数的群众大会,大讲特讲很多移民的好处,可每每都被迷拉一句话打回原点。迷拉的那句话其实只有两个字:"不搬。"

问他理由，他又缄口不言。因为他觉得没必要那么啰唆。

但他说过一句话："跟你们外来人没法讲。"

大歹主任曾给他纠正过，自己是土生土长的月亮山人，不是外来人。结果迷拉只给了他一个白眼儿，因为在迷拉心里，他就是一个叛徒。

在月亮山，迷拉才是权威，他说不搬，月亮山就没人会搬。

在暂时搬不了的情况下，王秀林认为做点儿空事也无妨。他拾粪，他给人穿鞋，教人使用电饭煲和电磁炉，他还自主办了个汉语班，教孩子们学汉语，给他们讲山外的故事。当他在月亮山被看成"孩子王"之后，还曾带孩子们去县城，去看他们将要搬去的新区，去参观新区的幼儿园、小学，让他们看看别的孩子过的是什么样的生活，然后让他们回家做家长们的工作。

丙妹是第一个支持他的孩子。那是在他开始拾粪后的第三天，那天早上，刚站上山头的太阳，红得像颗充满生气和激情的心脏，月亮山被它照成了琥珀色。他刚开始拾第一块粪，就看见丙妹朝自己走了过来。她手上也提着个粪筐，拿着个铲子。她学着他的样子，将粪便铲进粪筐。是丙妹给了他启发，才有了后来的"糖果行动"。而且，他相信，后来那些孩子的加入并不全是因为他的糖果，更多的应该是丙妹的带动。丙妹每天和他一起拾粪，傍晚他和她一起坐在山顶看县城那片灯火。在跟他一起到县城长见识的那帮孩子中，丙妹是最令他心痛的那一个，不光因为她不能说话，还因为她眼神里那种无法言说的忧伤，她似乎永远回忆着一段伤心的往事。即使在她笑的时候，那种忧伤也不曾远去，这就是为什么她的笑容总是转瞬即逝。

在县城的时候，王秀林问丙妹："喜欢这里吗？"

她笑着点头。

王秀林说："那我们就搬这里来住，这里有丙妹自己的一间卧室，自己的床，别人要进去得先敲门……"

可丙妹的眼睛里已经只剩下忧郁了。

没有什么事情，比看丙妹那双眼睛更令王秀林揪心了。尤其当丙妹沉默的时候，她那双眼睛，简直能让王秀林的内心整个儿塌陷。

他领着她到县医院去看医生，希望他们能治好她的哑巴。可县医院的诊断结论是：丙妹的脑组织语言功能区和咽部发音区域都很正常，她不应该是一个哑巴。

这样的诊断结果没法令王秀林信服，所以他要带她去省里的医院。之前去县医院，王秀林没有告诉迷拉，因为他知道跟一个拒绝现代医学的人解释起这件事情来有多难。那是以带孩子们赶县城为由去的，不显山不露水。他甚至希望悄悄把丙妹治好，带给迷拉一个意外惊喜。但县医院令他非常失望，他们给不了他这份希望。

去省里的医院肯定就得争取迷拉的同意了，因为现在迷拉是丙妹的监护人。不仅如此，他甚至相信，要带月亮山的任何一个孩子走出娄山，都得经过迷拉的同意。

可迷拉不同意。迷拉坚信，要是他都没法让丙妹开口，别人就更不可能。在一个不相信手术能解决疾病的人那里，丙妹的失语跟她的喉咙完全没有关系，这倒跟县医院的诊断不谋而合——医生也认为丙妹的发声器官完全没有问题。况且，迷拉是月亮山的保护神，抵抗外来思想入侵，防止外人的侵扰是他的本分。如果他们平静的生活被打扰已经很无奈，那么他为什么要让别人带走他的孩子？把一个孩子带去省城，那是多远啊？谁知道你安的什么心？

王秀林说："你要是担心，可以陪着她。"

但迷拉依然不干。

王秀林试图让大歹主任去说服迷拉，大歹主任也乐意帮这个忙，因为他也心痛丙妹，可他尽了最大的努力也没帮上忙。甚至因为他的加入，迷拉的戒备心更强了。自那之后，迷拉再不让丙妹离开自己半步，走到哪里手上都牵着丙妹。

27

王秀林苦想了半日，只好打电话向老婆求助："喂，我都下来这么久了，你就不来看看我？"

老婆问："怎么，你也有想老婆的时候？"

王秀林说："那当然，而且特别想女儿。"

老婆在那边哼了几声，他知道那是假意的冷笑。老婆说："太阳从西边出来了。"又说，"也不想想，你都有多久没打过电话回来了。你下去都四十八天了，才打过三次电话回来，加上这一次才四次。我给你打过三次，你一次都没接过。我昨晚还跟女儿嘀咕，她爸这是乐不思蜀了……"

听老婆又要唠叨个没完，王秀林心里又急上了："说正事好不好？你带着女儿下来走一趟，第一可以让女儿体验一下乡村生活，第二，她来了，可以帮我个忙。"

老婆那边因为话被打断，已经很生气了，听他说要女儿去是为了帮忙，就更气。要知道，女儿上着学呢，又不在假期，怎么能随便离开学校呢？经老婆一提醒，他也觉得不对。没办法，他便把丙妹的情况告诉了老婆，他原本想得很简单：把女儿接来给迷拉做人质，他带丙妹去看病。

这想法让电话那边的老婆半天没反应过来，他在这边能清晰地想象出她张大嘴惊掉眼镜的样子。

他小心地补充道："你不也一起来嘛，有你带着女儿，还有同事们照顾着你们，怕什么呢？"又说，"迷拉就是个迷拉而已，又不是土匪。"

老婆终于嚷起来："那女儿的学习呢，她六年级了，这都马上要小升初了，可以随便旷课吗？"

可王秀林听出来了，女儿的学习并不是最重要的，因为女儿的学习成绩一直名列前茅，小升初对于她来说完全是小菜一碟。更重要的，是他将要让女儿去充当的那个角色，那个角色虽然充满了英雄气概，但那背后却充斥着一个父亲的草率和荒唐。老婆愤怒的是这个，她没嚷嚷出"是丙妹重要还是女儿重要"这样的话，已经让他感激不尽了。

他诚实地做了检讨，放弃了这种念头。

可他不能放弃丙妹的治疗。想放也放不下。

活了几十年，他从来没沾过烟，在这种煎熬中，他学会了抽烟，而且很快就一根接一根地抽出炉火纯青的状态来了。他想了很多种办法，这其中甚至包括动用派出所，可到最后还是觉得让女儿来最好。他的确想女儿了，也想老婆了。尤其这个时候，那是真想啊！女儿十二岁的年纪，女儿也有一双丙妹那样纯真的眼睛，但女儿的眼睛里从未有过忧郁，女儿的眼眸每天都像太阳一样明朗而闪亮，女儿还有雪白的皮肤，有明亮的声音，有最漂亮的衣裙，有最疼爱她的父母，有最好的生活环境。而这些，丙妹都没有。女儿不知道这些。女儿已经非常富有，但女儿还是会撒娇，还是有很多不满。他真希望女儿能认识一下丙妹，能认识一下月亮山这些到了入学年龄甚至超过了入学年龄，也进不了学校的孩子，让她知道，这世界上还有一些像她么大的小女孩，没有属于自己的床，不得不和父母，和兄弟姊妹挤一起，挤在地铺上睡觉。

第三天，老婆打电话来了，说："你说的那事，我跟女儿商量过了，考虑到你在村里工作不容易，我们决定支持你一回。"老婆的语气里虽然还带着无奈，兴许还有那么一点儿屈从的意思，但王秀林依然十分感动。女儿拿过了电话。女儿用蜜一样的声音叫了声"爸爸"。他真想哭，想说他想她了。可女儿在那边用玩笑的口吻来了一句："听妈说，你要拿我当人质去？"这样，他又忍不住笑了起来。他说："我知道那对你有多不公，但这里有个孩子需要帮助，爸爸也想你了。"他感觉自己的眼眶真的潮湿了，热辣辣的，像进了辣椒水。

女儿却在那边说："没关系，爸，你的事就是我的事，谁叫你是我爸呢！"

又说："我听妈说了，不就是换一个女孩出来治病吗？这是件好事啦，做一件好事，不难。"那小大人的口吻，在"一件"上落下重音，有调侃的意思，王秀林的眼泪冲出了眼眶。那是笑出来的。

女儿说："你等着，我明天就去跟班主任请假，三天够吗？"

王秀林算了算，今天是周一，如果明天请假，那么算上周末能有五天时间，所以他说："那就三天吧。"

事情就这么定下了，老婆孩子第二天晚上九点钟到达贵阳龙洞堡机场，王秀林借了雷鸣支书的车，连夜把她们接到了娄山。因为太晚，在县城住了一夜，次日清早就赶回了月亮山。

28

但王秀林很快就发现，自己简直太天真了，而且这种天真简直就是愚蠢了。迷拉要的是丙妹，不是他的女儿，也不是任何一个别人的女儿。他要的不是这种交换，而是他的信念的不可侵犯。

事实上，同事们也觉得事情被他想得太天真了，所以没有人去替他据理力争。

"那就权当是我们来探个亲吧。"老婆说。对于老婆来说，这个结果其实是最好的，所以她的语气里难免暴露出那么一点点庆幸。

倒是女儿有点儿遗憾，她原本是想扮演一回英雄人物的。但她很大气，不会因为这点儿事情就影响了心情。她安慰爸爸："没关系，你还可以想别的办法。"说完，她已经在村子里飞奔起来了。

她还是第一次做这么深度的旅行，村子里的一切，甚至那些刚拉下的牛屎猪屎，都让她感到新奇。妈妈在后面追，怕她摔着了，又担心村子里那些狗。可王秀林却叫老婆放心，说村子里那些狗跟他都熟，不会咬他的女儿的。

这话应该是玩笑话，但他却说得非常认真，这就让老婆有些发怵了。她甚至担心王秀林脑子出了问题。

好在孩子撒了会儿野，又自己跑回来了。她是被村子里那些陌生的眼神吓回来的，那些木讷的、胆怯的、害羞的眼神。后来她决定去找丙妹，要想在这里玩得开心，她得先交个朋友。她出门都是要带上阿奇的，这次也不例外。阿奇是只玩具熊，是众多娃娃里最讨她喜欢的一个。她跑回来，就是为了阿奇，她要带上它去找丙妹。

丙妹在家做饭，正有模有样地炒着菜。

她们俩刚才已经见过面了，但那会儿是大人们谈事，她们并没有打上招呼。因此，这次她得先来个自我介绍。她说："我叫王亦男。"完了又把阿奇介绍给她，"它叫阿奇，是个男孩儿。"

丙妹的第一反应，是先看看屋角的迷拉。而迷拉，这会儿则用一双警惕的眼睛盯着这个天外来客。这看上去完美得像画匠画出来的小人儿，可是刚才王秀林要用来换丙妹的人物，他可不能小看了。

随着丙妹的视线，王亦男也看到迷拉了。迷拉的眼神让她发怵，但她暗暗给自己壮了壮胆，强笑着又来了一遍自我介绍。

迷拉说："我晓得你是哪个，不准来找丙妹，你回去。"

王亦男故意磨蹭，她真希望丙妹这会儿能站出来挽留她一下。可丙妹没有。迷拉不让她磨蹭，他已经从黑暗的屋角走出来，像赶鸡一样赶她了。王亦男很失望地看了丙妹一眼，但最后也只好在她那忧郁眼神的笼罩下无趣地离开了。

王亦男失魂落魄地回到村委会，午饭已经做好了。本来说今天中午给王书记的老婆孩子接风的，但五天后有一次省里的检查，大家都忙。王秀林便让大家该干吗干吗去，特殊时期不用那么多讲究，老婆孩子他自己管就行了。这样一来，大家就抱歉一番，都走访自己的贫困户去了。这顿饭是王秀林做的。看在他亲自下厨做饭的分儿上，老婆说了很多恭维话，还希望女儿也捧个场，但王亦男实在是很沮丧。

王秀林看出了她的心事，宽慰她说："等到天黑的时候吧，那时候丙妹可能会到山顶坐上一会儿。"

王亦男问："可能是什么意思？那就是不一定吧？"

王秀林说："只要天上不下雨，她就肯定去。"

因为讲到的是天黑下来的事，老婆便担起了心，问："天都黑了，那孩子还跑山顶干什么？"

王秀林叹了口气，说："看县城。一到天黑，坐在山顶上就能看到县城那片灯火。"

老婆哑然。

那天没下雨，所以傍晚的时候，王亦男真在山顶上找到了丙妹。她抱着阿奇，丙妹搂着大白。大白是丙妹的狗，山里人的狗，名字都很简单。

王亦男跟丙妹并排坐下来，两人对视一眼，算是打过了招呼。

"看县城对吗？"她问。

丙妹点了点头，转过脸继续朝着正前方。丙妹给王亦男的感觉，略有那么一点儿冷漠，她好像跟她的迷拉大伯一样，总在拒绝着他们这家人。迷拉拒绝他的第一书记，丙妹拒绝她这位唾手可得的新朋友。

朝着丙妹看的方向看过去，王亦男找到了县城那片灯海。可那对于她来说，真算不得什么。她说："你要是能看到北京，就不会看这个了。"她语气里那种轻蔑暴露无遗，所以丙妹连回头看她一眼都没有。她意识到了，立即做了个抱歉的表情，但黑暗中这个表情也没被丙妹看到。所以她立即改变救场的方式，她说："不如你这次就跟我一起去北京？"

丙妹终于扭头看了她一眼，而且就着模糊的夜光，她抓到了丙妹眼里那丝站在自卑和自尊身后的感动。王亦男突然间觉得非常能够理解了，在她和丙妹之间，存在着这个世界上的巨大的差距，她想如果换成是自己，也会是丙妹那样的态度。她感觉自己瞬间就长大了不少，一个充满爱充满仁慈的大人就站在她那年少的身体里。

"你想抱抱我的阿奇吗？"她小心而温和地问。

丙妹却搂了搂自己的狗。

"我可以摸摸你的狗吗？"她更加小心地问。

丙妹很认真地看了她一眼，轻轻点了点头。她从丙妹身前伸过手去，轻轻摸了几下大白的头。

"我爸说，你们很快就要搬到县城去了，县城有一片楼房，是专门为你们建的。"她说。

丙妹又点了点头。

可身后突然响起一个很生气的声音："我们不会搬。"

是迷拉。危险时期，他是不会让丙妹一个人在这里坐着的。刚才稍一疏忽，丙妹就不见了，他立马便追了来。他拉了丙妹就走，好好的一个交心的机会生生给他拆散，王亦男一生气便忍不住冲着他的背影吼："你这人真讨厌！"

次日清晨，王亦男是被她父亲和孩子们拾粪的动静吵醒的。妈妈依然在懒睡，她推开窗户，那种只属于月亮山的早晨，略带着腐草气息的空气便扑面而来。那种气息，源自那些被拾粪者撩开的牲口粪，让她有点儿恶心。但很快她就被蹦上山头的太阳吸引，彻底将那点儿恶心忘记在脑后了。

月亮山的早晨，有着一种神奇的美。太阳从来都不是慢慢地升起，不是一点点地照遍大地，倒好像是先在山的那边来了一段助跑，然后猛地一跃而起，跳上山头。村子会在一刹那被它照亮。昨晚有露，雾岚应时升起，以它们自己喜欢的形状，突然间显形。就像它们原本就卧在那山谷间，一直就挂在那树梢上，只是人们必须要借助阳光才能看得见它们。这种在月亮山人那里早已变得审美疲劳的晨景，深深打动了这个北京来的少女。亢奋之间，她迫切希望见到丙妹，可她用尽目力，也没能在那些拾粪者中找到丙妹的身影。于是她等不及换上正式的衣裙，穿着睡衣就跑了出去。

但就是那个时间，月亮山发生了一个大事件——一位阿达清早出门清地，将从地里清理出来的荒草以及去年的苞谷桩子，弄到旁边废弃的煤洞口去烧，结果熏醒了煤洞里的一窝蛇。

月亮山海拔高，节令比山下要迟一些，山下的苞谷都快抽穗儿了，这里才开始整地移苗。蛇们当然也一样，要醒得晚一些。那不是一个普通的蛇窝，是一个大家族，听那阿达说，大大小小大概有四五百条。那四五百条蛇因为受惊，像子弹一样"嚯嚯嚯"飞过火堆，将她打翻在地，又从她身上踏过，逃向了村子。等她缓过神来，发出惊呼的时候，蛇们已经在村街子里狂奔起来。一时间，全村的鸡都惊乍乍乱扑乱飞，狗们也都没命地狂吠，小孩子的尖叫声、慌乱的关门声，还有那沉不住气的女人们的喊声——整个村子都惊慌起来。

王秀林很快就看到了蛇，先是一条，"嚯"，就冲自己来了，他本能地一躲，蛇从他身边射过去了。可随着近处那些拾粪孩子们的尖叫声，他看到的是一个蛇群，就像一片乌黑的潮水，从村子深处漫出，又在他的眼前漫开。村子突然变得十分寂静，所有的喉咙都因为惊恐而失声，不知道什么时候，太阳被云雾遮得严严实实，月亮山的早晨变得更像是傍晚，世界末日般的恐怖气息笼罩着整个村子。

不知道过了多久，王秀林突然发现自己身后还傻站着几个孩子，而他的女儿正揪着他的衣服紧贴在他的身后，只从他身体一侧探出个头来，惊恐地瞪着眼前的那一幕。王亦男早已经吓得浑身打战。王秀林还看到身后村委会二楼的窗户上有一张惨白的脸，那是他老婆的脸。村委会的门口站着大罗主任，即便是土生土长的月亮山人，他也是一副吓破了胆的样子。

王秀林也不清楚自己突然间生出的那股英雄气概源自哪里，或许它根本就是恐惧的伪装，他只是没看出它的真面目而已。他突然就喊了一嗓子，当然他喊的不是"救命"，因为接着他就举起粪铲要去打蛇。这时候，那原本看上去呆若木鸡的大歹主任突然追上来抓住了他，那因惊吓而僵硬的嘴巴里，吐着僵硬的声音："等迷拉来，等迷拉来。"

　　那迷拉，真就应声而来了。先是鼓声，而后是他那估计谁也听不懂的咒语，最后才是他的身影。他跳着特有的舞蹈，那种时不时得跺上一脚的舞蹈。手鼓节奏也是跟舞蹈一致的，跺脚的时候节奏就跟着加重，念咒的旋律也一样，跺脚时语气也要加重，声调也要高扬。整个月亮山都屏声敛息，全世界只剩下迷拉的手鼓声和吟唱声。

　　他在赶蛇。像赶羊群一样。

　　就见那原本了无方向的蛇流，慢慢地有了方向。那些爬到了墙上的，像木棍子一样栽下墙来，那些钻进了鼠洞的，通过鼠洞进了屋，甚至已经爬到了床上的，听到他的鼓声和咒语之后，也全都扭头出来，归了队，最终在村街子上集合成一股黑流。这时候，迷拉的鼓声和咒语声突然变高，舞蹈也变得更加激越起来。那或许就像吆喝，蛇流沿着毫无规则可言的村街子，弯弯曲曲流向他指引的方向。他一路跟着，将整个蛇流赶出了村子。那重见荒野的蛇群再次激动地飞起，"噌噌噌"飞进草丛和菜地，消失了踪影。十分钟后，当最后一条蛇"噌"地消失在人们眼前，迷拉的鼓声和咒语也停止了。村子突然间寂静得像个无声的梦境。太阳忽地冲破了云雾，露出了它充血的头颅。月亮山又重新明亮如初，缓过神来的月亮山居民开始吐气，鸡们甚至开始拍起了翅膀，狗们也抖落了满身的恐惧。那经见过世面的老阿达放松了面部表情，已经露出了微笑，那些刚过半百，经见得还不够多的女人们，虽一个劲儿地抚着胸口，脸色却依然惨白。但不管如何，当迷拉掉头凯旋，那一路跟他而来的人群便向一边闪开，让出一条大道。迷拉倒不像真英雄那般显摆，他不挥手不欢呼，当然他胯下也没快马，手上也没鲜花，脚下也没红地毯。他脸上有的只是镇定，那是作为一个迷拉必须有的表情,在任何时候都必须有的表情。

大人们也没再簇拥欢送,危机解除后,那老的半老的,男的女的,都回了自己的地方,该干吗干吗去了。只有孩子们还跟着迷拉,他们将他团团围住,像蜂群围着蜂王。因为由衷的崇拜,他们要为迷拉欢呼,要将他们的偶像欢送回家。

好奇心极强的王亦男自然是在这支队伍里,她一直紧抓着丙妹的手臂,就像身陷激流时紧抓住一根救命稻草一样。她也不记得自己是什么时候放弃了父亲,而把自己的生命安危交给了跟她同样弱小的丙妹。她自己解释为好奇,是好奇心让她忘记了安全。抓住丙妹是为了跟紧她,跟紧她是为了不放过这一神秘事件的每一个细节。孩子们的欢呼,她听不懂,那都是些很原始的音节,但她也想欢呼,便学着喊出了那个音节。她其实喊得不好,但因为有她的加入,孩子们的情绪便更加高昂起来。欢呼声再次潮起,且一浪高过一浪。而迷拉,这位降蛇英雄,就那么自信而平静地走着。王亦男一直走在那群孩子的外围,不知什么时候她和丙妹已经被冲散了,手里已经没了丙妹。她一直紧跟着迷拉前面那群孩子,学着他们那样迎着迷拉后退。她一直紧盯着迷拉的眼睛,直盯得自己泪花闪闪。于是,她觉得发出那样的单音节意义不大,她更喜欢表达明确的赞美,她喊道:"丙妹,你爸真牛!"

有人告诉她:"那不是她爸,是她大伯。"这是她妈妈。她可不完全是出于好奇跟来的,更多的是为了保护她的女儿,虽然她自己比她的女儿更害怕。危险过去后,她也长舒一口气,放松了紧绷的所有神经,但这会儿她的声音还是颤抖的。她不是孩子,但她要跟着自己的孩子,所以从某种意义上说,她也一直在欢送迷拉。

"丙妹,你大伯真牛!"王亦男听了妈妈的话,又改口喊道。

作为骨灰级粉丝,王亦男真恨自己肚子里的赞美词汇太少。她虽然在喊丙妹,但她的眼睛一直盯着迷拉,看上去她是决心要在他那平凡的身体上看见神的翅膀和胡须,最好手上还有根魔杖。她一边后退,一边喊:"你大伯是降蛇英雄！"她这会儿最恨的就是她的妈妈，是妈妈坚决阻止她读玄幻小说，要不然，她是可以找到一位英雄的名字来形容迷拉的。

只因为她一直注视着迷拉，所以她是唯一一个发现迷拉鞋带开了的人。迷拉穿的是一双解放鞋，或许是刚才的舞蹈所致，他的右脚鞋带开了，每走一步，鞋带就在他脚的两边甩两下，但迷拉并不知道。这本来是件小事，但如果另一只脚不小心踩住了鞋带，人就会被绊倒。所以王亦男伸出手像交警一样竖掌叫停。但迷拉不开车，不懂那个手势。王亦男只好站下，展开双臂阻挡迷拉继续前进。别的孩子都不知道发生了什么事，见她如此那般，也都痴痴地站下。迷拉也只好站下，因为他可以闪过这个孩子的身体，却闪不过她脸上的真诚。他不知道这小姑娘要干什么，但他用了很大的耐心等待着。

王亦男蹲下去，像给自己系鞋带一样，用两只手的食指和拇指勾住鞋带一拉，迷拉的鞋上便有了一个漂亮的蝴蝶结。迷拉看得很清楚，那个蝴蝶结简直让他的另一只鞋无地自容。

起身后，王亦男闪到一边，做了个"有请"的姿势。迷拉没有跟她道谢，山里人害羞，有很多词汇说不出口。但王亦男从他眼睛里搜索到了一份柔软，它就像月亮山那些小孩子，羞答答地躲在他的平静后面。他迟疑着从她面前走过，继续往前行进。

29

王秀林和大歹主任也一直远远地跟着。王秀林还发现年轻面嫩的雷鸣支书也站在身后。他们中间，只有大歹主任是一副见怪不怪的神色，另外两位显然是第一次目睹这类玄幻场景。如果之前他们没法理解为什么迷拉在一个村子里拥有不可思议的威信，那么现在他们有些理解了。如果之前他们没法理解迷拉为什么会把移民搬迁看成是一个末日似的事件，那么现在他们也有些理解了。这里之所以有迷拉，是因为这里有神话，离开了这里，迷拉还能是迷拉吗？

但或许因为王秀林是从北京来的，他习惯性地想从每一个神秘事件中找到科学依据。他相信很多神秘事件之所以神秘，就是因为它有太多不为人知的秘密。

提到这一点的时候，雷鸣支书笑了，他用手肘捅捅大歹，说："你一定得给王书记科普一下。"

王秀林充满期待地看向大歹，大歹却东张西望，显得很紧张。他毕竟正要泄密。好在那会儿他们身边没有别人，就他们仨。大歹主任这才走到王秀林身边，紧贴着他的耳朵说："其实是气味和声音的作用。"

王秀林想张口发问，大歹主任赶紧示意他住声。大歹的脸色很吓人，因为他被自己的想象吓着了——他怕王秀林的提问被第四个人的耳朵听见了。

他把王秀林和雷鸣拉到一个没人也没房子的地方，特别叮嘱："可不能告诉其他人啊！"

王秀林问："为什么？"

大歹说："这话要传出去，月亮山的乡亲们会说我诬蔑，迷拉则会作法整治我。"

王秀林想笑，但最后又没笑。他冲大歹很认真地点点头，表示他不会外传。

这样，大歹才又问他："你晓得香水和香薰吧？"

雷鸣笑起来，王秀林当然知道香水和香薰。

大歹说："其实，迷拉不管作什么法，都是靠借用自然法则的。比如他给人治病，其实就是靠香的气味。他有各种配方的香，方子是若干种草药、毒虫，还有别的啥我就不太清楚了，反正很复杂很复杂。哪些是煎，哪些是炒，哪些又是蒸，我也不晓得，但我晓得那都是秘制的，除了迷拉以外，没有第二个人知道方子。作法的时候，他会根据病人的情况选择对症的香。只要点上香以后，他的唱啊跳啊，那都是装样子来迷惑人的。治病主要是靠那炷香。如果是驱邪，他们就还有一种药水，要么抹在身上，要么洒在衣服上。作法时还得配上咒语不是？咒语的神奇之处又在于，第一，请他作法的人家相信他能驱魔，第二，主要在于那种声音能给人带来宁静。人生了病，如果能静心，病就容易好。再加上药香一熏，那些简单的病就真的好了。"

说到这儿，他停下来，等着王秀林消化他这些话。

王秀林问："那么今天的咒语是能让蛇变得心静吗？"

大歹说："你这样理解就对了。自然界讲一物降一物，不管多凶多邪的物种，都有它的天敌。迷拉今天不光用了蛇害怕的气味，还模仿了蛇害怕的声音。他那些咒语，我们听起来是一样的，但蛇却是能听出让它们害怕的东西来的。"

又说："这其实也是一种能耐，不管如何，别人是做不到的。"

这时候，雷鸣支书突然问王秀林："王书记听说过'蛊'吗？"

王秀林点点头，表示他听说过。

雷鸣支书说："民间的确存在很多神秘文化。"

这时候，村子里有人喊大歹主任，大歹便跟这两位招呼一声，去了。

王秀林看着大歹的背影问雷鸣："他说的都是真的？"

雷鸣说："反正他跟我也是这么说的。"

又说："不过，听上去是通的。"

30

村里的孩子们一直将迷拉欢送到家，王亦男当然也是。但到家后，王亦男却反客为主地把别的孩子全赶跑了，她要他们走开点儿，不要来打扰迷拉，说迷拉降蛇累了，需要休息。事实上，那些孩子也没打算继续留下，把迷拉欢送到家，已经完成了作为一个粉丝的使命，继续留下来干什么呢？

王亦男却意犹未尽。她像个跟屁虫一样跟着迷拉，迷拉去放手鼓，她便小心地盯着手鼓，怕它不小心从架子上掉下来。他去喝水，她便盯着那只黑乎乎的水瓢，怕它突然变成只活生生的乌龟。他喝上水的时候，她又紧盯着他的喉结，怕他呛着……丙妹静静地站在一边，一直盯着她。

迷拉总算坐下来了，王亦男赶紧挨着坐下。可她妈妈跟来了。妈妈远远地站在院子里喊王亦男，要她回去。出于礼貌，或许也有崇拜，妈妈还微笑着跟迷拉点了点头，特意解释："王亦男还穿着睡衣，得回去换衣服。"又对王亦男说，"别缠着迷拉，迷拉很忙。"

可王亦男不干。她这个时候别提有多讨厌她妈妈了，妈妈不该在这个时候来扫兴，啰里啰唆。王亦男一脸厌恶地叫妈妈自己回去，别管她。她说她跟迷拉还有很多话要说，非常重要的话。王秀林对这里的事情当然也是十分关注的，这会儿他远远地站在二十米开外的地方，听见女儿如是说，便劝老婆听女儿的话，不妨让她留下把话说完再回。

既这样，做妻子的便听从了丈夫的意见，自己回了。临走时，叮嘱她的孩子:"早点儿回来吃饭啊!"

王亦男甚至都没理会妈妈这句叮嘱,她早已经把注意力转移到了迷拉这里。迷拉坐下来后开始抽烟,烟是旱烟,不抽烟的人会感觉那味儿很呛。王亦男坐在他身边,不停地皱鼻子。

她说:"你很厉害你知道吗?"

她说:"你是一位降蛇英雄。"

她说:"你不用怀疑这一点,英雄不是天生的,而是在别人需要你的时刻挺身而出。"

她说:"我会把今天的故事写进我的日记,我甚至打算把它作为我升学考试时的作文素材。"

她说:"但是你先别太骄傲。"

说到这里,她真希望迷拉受到哪怕一丁点儿刺激,但迷拉依然不动声色,就像他根本就没听见有人在他耳边叨叨。王亦男怀疑了,她扭头问在旁边做饭的丙妹:"他能听懂我说话吗?"

丙妹扭头看一眼迷拉,又看一眼她,没有点头也没有摇头。丙妹自己,其实也声色不动。

王亦男心里直叫苦,这不等于遇上了两块石头吗?

但是她不能气馁,不管在这之前,还是在这之后,她都从来没像现在这样渴望帮她爸爸一把,或者说是帮丙妹一把。是迷拉的英勇行为激发了她的大丈夫气概吗?就算是吧。

她继续说:"这个世界很大,还有别的很多英雄,你能降蛇,也许还能像他们说的那样,能驱邪,但你不能治病。"

迷拉难得地看了她一眼。

她好高兴。她得意起来:"怎么样?我说对了吧?我听说村里人的病都是你治的,也治好过。但你怎么没能治好丙妹?你要是连亲侄女都治不好,还敢说你能治病?"

迷拉竟很快地将烟斗拔出了嘴，那是要说话的动静了，可末了他只吐了一下口水。一个小孩子，哪能被他放在眼里呢？

王亦男更得意了："我知道你想说什么，你想说丙妹是给邪魔附了身才哑巴的，可你不是能驱邪吗？为什么驱不走丙妹身上的邪？"

迷拉还没被激怒，丙妹已经听不下去了。她从灶边走过来，拉了王亦男往门外推。但她那双眼睛，却暴露了她的感激。平心而论，她是真感激王亦男的拔刀相助。

既这样，王亦男哪能听任丙妹将自己赶出门去，她反将丙妹推回去，生了气："我爸为什么不惜拿我来做人质，也要带丙妹去看病？我为什么愿意来到你家充当人质，也要换丙妹去治病？就是因为声音对于一个人来说非常重要。一个人的能力是有限的，迷拉的能力是降蛇驱邪，医生的能力是治病。你不能做到的，医生能做到，你为什么不让丙妹去看医生呢？是怕动摇了你在村子里的地位吗？"

她说："要真是这样的话，你虽然是个英雄，却是个很自私的英雄。你为了你的名声，为了你的地位，就拿丙妹来做牺牲……"

"你懂个屁！"这是迷拉终于给她激怒后，带着众多唾沫星子吼出的声音。

王亦男被他喷了一脸唾沫，但她毫不在乎。她等着迷拉给她解释，等着他说服她。

迷拉的确不屑跟小孩子解释什么，但这会儿他已经被这个小孩子逼急了。

他说："整个月亮山十年八年才垮一次岩，偏偏不垮别的地方，就把丙妹一家人瓮了，这说明个啥？这是命！一家人都给压死了，偏偏丙妹这娃儿活过来了，她捡了一条命，就该变成个哑巴，这叫个啥？也是命！"

王亦男说："就算你说得对，这是命，那么医生就能改变命运，因为他们能治好哑巴！"

她妈妈又在喊她回家了。

而她在这里好像也再无多大趣味，所以她最后撂了句重话。她说："你要是明知道这一点，还要让丙妹做一辈子哑巴，那你就是罪人！"

临走前，她拍了拍丙妹，算是安慰和告别。认识丙妹以来，这也是她第一次发现，丙妹的眼里并没有拒人千里的东西。回去的路上，她寻思可能一开始就是她自己看错了，丙妹也许从来就不曾那么冷漠过。

妈妈在半路接上了她。大手拉小手，她在妈妈身边习惯性地蹦了几下，才又开始好好走路。

爸爸在摆饭，今天又只有他们一家人吃饭。看她来了，爸爸一边忙着手上的事，一边问她："怎么待那么久？"

她坐到桌子边说："没什么，我把迷拉教育了一顿。"

爸爸妈妈异口同声地发出疑问："嗯？"

她说："我很生气，他伤了我的玻璃心。英雄怎么能是那么自私的人呢？"

因为两天后月亮山要迎接一次省检，村里有很多事要忙，老婆女儿留下来又帮不上忙，王秀林便改签了她们的机票，要她们第二天返京。知道这个变化的时候已经是深夜，所以王亦男跟丙妹的告别只能是在第二天清早了。当晚收拾行李的时候，她将布熊阿奇放在了行李箱外面，第二天清早，她便抱了它去跟丙妹告别了。

但她第一句话却是冲迷拉说的，而且，那分明是一句警告。她说："降蛇英雄你听着，你要是不让丙妹去治病，你就不是英雄，而是怂包！"怂包是啥，她也没做解释。

然后，她才拉了丙妹往院子里走。来到院子，她郑重地把阿奇递到了丙妹面前，但丙妹不接。妈妈正好上来了，于是王亦男问妈妈："丙妹为什么不要呢？"妈妈想了想，说："也只有你，这么大的孩子还要玩娃娃，人家丙妹不像你这么幼稚。"

王亦男想都不想就把阿奇扔地上了。她说："既然是这样，我也不要了。"就这样还不行，还要把阿奇踢进旁边的牛粪里，以表明她的决绝。

阿奇被扔到地上的时候，丙妹没动声色，但当王亦男把它踢进牛粪堆以后，她却追上去把它救了起来。她用自己的衣袖替阿奇擦拭粪污，然后把它紧紧搂在了怀里。

31

王秀林把妻女送上飞机回到月亮山，县里迎检的先遣队已经回去了。雷鸣支书说，因为这里重要，姜国良书记也来了。还说姜书记特别提到，王秀林从北京下来那天，姜书记是要在晚上为他接风的，但因为王秀林没有在县城逗留，便没接成。又说，姜书记这次来也希望见见他，结果又因为他送妻女去机场，便错过了。

王秀林笑着说："幸好错过了，姜书记这么客气，我反倒不好意思见他了。"

雷鸣支书细声说道："先别说这话啊，姜书记可是对你在月亮山做的这些工作赞了又赞，还叫我们向你学习呢。"

王秀林这回不光笑，还笑得有些讪。他说："姜书记……这也太言过其实了吧。"

雷鸣支书说："王书记你还别说，一开始我们也这样认为，但姜书记说得好啊！他说，'我们为老百姓修移民新村，那是从物质上为老百姓寻出路，王秀林拾粪、让他们穿上鞋、学会用电磁炉，是从精神上为他们找出路啊！'"

王秀林还想谦虚一番，但末了也被这句话打动了。事实上他做这些小事的时候，认知并没有上升到这一步，不过是想让村子干净整洁，让老百姓衣着整齐，让他们的生活介入现代文明，也算是为他们做点儿事吧。

他最终还是笑了，说："县委书记就是县委书记，一些鸡毛蒜皮的小事，也给他上升到理论高度，我想他这就是为了鼓励我们能更好地工作，能做更多的工作吧。"

雷鸣支书说："你可别小看这些工作啊，不光姜书记称赞啊。"

接着，他便说起了县委办主任向涛和县委组织部部长陆枫。他俩的帮扶户都在月亮山，两人最怕的就是上面来检查的时候，帮扶户不穿鞋，因为一旦鞋都穿不起，就是"世界级贫困"了。就是说，在这个村子还没能搬走之前，这些都是迎检硬件啊。他俩哪能想到像王秀林那样去做呢？两人原本已经听天由命，只巴望月亮山快些搬进县城的移民新村。他们想，住到了县城，村民肯定就不好意思再打光脚了。可眼看着这一次省检之前，月亮山依然是搬不成，他们也只好跑来做做工作，最好的办法，是求帮扶户在省检那天委屈一下自己，把鞋穿上。他们没有想到变化是这么大，一来就看到村民们都穿着鞋，还学会了用电器，主任、部长都惊喜得差点儿跺脚了。听说这都是第一书记王秀林的功劳，他们便一定要当面感谢王秀林。又听说王秀林送妻女去机场了，他们不知道有多遗憾。

据说，今天也照样召开了群众大会，姜国良照样在会上苦口婆心地劝大家尽快搬迁，但收效也照样是零。这就像那种滑稽的算术题，只要被乘数是零，你面前不管是多大的数，结果也只能是零。

所以雷鸣支书说，姜国良临走时要他们像王秀林那样从小事做起，用润物细无声的办法感化群众，团结群众。

姜国良说："要让群众感到和你们村干部心贴心了，你们的话，群众才听得进去啊。"

书记的话有道理，但王秀林也好，雷鸣也罢，心里都清楚，书记讲的可不仅仅是穿鞋捡粪那点儿事。要让老百姓和你心贴心，要做的事情多了去了。

王秀林一直在琢磨雷鸣支书的那支务工队。

这大半年来，为了让月亮山脱贫，雷鸣支书特意组织了一支外出务工队，全是村里的青壮年男丁。

　　月亮山落后封闭，一出月亮山就存在着语言不通的问题，所以他们这些年来还没有一个靠自己迈开腿走出去的人。雷鸣来到月亮山任支书后，第一件事就是将青壮年组织起来，并为他们在附近的工地找到工作，让他们抱成团外出务工。这支务工队已经建起半年多了，这半年多时间里，他们已经学会了跟人用汉语做些基本的沟通，同时也练就得大方了，大胆了。半年前，他们还因为听不懂你说话而脸红，还因为语言不通而畏惧山外的世界。半年后的今天，他们已经能跟雷鸣支书开玩笑，甚至他们的队长已经开始主动去为这支务工队找活干了。

　　王秀林想的是，务工队的人已经有了见识，做他们的思想工作应该不难，从他们这里走一条迂回道路，先做通他们的工作，再由他们去做迷拉的工作，也是一个办法。

　　但雷鸣告诉他，这办法早试过了，没用。因为比较起来，这些人也就是多了一点儿外面的经历，但脑子里还是顽固地迷信迷拉。

　　王秀林问："难道他们在外面生病了，也跑回来请迷拉治？"

　　雷鸣说："那倒不是。但他们即便在外面治好了病，也不会怀疑迷拉。他们无非是相信，这世上除了迷拉能治病，还有医生也能治病而已。"

　　又说："况且在他们的观念里，迷拉可不仅仅是能治病，从某种意义上说，他还是他们的主心骨，他们的大事都得由迷拉做主。"

　　王秀林问："那要是迷拉错了，他们也要听他的吗？"

　　雷鸣说："基本上是这样。因为他们不相信迷拉会错。比如月亮山搬迁这件事情，我们做的思想工作不下几火车吧？而且每一次你都能看见，村民已经动了心，可到头来他们还是那句话：迷拉说不搬。"

　　王秀林说："那就是说，我们只要做通迷拉的工作，就可以了吧？"

　　雷鸣哭笑不得地说："迷拉的工作……"他指指头上的天，"怕只有老天爷能做通。"

王秀林给难住了。那天晚上，他就连睡着后，眉头也还是挤着的。

但他不知道，那晚迷拉也很挣扎。说来可能没人会信，月亮山这么权威、这么冥顽不化的一个人物，却被北京来的一位少女动摇了信心。

第二天早上，迷拉来找王秀林了。他说他答应让丙妹去看病，但有个条件，他得一起去。

王秀林简直喜出望外，二话不说就大着嗓门喊雷鸣支书，问他的车有没有在山下。

为了不给迷拉反悔的机会，王秀林得抓紧时间带他们上路。这里不通公路，要出山，都得走到山下才能开车。雷鸣支书每次来都是开车到山下，然后徒步来村委会。王秀林又要跟他借车了。可雷鸣支书觉得此刻并不是带丙妹去看病的好时机，因为后天就是省检，王秀林作为第一书记，省检的时候不在，可能不好。

但王秀林怕夜长梦多，万一迷拉回去睡一觉又反悔了。他说："省检是检查我们的工作，又不是打考勤。再说，我们今天抓紧赶到医院，说不定还能挂上下午的号，如果顺利的话，今晚就能赶回来。"

雷鸣支书还没有正式起床，一直是趴在寝室的窗户上跟他说话，见他决心要去，便把车钥匙从窗户扔给了他。

王秀林接了车钥匙，又说："那你不如进我寝室，把我的包也扔给我。"

雷鸣支书从自己寝室的窗口消失了一会儿，又在王秀林的寝室窗口出现了。他把王秀林那只黑色的小包扔了出来。

王秀林接了包，迷拉和丙妹也提着包袱来了。王秀林二话不说，拉上丙妹他们就出发了。

32

　　王秀林让丙妹坐副驾驶,并替她系好安全带。丙妹不能说话,满心的激动都在脸上。

　　王秀林问她:"去过省城吗?"

　　丙妹摇头。

　　王秀林说:"那我们今天就要去省城了。"

　　丙妹点点头,一脸苹果色。

　　上了路,王秀林下意识地从后视镜里看了一眼迷拉。迷拉看上去可是一副忧心忡忡的样子。

　　王秀林冲着后视镜说:"放心吧,省里的医院一定能治丙妹的病。"

　　但迷拉只是动了动表情,并没吭声。事实上,他的表情也很快就回到了原点。

　　王秀林不禁在心里问:他到底在想什么呢?

　　丙妹不能说话,迷拉不想说话,他要再不说,这车里就太沉寂了。于是王秀林还得说,他甚至有点儿想刺激一下迷拉。

　　他问迷拉:"迷拉你呢,你到过省城吗?"

　　这一激还真管用,迷拉开口了:"当然到过!"

　　王秀林笑笑,说:"你倒是哪里都去过了,但丙妹还没走出过娄山县呢。"因为是替丙妹叫屈,说话的时候他便看了一眼身边的丙妹,丙妹回了他一个感激的笑。

丙妹的注意力一直都在车窗外，虽然这一带的景致跟月亮山并没有区别，山是一样的山，树是一样的树，草也是一样的草，但现在她是在另一种速度里看它们，汽车的速度。在弯弯曲曲的山路上，行驶的汽车使路边那些树那些草也有了飞快的速度，它们飞快地逃出丙妹的视线，躲向她的身后，好像在跟她捉迷藏。

他们将在县城边上拐上去省城的高速，但王秀林拐向高速的途中上了一条岔道，到了一个能俯瞰金山社区全景的地方。那是一个拐弯的地方，支棱出来的拐子，正好是一个天生的观景台。金山社区是娄山县最大的移民新区，但之前他们都是走进社区去看，是那种身在其中的看法。现在，他想让迷拉和丙妹站在一个最好的视角，看看它的全景。但出于抵触，迷拉没有下车。迷拉不下车，丙妹也便迟疑。但王秀林替她解开了安全带，不容分说地把她拉下了车。

他把那片新房子指给丙妹看。他说："在那里，有迷拉的房子，有丙妹的房间……"

迷拉却突然推开车门冲他吼："到底要不要去医院？"

王秀林赶紧说："去去去，当然去。"

说着话，他赶紧将丙妹送进车里，自己也赶紧钻进车打上了火。他可真怕迷拉一使性子反悔，就让丙妹治病的事黄了。

这一回，丙妹自己系上了安全带。这一点可真令王秀林欣慰。他冲着后视镜对迷拉说："上高速了，你打个瞌睡，我们就到省城了。"

迷拉还真就闭上了眼睛，做出准备打瞌睡的样子。

王秀林又对丙妹说："你也可以打个瞌睡。"

丙妹摇头，她可不想打瞌睡。

王秀林说："你得养好精神，因为省城会给你很大的惊喜。"

丙妹看着他，他觉得那是小狗才有的眼神。

他说："省城比县城可不知要大多少倍，也不知要繁华多少倍。"

丙妹眨了一下眼睛，又深吸了一口气，然后看着正前方。她在想象省城的样子。

那之后的十多公里高速路，车里都是沉默的。王秀林从后视镜里观察过迷拉，他看上去真的睡着了。再去看丙妹，丙妹也扭头看他。

"要不，我们来点儿音乐？要不然，我也该打瞌睡了。"王秀林说。

丙妹点头。

于是，王秀林摸索着打开了车载音响。没想到雷鸣收藏的竟是些山歌，那嗓门一喊出来，就把后座的迷拉惊醒了。能在这里听到山歌，让丙妹也有些惊喜，很显然，这一老一少都是喜欢听山歌的。一曲未完，迷拉的脸已经松开了，表情也柔软了。

王秀林不是太喜欢，但他并不认为自己是这车里的主角。主角是迷拉和丙妹，所以这车里唱的，也得是他们喜欢的才对。再说，他要的也就是个响。昨晚他也没睡好，这高速路上开车要是没个响，容易打瞌睡，那大嗓门喊出来的山歌，倒是醒瞌睡的极好选择。

看丙妹听得有些迷醉的样子，他问她："你也会唱山歌吗？"

丙妹跟着山歌的节奏冲他点了点头。

王秀林说："我倒真希望你能唱给我听听。"

丙妹又一下一下地点头，表情也在告诉她，她也很希望有那一天。

王秀林静了静，说："省里的医生肯定能治好你。"

丙妹依然那样点头，就像她是个木偶，一个只会点头的木偶。

前往省城的路上，车里一直滚动着那几首山歌。中途迷拉还情不自禁地跟着哼了几声，但后来他就在那歌声中睡着了，而且还睡得很香。

下了高速，王秀林关掉了音响。刚静下来，迷拉又醒来了。"咋不唱了？"他问。

王秀林说："改天我们听丙妹唱吧。"

说完，他跟丙妹相视一笑。

33

过了收费站，王秀林便对丙妹说："我们马上就要进省城了。"

丙妹的身体突然就坐直了。好像受潜意识的驱使，她扭头看了一眼后座上的迷拉，迷拉冲她笑了一下。

事实上，一过收费站，她就看见一片一片的高楼了。它们生在或高或低或近或远的山坡上，就像大娄山上的那些林子。只是大娄山的林子是树，这里的林子是高楼。

这里的高楼比县城的高楼多一些，丙妹想。但楼要比县城的高，她想。丙妹见过的最大的城市，就是娄山县城，所以她只能拿县城来跟它比。

随着车往前开，她又推翻了自己的判断。远不止多一些，两个县城也没这么多高楼，她想。啊！马路好宽，车也多出很多来，她想。

但王秀林告诉她，他们的车才上二环，还没到市中心呢。

市中心又该有多热闹呢？在心里这么问的时候，她脑子里依然想的是娄山县城。娄山县城的中心，有一个在丙妹看来已经很大的转盘，车子们到了那里得看红绿灯，得根据红绿灯的指示绕着转盘转圈。旁边有个小广场，广场上时常都聚集了很多人，有跳广场舞的，有抽地拱转（陀螺）的，有打牌的，有遛狗的，有遛娃的，还有什么也不干，坐那儿发呆的，或者傻傻地看热闹的。丙妹觉得，县城的中心已经很热闹了。

路上的车越来越多，他们的速度明显慢了下来。

好多车啊，比县城的都多出好多，丙妹想。市中心是不是也有个转盘呢？应该有吧，要不然，这么多车怎么走啊？丙妹觉得，在一个十字路口，车辆从四个方向聚到这里，大家头碰头的，没个转盘还真不知道该怎么办。

丙妹的视野越来越窄了，那些高楼生成的林子，已经离她非常近，就在路的两边，他们的车像在谷底穿行。丙妹开始紧张，因为她意识到省城真的非常大，大到超出她的想象。

他们的车拐上了另一条路，王秀林及时报告："我们上中环了。"

中环是什么意思呢？看来是离市中心更近的意思吧，丙妹想。

她冲王秀林笑了一下，但因为紧张，那个笑一闪即逝，而且有些僵硬。中环车更多了，挤挤挨挨的，大家都只能龟速爬行。丙妹通过车窗前后左右望，望到的依然只有高楼和车流。

"车太多了，是吧？"王秀林说。

"城市就是这样的。"他说。

是的，车好多，丙妹想。我从来没见过这么多车，丙妹想。她的心一直在猛跳，就像一只不知疲倦的小狗。因为丙妹不能说话，没有人知道她为什么那么渴望热闹，也没有人知道，只有热闹才能驱走她内心那个阴影，那个在泥石流下将她紧紧抓住的阴影。人们只是把她从泥堆里抠出来了，但并没有替她赶走它。大伯虽然是迷拉，也没法赶走它。她虽然睡在大伯的身边，可它依然会出现在她梦中，时常把她吓醒。因为她喊不出声来，它便越发得意。所以，丙妹不敢早睡。她不喜欢黑夜。她想，要是天一直亮着就好了。如果那样必须要用人们不得睡觉的代价来换取，那她也宁可不睡觉。

一到晚上，她就到山顶看县城那片灯火。她去过县城，知道那里有多热闹。她看着那里，想象着自己正在那里，在人群里，在一大片灯火中……她总是要大伯扯着嗓门喊她，才回去睡觉。但那种想象会在她脑子里保留大半夜，它们给她温暖，也给她安全感，后半夜她便能睡得安然。有时候，大白会偷偷跑来挨着她睡，她搂着大白睡也能管点儿用。遇上不管用的时候，她从噩梦中惊醒，它便拿舌头舔她的脸。

正想着大白，她旁边就滑上来一辆车，后座的车窗里伸出一只棕色泰迪的脑袋，狗鼻子仰在空中，滑稽地嗅着空气。丙妹见了，不禁皱了皱眉，心想，那是啥，狗吗？我可从来没见过这样的狗，它们难道像人一样烫过头发？

他们的车在前面一个路口拐了弯，王秀林说：“我们马上进市中心了。”

丙妹暗地里深吸了一口气，身体就绷得更紧了，就像即将要见一位重要的人物。

王秀林问她：“省城是不是很大？”

丙妹很用力地点点头。

一进市中心，高楼就跟丙妹挨得更近，也贴得更紧了。街道上车和车摩肩接踵，使得丙妹非常紧张。见并没有事，她才放下心来。她想，县城人多的地方，不也是人挤人，你不注意就撞了我的肩，我不注意就踩了你的脚吗？不也没见人因此就打起架来吗？人多很好，我就喜欢人多。车多也很好，尤其是拥挤的时候，大家都按喇叭，那才热闹呢。但省城的车为什么都不按喇叭呢？难道省城的车跟我一样，都是哑巴？她突然听到王秀林在生气，他好像骂了前面那车一句。她扭头看王秀林，王秀林有些难堪，便跟她解释：“前面那车变道不打灯，直接就加塞进来了。”

丙妹想，要是车辆不是哑巴就好了，那样的话，骂人的就是车，就不是王书记了。没想到王书记那么好的一个人，急了也是会骂人的。

不管车也好，人也罢，都不是哑巴才好，她想。

王秀林很急，他总在看时间。

丙妹一想到他急的是什么，心里又狂跳起来。我就要有声音了，她想。

34

但令王秀林和丙妹都没有想到的是，省里医院的诊断结果竟然跟县医院如出一辙。不同的是，因为知道丙妹在失语前受到过创伤，所以他们提出了一种可能性，即创伤所致的应激心理障碍，导致失声。

王秀林问："有办法治吗？"医生深吸一口气，说："曾经有过用艾瑞克森催眠疗法治疗成功的病例，但那种情况偶然性太大。更何况，这孩子的汉语理解能力有限，艾瑞克森式沟通进行起来障碍很大。"

这听上去像是一种推诿，王秀林着急地跟医生解释："这孩子的汉语理解能力不差，我们跟她交流起来没有问题。"

可医生说："也许你们跟她交流没有问题，因为你们的交流都是日常的。"

又说："刚才你们也看到了，我们跟她交流的时候，她大多数话都没听懂。"

情况也的确如此，整个诊断过程中，丙妹需要回答的一些问题，都是王秀林和迷拉在替她回答，即便是只需她摇头或点头的时候。但王秀林却觉得那是因为紧张，丙妹第一次走进这样的大医院，第一次接触大型医疗器械，紧张是很正常的。因为紧张，便无法集中注意力，也是很正常的。医生也觉得王秀林说得有道理，但临了他还是那副无能为力的表情。对于丙妹那样的病人，他做医生的又何尝不想把她治好？如果声音是可以直接安装的就好了。他真想再看一眼病人，哪怕向她表示一下歉意，让她明白他的无奈也好。可丙妹不在诊室，她不知什么时候已经离开了。王秀林一急，才发现迷拉也不在跟前，赶紧出门来找，才发现丙妹正出神地看着别人缴费。

这间诊室位于走廊尽头，离门口两米就是一台自助缴费机，原来丙妹来这儿看稀奇了。当然，这都是人们看到的表面现象。对于丙妹来说，一个铁家伙居然能说话，人还得听它的，的确不可思议。但她其实更多的是沮丧，是想哭。她盯着它看，只是想借它驱赶那份沮丧，驱赶那种想哭的冲动。医生的话，她的确绝大多数都没听明白，但有一点她却是明白的，那就是他们也给不了她声音。然而她想要声音，不是一般地想要。更小的时候，她夜里一个人从小伙伴家回家，穿行在黑咕隆咚的村街子上时，她会哼着山歌来吓退黑暗和恐惧。因此她相信，她内心那个面目狰狞的阴影也会害怕声音，害怕她喊出来。如果她做噩梦的时候能喊出来，就能把它吓退。

为了讨回她的声音，大伯没有少为她作法，但都没用。因为大伯不知道是谁夺走了她的声音。现在看来，医生是知道这个了，但医生却拿这个夺走她声音的家伙没办法。

那么，我只能一辈子做哑巴了吗？她真希望这台自助缴费机能突然给她一个答案。

迷拉在过道的椅子上吸烟。墙上明明贴着"不准吸烟"的告示，但他不认得它。作为丙妹的大伯，作为丙妹在这世上唯一的至亲，诊断结果自然也是令他丧气的。但作为一位迷拉，他又隐约感觉到一种不该有的庆幸，庆幸老天爷做出的明示——迷拉都治不了的病，别人也没法治。

这种心情非常复杂，所以他强烈渴望立即来一口烟。虽然这一路上王秀林都在提醒他不要抽烟，车里不能抽烟，公共场所不能抽烟，医院里更不能抽烟，但这会儿他顾不上那么多了。

旱烟味儿熏得过道上的人都远远地躲，宁可躲到过道尽头站着，也不愿靠近他。

王秀林就不能抱同样的态度了。他武断地夺了迷拉嘴上的烟斗，拖了迷拉和丙妹就走。准确地说，他那是逃。

作为一个生活在文明城市里的人，王秀林在害臊，如果那会儿正好有条地缝，他会毫不犹豫地拖着迷拉钻进去。慌乱中，他发现自己手上的烟斗还冒着烟，于是又添了新的慌乱。他想他应该找到洗手间，得用水灭了烟斗，要不然，他们逃一路，就污染一路了。

迷拉这会儿倒也机灵，一下子就觉出了王秀林的想法。于是他用余出来的那只手夺了王秀林手上冒烟的烟斗，用手指头将烟捏灭，把烟斗揣进了怀里。污染源被截断，王秀林松了口气。

从五楼到一楼，王秀林都处于无语状态，一是因为丙妹的诊断结果，二是因为迷拉在过道上抽烟。他一只手拉着丙妹，一只手拉着迷拉，杵在电梯里像根拴牛的电线杆似的。迷拉虽然刚才情绪复杂，这会儿因为意识到了自己的错处，反倒内心简单了些。

三人来到医院门外，王秀林一口气提起来，本想对迷拉发一通火，可最后又没发出来。很显然，眼下最重要的不是责怪迷拉在医院里抽烟，而是丙妹的病怎么办。是继续去更好的医院，还是从此放弃？王秀林知道指望不上迷拉，凭他的经验，要是问迷拉怎么办，迷拉一定想都不想就说"回吧"，语气里甚至可能还带点儿幸灾乐祸。不为别的，就为医生刚刚证明了他的正确。

王秀林把期待的目光投向丙妹，可丙妹却冲他笑了笑。丙妹其实想哭。但丙妹已经十三岁了，丙妹失去声音已经两年多了，她已经学会了笑着哭。

所以，王秀林只有自己拿主意了。

他说："那就去北京。"

丙妹的眼睛突然间瞪圆了。"北京"能带给她的可能性，撑圆了她的心，也撑圆了她的双眼。

35

姜国良突然来金山社区了。他看上去来得很随兴，来前没通知社区，身边也只带了秘书小陈。来这里好像也没有具体的目标，来了，就和秘书小陈在社区里信步晃悠。看老人们晒太阳，便上前和他们聊两句，问他们习不习惯，想不想老家。老人们都只在电视上见过这位新书记，真人走到面前，却并不一定认得真切，就以为是管闲事的，爱搭不理。有那种喜欢说话的，会跟他来一两句，或是说"想"，或是说"老家哪有这里好耍"，他便根据这回答，猜测他们的性格。说"想"的，必是那种恋家的了。后面那位，自然是个好耍之人，哪里热闹就爱哪里。

后来他又去了幼儿园，去了假发厂和电子厂。去幼儿园，是因为那会儿正是幼儿园课间操时间，那里的热闹吸引了他。他站在外面看了好一会儿孩子们做操，老师们看样子像是认出他来了，怯生生地报之以笑，他也礼尚往来地笑回去，但笑完他就走了。

他正是在这里暴露的。事实上，即便姜国良看上去不像县委书记，但小陈看上去却极像县委书记的秘书。那些幼儿园老师正是根据这一点，肯定了他是谁。

惊吓也好，惊喜也罢，有一位老师赶紧跑进去把园长找了出来。等园长急火火出来，姜国良已经走了。园长就把这个消息通知了社区主任，她说："姜书记好像在社区微服私访呢。"

接完这个电话,社区主任便用了救火的速度飞奔而来,可那会儿,姜国良已经进假发厂了。

这间小厂是为了方便新区的移民做工刚引进的。说是厂,其实像间小作坊,二十来个女工分两排面对面坐了,一人抱着一个塑料人头,一根一根往上织发。因为厂子还很幼小,诸如门岗这一类设施就暂时还没有。当然也没有正经的厂门,不过是一间屋子,上班期间门一直都是开着的。姜国良只需把脚向前一跨,就进厂了。

他多少引起了一些注意,但工人都是些中年妇女,早过了好奇的年龄,所谓注意,也不过是扭头看了他一眼罢了。当姜国良想跟她们打声招呼,说说自己的来意的时候,她们已经把头埋下去了。

这样,姜国良也就免去了自我介绍,而是静悄悄地站到她们身后,仔细看她们如何织发。被看的人飞他一眼,抬起头来看着对面的工友笑,这是被看得不好意思了。于是,姜国良也笑。他问她们:"织这玩意儿,一个月能挣多少?"

跟前的那人回答他说:"一千多块吧。"

姜国良说:"就挣一千多块,你们乐意啊?我看你们都还年轻轻的,又都身强力壮,如果出门打工,肯定不止挣这些吧?"

"也不全都是身强力壮咯。"这话指的是两位残疾工友,一位腿瘸了,一位腰坏了,但说这话的人却因为自己嘴巴太快感到非常抱歉,脸红得像给人泼了红墨水。

幸好旁边还有嘴快的,说:"我们虽然身强力壮,但双腿给孙子抱住,也走不脱。"

姜国良说:"是喽,都抱上孙子了。"

那边说:"就是嘛,现在的年轻人都只管生不管带的,娃儿生下来往老的跟前一扔,就跑了。我那儿媳妇,连月子都生怕多坐一天,刚三十天,就走了。"

这话引起一片笑声，其中也有姜国良的。

正笑着，社区主任气喘吁吁跑进来了。一照面，就赶紧哈腰，赶紧去找姜书记的手。握上手，姜国良却还惦记着刚才的话没说完，便把主任这边的礼节先搁着，接着刚才的话往下说。

"所以说，你们是给孙子套住了对吧？"

又问："那么，要是没搬，你们给孙子套在老家，都靠啥挣钱？能比现在挣得多点儿，还是少点儿？"

因为社区主任的突然出现，她们才知道面前这位跟她们说话的竟然是县委书记，女工们顿时变得拘谨起来。

待主任提醒她们："姜书记问你们话呢。"

有人才又细了声回答："在老家嘛，就种地，够吃，挣不了啥钱。"

姜国良问："但你们在这里挣这一千多块钱，如何能养活老小？"

那边说："儿女们要补贴嘛，我们替他们管娃儿，他们还不管我们的生活啊！"

姜国良说："就是说，你们一边带孙子，一边挣点儿盐巴钱，算是两不误？那么，你们在这里也算住得安心了是吧？"

那边说："这里住着，孙子们上学方便。要没这房，儿女们还得到城里来租房让娃儿上学呢。"

姜国良点点头，算是聊得很满意了。

他跟女工们道了别，主任就伸一只手恭引他出门。出了门，主任又问："姜书记还想去哪里？"

姜国良却说："我其实就是随便走走看看，你不用陪着。我知道你们的事儿多，所以来前没跟你们打招呼。就因为我想来看看，你们就前呼后拥拿人陪着，那是在浪费时间。"

主任惶恐地唯唯诺诺。姜国良不想让他为难，就让他跟着了。隔壁就是电子厂，进去发现这里并不都是女工，还有两个男工，但他们一个只有一只手，一个坐着轮椅。事实上,姜国良是第二次来这间厂了,当时隔壁的假发厂还没开起来。在他的心里,他跟这里的工人们已经算是熟人了。正因为这一点,他们就少了很多话,互相之间有个眼神,有个点头,或者闪个笑容,就算是聊过了。

厂里本身也没什么看头,最大的硬件就是两台车床,十几个工人站在流水线上倒腾着一些小电子配件。在假发厂聊的那些话,姜国良早在半个月前就跟他们聊过了,所以,随便看了看,姜国良就出来了。

来到外面,姜国良才跟社区主任说:"厂小了。得想办法把厂子办大点儿,厂子大,才装得下更多的工人,有了更多的工人,厂子才有效益,工人们的收入也才能高点儿。"

主任点头称是,说他们正在想办法。

姜国良说:"在社区里建厂是好事情,你看,就连残疾人都有了挣钱的地方。"

主任说:"是啊是啊。"

姜国良突然又说:"可我看那几位残疾人脸上还是苦。"

主任咕哝了一句:"残疾人嘛……"

姜国良说:"这就说明他们的内心并没有得到改善,是挣的钱不够,还是缺失钱以外的什么东西呢?"

这问题就太深奥了,主任把脸憋得通红,也没能憋出句妥帖的话来。

说话间,已经离厂子有些远了,主任也是这会儿才发现,其实一直是姜书记在领着他们往前走。姜国良要去的是靠山的那两排新楼。那是金山社区最后一期易地扶贫搬迁房,刚建完。他看上的,是后面的山坡。那面山坡,并不因为生在县城边上,就没了山坡的样子。在大娄山这样的地方,不缺的就是山坡。那些长满茅草的山坡,在姜国良眼里,是绿茵茵的草场,是撒满羊群的牧场。如果还有别的,那就是月亮山人的"茅人坡"。月亮山人每年都要过"茅人节",他们不搬,是不是因为这里没有"茅人坡"?

姜国良问社区主任："有单独给月亮山安排独立的小区吗？"

主任说："考虑到公平，社区的房都是按面积分类，用抓阄方式来分配的。"

姜国良说："把这两栋楼分给月亮山吧。他们大多数人都讲不了汉话，你让他们跟别人住一起，他们会心慌。再说，他们还有一些民族风俗要保持，这后面的山坡，我看他们是可以用来过'茅人节'的。等我再引进些草，将这后山坡变成草场，让他们在这里养羊。有了这些条件，他们在这里也许就住得安心了。"

主任听得像个木偶似的，眼睛直扑闪。要知道，这月亮山的搬迁问题，可是娄山县著名的硬骨头。虽然搬不搬不是他管的事儿，但这社区有月亮山的份儿，他们住没住进来，就有他的事儿了。一直以来，他们也没少琢磨过"月亮山人为什么不搬"的问题，但琢磨到最后，总又习惯性地把问题推到村委会的头上，觉得那都是因为村委会工作不力。他们很少像姜国良这样，站在这样的角度去琢磨这件事情。今天听姜书记这么一说，还不让他茅塞顿开？

姜国良说："回头你们设计一下，将这个小区做上些民族元素，做得温馨一点儿，我让那边派人带他们来看看他们的新家，说不定他们就动心了呢。"

主任忙说"是是是"，心里有说不出的诚服。

姜国良说："我看，干脆就把这个小区叫'月亮山'，这样一来，他们不过是从那一个月亮山，搬到了这一个月亮山而已。你说行不？"

主任忙说"行行行"，后来又补了一句："姜书记这办法太好了，我们立即照办，立即照办。"

这就该走了，姜国良说："走，去看看你们的老年俱乐部。"

那会儿，周以昭正在教一位老汉走大娄山的土棋——五码。为什么叫"五码"，从来没人考证过，也没人想考证，但大娄山人大多数都是会玩的，尤其是老人。不过，大娄山除了"五码"，还有"大贰"，后者玩起来更刺激，渐渐地，"五码"就被人们淘汰了。但即便是这种情况，这老年俱乐部里头，却依然有一个人不会玩"大贰"。为了给这位老人培养一个玩伴，周以昭从那群每日只坐一边看人玩"大贰"的人中,选了一位居然不会玩"五码"的,教他怎样和那唯一不会玩"大贰"的对垒。

这是大娄山人在田间地头歇气时的玩法。随便找一块石板,或者平地,画上棋盘,每人找五颗石子或者五根木棍,就可以开始。周以昭作为大娄山人,从小就会玩。因为他还是一个聪明的大娄山人,所以比很多人都玩得好。有他坐在那人背后,那人就总赢。输家是要贴"胡子"的,对面那人贴了满脸的纸条,一说话纸条就飘。

正玩着,姜国良进来了。周以昭并没有注意到。主任想喊他,姜国良制止了。老人们正玩得不亦乐乎,他不忍惊扰。他静悄悄走向周以昭的时候,周以昭突然喊了起来:"走这步走这步,将死他将死他!"因为那人反应迟钝了,他干脆伸手替代,把对方将死了。因为开心,周以昭拍着手站起身,才发现姜国良杵在身后。这一惊可非同小可,感觉一股热浪直灌头顶,脸就蜡黄蜡黄的了。

姜国良却在笑:"你的五码下得不错嘛。"

周以昭忙解释:"他不会,我在教他。"

姜国良点头,问:"教会了吗?"

周以昭赶紧回头问那位老汉:"你会了吗?"

那老汉好像看出这件事情很重要似的,急忙点头说:"会了会了。"

姜国良笑着说:"那你们接着玩。"说着话,又到另一边的牌桌上看了看老人们玩"大贰",就出来了。一出门,他就叫小陈打电话,叫小刘把车开过来。这是要走了,跟在身旁的社区主任、副主任就都急着问:"姜书记要走了?"

姜国良笑道:"不然还要赖在这里蹭你们一顿饭啊?"

那两位只好笑。

姜国良看周以昭像哪里痛似的,脸上一阵儿黄一阵儿白的,便问他:"怎么样,进入状态了吗?"

周以昭赶忙笑,但还真像哪儿痛似的,笑得龇牙咧嘴的,想说什么,又不敢说，痛苦极了。

姜国良问："怎么啦，对组织上的安排有情绪？"

周以昭细了声说："我是想去马鞭沟的，我跟你说过要去那里养羊。"

姜国良笑起来，笑完又叹了口气，说："我以为你是明白的。"

周以昭小心问道："明白啥？"

姜国良动了动腿，让自己站得舒服一点儿，说："想养羊，在哪里养不是养啊？你知道北京来的那位第一书记吧，王秀林？"

周以昭点点头。

姜国良说："他每天早上在月亮山捡粪，督促村民们穿鞋，教他们用电磁炉，他听说迷拉的小侄女是后天创伤性哑巴，就带那姑娘去看病。要我说，他这就是在'养羊'嘛。"

他说："就刚才，你教那老人下棋，也是在'养羊'嘛。"

他说："我们修了漂亮房子，这里生活条件也方便了很多，但有时候仅有这两个条件并不够，尤其对于那些在山里生活了一辈子的老人来说更是这样。古人讲'此心安处即吾乡'，我们不光要让他们在这里住下，还要让他们住得安心嘛。"

周以昭像是悟出点儿道理了，眉头开始打开，但跟着他的问题又来了："可是……"他看了一眼旁边的主任，看似不好说，但后来又下决心说了出来，"可是，我在这里就得时常跟陈……碰面。"

姜国良说："那又怎样？我告诉你，这就是我故意安排的。我想看到的是你们的大局意识，而不是在个人恩怨上纠结不前。更何况，当初陈副县长处罚你，也不是因为个人恩怨，而恰恰是从大局出发呀。陈副县长就地免职，成了生态移民局一个普通干部，而你来了金山社区，人家可没计较过会不会跟你碰面的问题。你周副主任那么看不起人家，是你的格局不如人家啊！"

周以昭被说得脸滚烫滚烫，恨不能把脸抹进衣服口袋里藏起来。姜国良的车过来了，上车前，姜国良又问周以昭："你跟李春光镇长提议让刘山坡养羊了？"

周以昭说："没啊，我只说让他给刘山坡找点儿事做。"

姜国良说："你是对的，刘山坡那样的人就是闲出来的。"

周以昭很难看地咧了咧嘴，露出一个哭也不是笑也不是的表情。

姜国良说："娄山县的第一批羊在碧痕，明天开始种草了。如果可行，松林村可以是第二批，这样，刘山坡就可以养羊。他家那坡上成了草场，他那老房子就可以纳入生产用房的行列，帮他修缮一下，这样他也就无话可说了。"

周以昭又咧了咧嘴，他不清楚姜书记为什么总跟他提刘山坡的事，那关他周以昭什么事呢？

但姜国良始终没在意他的表情，说完冲他们挥挥手，关上车门走了。

车子启动不久，组织部部长陆枫打来电话，说下午市委组织部来人考察干部，姜国良的车便直奔县委而去。

36

既然"娄山羊"很特别，那它们吃的草也很特别，这种草叫"皇竹草"，是专门针对大娄山脉薄土层草山改良得来的。这种草不需要占用耕地，只要有土皮的地方，就能长。既然曾经以"土平"打头的"羊养殖产业有限公司"和它下设的"羊繁育中心""羊牧草中心"已经改为"娄山羊"打头了，那么娄山县一系列的分公司便也应运而生了。

"娄山羊"的养殖模式，是牧草中心种草，羊繁育中心提供羊苗，老百姓跟养殖公司签羊来养，养大了，养殖公司负责销售。

碧痕村想养羊，村委会那几个年轻的村干部花了半个月时间，一家一户做动员，说动了五十来户村民，流转了两千多亩荒坡。这天，"娄山羊养殖产业有限公司娄山县分公司"到碧痕搞启动仪式，村委会还准备了两卷十万响的鞭炮。因为是娄山县的第一批羊产业，重要的事得重要的人剪彩，这剪彩之人自然是姜国良了。

按照议程，剪彩完了，姜国良要讲话。或许是二十万响鞭炮占的时间太长了，姜国良在这个时间里便改了主意。等鞭炮声终于停止了，他已经不想讲话了，只想跟村民们聊聊天。

他讲起了他小时候，他们家里每年都会养一只羊。为什么？因为羊不用跟你争粮食，只吃草就能长大。他们家在更远的高山上有一户亲戚，亲戚家每年都有十只八只羊，每年都会下一两窝羊羔。他们家用一包糖，或者一瓶酒去走亲戚，回来的时候就能抱回一只羊羔。家里除了羊，还有猪，但只有羊是最受宠的，因为猪是要吃粮食的。羊呢？你只需让它把野草吃饱，年底它就能为一家人提供过年的羊肉。所以，在他们家里，羊是一位无私奉献的功臣。

在他们家，他负责放牛、砍柴，妹妹负责放羊、打猪草。所以，妹妹也是他们家的功臣。过年要吃菜板肉，他们家的第一块猪肉和羊肉，一定是先给妹妹的。

后来妹妹上学了，没时间牵羊去放，妹妹就采用了拴养的办法。就是在一个宽敞有草，有树可以拴绳的地方，用一根长绳将羊固定在一个有限的活动范围内。但羊不老实，爱跑。农村有句谚语，叫"放牛得骑，放羊膝盖摔破皮"，讲的就是放羊的不易。羊从来不会老老实实待在一个地方把肚子吃饱，它喜欢吃一口换一个地方。就大娄山下的黑山羊而言，它们还喜欢多种口味的草料。拴养，原本是没人手的家庭最好的办法，但这样一来，又容易出事。羊，始终是不甘于被剥夺自由的，它们总是在想办法突围，总是想挣脱那条绳子，但又因为它们的脑子还没发达到可以解绳的地步，它们能做的，就是绕着那棵拴住自己的树转，不停地转，到最后越转越紧越转越紧，直到转不动了，它们也就只能乖乖地等着主人来救它们了。这还讲的是安全的地方，有的时候，因为人考虑得不够周全，不远的地方正好有个坎儿，羊就有可能在做突围的过程中滑下去，而一旦滑下去又解救不及时，羊就可能送命。

他们家就发生过这样的事情。他记得那天妹妹放学后去接羊，结果却大哭着奔回来找他。他跟着妹妹回到拴羊的地方，才发现羊一动不动吊在坎壁上。他解下绳子放下羊，发现它已经没气了。把羊背回家后，两兄妹一直守着那只羊，直守到父母收工回家。妹妹挨了母亲的骂，还挨了父亲一棍子，但父母也替那羊红了眼眶。

羊本来是养来吃的，但现在还没到过年，它不是被杀了，而是出了意外，这就让父母不知道该如何是好。

那天晚上，他们家的夜饭推迟了整整两个小时。因为那只意外死去的羊，母亲差点儿就把夜饭的事忘了。

聊到这里，姜国良说，他想告诉大家的是，农民家里养牛、养羊、养猪，其意义并不仅仅在于牛能耕地，羊和猪能在你过年的时候，让你饭桌上有一碗肉，更多的却在于我们需要有它们，有了它们，我们才像农民，才是农民。它们虽然是家畜，但它们也是家庭中的一员，在它们还没变成一碗肉之前，它们和人之间，是有亲情相连的。有了和它们的这份亲情，农民心里才快乐，生活才温馨，才充实，才安稳。

他说："新时代的农民不一样了，都到城市里做工人去了。这些年，我们靠进城务工挣钱，过年的时候，饭桌上也能有肉。不仅过年时有，平时也有。猪肉有，羊肉也有。但今天我们的生活标准也提高了，仅仅有口肉吃，已经不是我们的目的了。我们还要住上好房子，还要穿上好衣服，还要用上洗衣机、冰箱，用上彩电，还要人均年纯收入达到四千元。

"进城务工，那都是青壮年的事情，他们在外勤快一点儿，辛苦一点儿，保证自己年纯收入四千元没有问题。但你们老的小的，病的弱的，你们这些留守在家里的人，靠什么去实现那个目标呢？

"先别说劳动力都进城了，留在家里的人，也种不动地了。就现在的情况来看，你靠两只手种那两块责任地，能种得过那些靠机械化种地的种植农场吗？你种出来那点粮食，除了能解决你一家子一年的口粮以外，还有别的价值吗？现在的粮食才值多少钱呢？大米才两块多一斤。家里只要有人在外面务工，一年一家人吃米是完全不成问题的。所以说，现在农民都到市场上买米吃了。

"农民不种地了，农民把种地当成业余爱好了，但农民还要奔小康，光靠年轻人外出务工又奔不了，怎么办？养羊嘛。首先，羊不需要你买粮给它们吃。其次，我们那些荒坡责任地，早些年为我们提供柴火，这些年煮饭都用电了，也不需要柴火了，那荒坡不就真成为荒坡了吗？我们种上草，养上羊，不就让它变得有价值了？

"而且我相信，等你们手上有了一群羊，你们的生活就会充实很多。老了、病了、弱了，家人要出门挣钱陪不了你们，让羊来陪伴你们。农民的心靠什么来填？城市那些花里胡哨靠不住，得靠地上长着的东西。种庄稼不仅没意思，还得有劳动力不是？可羊呢，你们只需早上把它们带到草场，晚上把它们带回家就行了。你们陪着它们，就是它们陪着你们。有了它们的陪伴，你们便少了孤独。心里充实了，那种天天跑街上买醉的事也就少了，聚众玩牌也没时间了。等羊长大了，你就能得到一笔不错的收入。你们说，是到街上买两杯酒喝下去更开心，还是养羊更开心呢？是聚众玩牌消磨时间更有意思，还是养羊更有意思呢……"

他就这样聊着家常，聊着聊着，就把下面那部分持观望态度的人聊动心了，有十几户当场就要加入。可养殖公司的人却告诉他们，计划是根据前面的养羊户定的，他们要养，得等下一批。这些人觉得这事没那么呆板，不就是多几块草场、多一些羊吗？他们当即就要求村里流转他们的荒坡，当即就要签羊。养殖公司的人为难，姜国良却很开心。他说："转吧，签吧，等下一批，并不等于今天就不能签嘛。"

他告诉这些村民，羊，一定有他们的，但的确得等下一批计划。

说来奇怪，他说的也不过是养殖公司的那套话，但村民们听别人的不顺耳，听他的就顺耳了。于是，他们也有了耐心，那就等吧。但又叮嘱姜书记："别让我们等太久啊！"

村里那几个干部在背后嘀咕，姜书记这一席话，比他们几个人做一个星期的动员还管用。

周皓宇说："听他这么说，我都想养羊了。"

龙莉莉就开玩笑："那你就签他个两百只来养吧。"

火炮妹说："那他也得等下一批。"

37

要去北京，王秀林便在第一时间跟雷鸣支书请了假，然后打电话让老婆当晚就为丙妹挂了号，接着直接去了机场。

他买了当天晚上八点半的航班。

不知道是不是因为要坐飞机的原因，迷拉竟一点儿也不反对去北京。他当然是知道有个北京的，也知道对于丙妹的病来说，去北京更好一些。但他心里却认定，丙妹这哑，只怕北京也是无法治的。

可他却没反对。

甚至自王秀林说要去北京起，他就一直不吭声，就像他也成了哑巴。

登机口有一架飞机，丙妹一见便走过去趴在玻璃上看。她还是第一次近距离地看见飞机，之前见过的都在天上，像老鹰那么大。

迷拉也看，但他离玻璃一米远。

王秀林让丙妹转过身来，他给她拍照。一听说要拍照，丙妹便羞得满脸通红，表情也僵硬了。王秀林选了两个角度，拍了三张，然后给她看。丙妹看自己的背后是那架大飞机，再一次兴奋得红了脸。迷拉也要照，但他不说出来，只是走到丙妹刚才站的地方，像丙妹那样僵硬地站了，王秀林便明白了。

王秀林给他也拍了三张。他很满意，但他并不说。

旁边有家肯德基，王秀林想起今天他们还没顾得上正经吃一顿饭，深夜的航班也没航餐，便邀他们去吃肯德基。丙妹对窗外的飞机还有点依依不舍，王秀林说："等会儿我们还要坐呢，不差这一下。"

又说："肯德基可是孩子们的最爱，错过了你会后悔的。"

进了店，他先找个地方安排他们坐下，自己过去点餐。他没有问他们想要什么，而是自作主张点了三份套餐。

当他端着一堆炸鸡、汉堡、薯条和可乐来到这一老一少跟前的时候，他们就傻了。他们可是第一次吃这种饭，不知道该如何下手。王秀林替他们把可乐插上吸管，又替他们挤好番茄酱，然后自己拿了一根薯条蘸蘸，吃给他们看。

那一老一少相视一笑，就都照着试了一下。觉得好吃，两人又相视一笑。

王秀林把炸鸡递到丙妹手上，说："这个更好吃，尝尝。"

丙妹拿过去咬了一口，表情就凝在那儿了。这实在是一种全新的体验，她觉得这种香，跟她吃过的所有香都不一样。看她喜欢，王秀林把自己那份也给了她。

那顿饭后，迷拉会时不时冒出个很响的嗝来。第一次喝可乐，他还没学会怎么控制自己的嗝。丙妹也打，但她的没有声音。每次听见迷拉打，或是自己打，她都会忍不住笑。她的笑总是那么羞涩，每个笑容都带着羞红的皮肤。

排队登机的时候，王秀林让丙妹在自己前面，迷拉在自己身后。可丙妹总是一次一次地回头看王秀林,她非常紧张,就像飞机不是飞机,而是一只大鸟,他们现在要进的是鸟的肚子。但因为这是一次全新的体验,她又很兴奋。她的心脏都快跳出来了,身体僵硬发麻,就走不好路了。过登机口的时候,她平地踉跄了一下,王秀林及时扶了她一把,她才又站稳了。

上了飞机,王秀林让丙妹坐窗口,迷拉坐中间,自己坐在过道边上。因为飞机里头全是人,你挤着我,我挨着你的,丙妹渐渐平静了下来。近处的停机坪上有好几架待飞的飞机,丙妹趴窗口上看。丙妹在寻思飞机:飞机其实像公共汽车,里头全是座位而已。但它能飞上天,公共汽车却只能在地上跑。

迷拉也要看外面的飞机,他把身体歪过去,脸占了另一个窗口。王秀林把他拉回来,替他们系好安全带,迷拉便只好远远地扭着脖子看。

飞机开始滑行的时候,丙妹伸手拍了拍她大伯,邀他往外看。迷拉动了动身体,但还是只能扭着脖子看。

王秀林说:"回来的时候,让你也坐窗户边。"

迷拉有点不好意思,把视线收回来了。

飞机起飞的时候,迷拉却怕,他紧紧抓着座椅扶手,背紧贴着椅子靠背,紧闭着眼。直到飞机飞稳了,他才又睁开眼睛。

王秀林问他:"是头晕吗?"

迷拉说:"晕。"

王秀林说:"坐第二次就不会怕了。"

丙妹一直看着窗外,看着自己离开地面,看着地面的灯火越来越远,远得像星空。但真正的星空,应该离她越来越近。无奈的是,这个时间天空一片漆黑,什么也看不见。

王秀林说:"回来的时候可以看云海,到时候我们选白天的航班。"

王秀林很困,所以他劝他们也睡一会儿。贵阳飞北京,得三个多小时呢,不睡一会儿,时间会很难挨的。但他说的只能是自己,那一老一少哪有睡意啊,就像他们大脑里那块分泌褪黑素的肉已经消失了。他们看他睡觉,笑他的睡相。那几分钟迷拉完全不像个迷拉，倒更像个孩子，甚至像个比丙妹还小的孩子。他不光唆使丙妹嘲笑王秀林的睡相，还唆使她从座椅缝儿偷看别人。相比之下，丙妹看上去还要懂事、稳重一些，她一直安静地看着电视。电视上放着《猫和老鼠》，不戴耳机，那电视也等于哑巴。丙妹不认识汉字，字幕对于她来说等于没有。或许就因为她和电视有点儿相似，她看起来完全没有障碍。飞机上配了一个餐盒，一瓶矿泉水，王秀林在睡觉，他那份是迷拉替他接过来的。空姐为他们放下小桌板，他们便小心翼翼地享用起那个婴儿拳头般大的面包和酸奶。

飞机晚点了，降落的时候已经接近零点。王秀林家离机场不近，又花了一个小时坐出租车，总算到家了。

老婆在等他们。王亦男原本被她妈妈强迫睡下了，但很显然她没睡着，一听见外面的动静，便爬起来迎接丙妹。但因为丙妹拘束，她们的见面并不像她想象的那么热烈。她们甚至都没拉拉手，当然对于王亦男来说，因为她还搂了个娃娃，腾不出手。

"我就说你该来北京的。"王亦男冲丙妹说。

她转头又冲迷拉说："你做得对，我就知道你不是那种冥顽不化的人。"

爸爸妈妈觉得她一个孩子这么说话有失礼貌，便撵她去睡觉，然后张罗着让客人洗漱。迷拉睡沙发，丙妹和王亦男睡，早都安排好了的。

王亦男却不听，她要带丙妹去洗漱。王亦男的这份热心，多半源自好奇，因为她拿不准丙妹会不会刷牙。在月亮山的时候，她是没见过月亮山人刷牙的。

她把丙妹带进卫生间，把妈妈专门为丙妹准备的新牙刷指给她，又把自己的牙膏指给她，便站一边看着。丙妹果然不会刷牙。她其实都不知道王亦男要她干什么。如果是关于牙的问题，那她需要的是盐。月亮山人有时候会在睡觉前拿盐搓搓牙，漱个口。而且他们晚上只洗脚，不洗脸。脸是早上洗。

王亦男不知道这些。丙妹没有声音，也无法告诉她这些。看丙妹傻站着，王亦男拿起丙妹的牙刷，为她挤上牙膏，又拿到自己嘴边示范了一下，才把牙刷塞到丙妹手上，说："睡前得刷牙，因为我们吃了一天的东西，牙缝里会留下残渣，这些残渣在嘴里过夜，会滋生细菌。"

丙妹试着把牙刷放进嘴里，但牙膏的辛辣又让她不得不赶紧拔出牙刷。她张大嘴巴哈气，就像刚吃了生石灰。王亦男大笑。她为丙妹接了杯水，丙妹赶紧拿水漱口，嘴里的火辣总算平息下去了。

王亦男说："习惯了就好了。我应该让妈妈给你准备一支儿童牙膏，那种牙膏不辣。"

丙妹开始刷牙了，王亦男又说："不过话说回来，我们已经不是儿童了。"

刷完牙，丙妹感觉嘴里像是着了火，又像是含着满口的冰。

王亦男说："洗脸吧。"

丙妹便洗脸。

等她们终于忙完，出了洗手间，迷拉已经按照王秀林的安排，在客厅的沙发上躺下了。王亦男闻到了一股臭脚味，拉着丙妹进自己房间的时候，她对着丙妹的耳朵说："迷拉的脚好臭。"说完，咯咯笑。

丙妹也笑，但她还是拘谨。王亦男让她睡里头，说自己明早上学会早起，为了不打扰她，就睡在外面。可丙妹这时候却在打量王亦男的房间。王秀林的家并没给丙妹带来什么震撼，甚至比她想象中还要朴实。但王亦男的房间，怎么说呢？就像个娃娃商店。各种娃娃堆满了房间。事实上，王亦男要她睡觉的地方，也是一堆娃娃。那是一屋子的眼睛。一屋子的眼睛照看着你，你睡觉肯定就很安稳吧？丙妹想。

见她发傻，王亦男以为是床上那堆娃娃的问题，自己爬上去将它们捋了捋，为丙妹腾出了地方。

这样，丙妹才怯怯地爬上床，在里头躺下了。

王亦男挨着丙妹睡下，问她："北京是不是很大？"

丙妹却只眨巴了两下眼睛。事实上，她一头撞进北京，就像一条小鱼一头撞进大海，根本就无法知道北京有多大。而且他们抵达北京的时候已经是深夜，加上这一路她脑子里装的东西太多，几乎"内存已满"，北京是不是很大，到底有多大，便被忽略，或者延后关注了。

王亦男大概是意识到这一点了，她说："好吧，明天白天你就知道了。"

她说："明天我要上学，就不陪你去医院了。但明晚我们还能睡一起。"

说完，她便关灯睡了。

但丙妹却在黑暗中睁着眼睛。丙妹从来不是一上床就能入睡，她害怕黑暗。因为任何黑暗都会让她想起泥石流下的那片黑暗。今天晚上是睡在王亦男身边的，还有那么多娃娃陪着。除了王亦男送给她的阿奇，丙妹没有过别的娃娃。因此在有阿奇之前，她并不曾体会过娃娃带给她的温暖和安宁。有一个情况她没法告诉别人，那就是自从有了阿奇之后，她的噩梦似乎比以前少了些。她知道那是因为娃娃那双眼睛永远都睁着，即便在黑暗里，即便整个世界都睡觉了，它也是醒着的。她相信，只要有一双眼睛守护着，那个阴影多少会有些收敛。

现在，有这么多娃娃醒着，窗帘还隐约透着城市的灯光，让这间屋子看上去并不完全是黑暗的，静谧中隐约能听到不远处的汽车悄悄驶过，城市就跟娃娃们一样，永远都是醒着的。再说，王亦男离自己那么近，她的鼻息甚至热乎乎打着自己的脸。总之，今晚她不用害怕。但她习惯了，习惯了让眼睛疲惫到实在睁不开再睡。

那天晚上，丙妹的梦很开心。她梦见自己被一群娃娃挠醒，又被它们挠得差点笑闭过气去。它们追着她闹，她只好逃，逃到了北京的大街上，又逃进了月亮山的林子里，后来又逃到一个说不上名字的地方。但它们始终追着她闹，她笑啊笑啊，笑痛了肚子，撑不起腰，也实在是跑不动了，便站下来求饶，求它们放过她，于是它们终于消停下来，围着她，看着她喘气。可突然之间，她发现在自己跟前站着的其实是她家的大白，大白伸出舌头舔了一下她的脸……她醒了，屋里很亮，一只布娃娃跟她脸碰脸躺着。再一看，王亦男已经不在床上。丙妹想,她可能已经上学去了,看样子是出门前忘了关灯。

丙妹爬了起来。她拉开了窗帘。她要看看北京到底有多大。

38

老天爷并没看在王秀林诚心诚意想要为丙妹治病的分儿上,就给他一线希望,即使是北京的仪器,也没能查出丙妹的脑组织语言功能区和咽部的发音区有什么问题。

这一次,不光没治好丙妹的失语,就连王秀林自己也失语了。

唯有迷拉是一副有话可说的样子,站在一个大伯的角度,他想要的自然不是这个结果。但对于一个迷拉而言,关于这件事情的任何否定,都是对他的肯定。如果之前县里的医院、省里的医院给出的结果只让他有五分信心,那么现在的结果,已经给了他十分的信心——他是对的,他都治不好的病,医生也治不好,即使是北京的医生,也治不好。当然,这并不是他想要的。

事实上,发现丙妹失去声音的第一时间,不管是作为大伯还是作为迷拉,他都尽过最大的努力。这一次,他之所以答应王秀林带丙妹出来看医生,只是因为那颗作为大伯的、曾经绝望的心,在受到无数次摇晃之后,又燃起了希望,是一个大伯和迷拉斗争了很久的结果。作为大伯来说,他真希望王秀林的热心能给丙妹带来好运,即便这个结果会撼动一个迷拉的地位和信念。可当这个结果走向反面,他那颗迷拉的心又不得不充满感激,感激"杜霞冕"又一次给了他坚定的信念。来前,他是专门拜过那棵神树的,但最后他也很难说清楚自己想求的到底是什么，是求它给丙妹一个希望，还是求它给自己一个信心？

但是现在，"杜霞冕"给他的显然是后面那个答案。那么，他吃下颗定心丸了：既然北京都看不好，那就肯定是命了。

正因为如此，当王秀林两口子都难过得无语的时候，迷拉却能十分平静地提议："我们回吧。"

也只能回了。

临走前，王秀林得抓紧时间去一趟单位，老婆便趁这个时间带着丙妹去商场买新衣裙，买北京老字号的糕点，但丙妹不要。丙妹最想要的是声音，如果北京给不了她声音，其他的礼物又算得了什么呢？王秀林一而再再而三地带她进医院，从县医院一直进到首都的医院，目的也是想给她声音。这一路上充斥了她的兴奋和新鲜感，一路上大开的眼界，新世界、新体验之所以那么夺目，全都是因为她抱着一个将要迎回声音的希望。当医生再一次给她说"不"，城市再大，新鲜事物再多，新衣裙、新点心再好，又有什么意义？当希望破灭，明白自己的求声之路撞上了墙壁，明白她这辈子真就只能像迷拉说的那样认命了，那些东西便迅速暗淡下去。

但她没有在王秀林面前表现出全部的绝望，她压抑着，让自己表现出更多的感激。作为一个懂事的山里孩子，她想到更多的是良心，而不是任性。

正因为这样，王秀林才不敢去看她的眼睛。照理说，王秀林完全没有错，他不过是没有得到上天的眷顾，热心和关爱都被付诸东流而已，可他却内疚得不行。

回程的飞机是从大兴机场起飞，刚到机场，王秀林就接到了王亦男的电话。王亦男在电话里说她都知道了，具体知道了什么，父女二人都不需要明说。王亦男让爸爸把电话给丙妹，王秀林照办了。

王亦男对丙妹说："对不起。"这里既有她没能赶来送行的意思，也有她为丙妹的诊断结果而难过的意思。

两人在电话两端沉默了一会儿。王亦男在对面深吸了一口气，突然问道：

"如果有一天你有声音了,你最想说的第一句话是什么?"

丙妹当然是无法回答她的,于是她自己又说上了:"我爸说,你最想唱山歌,对吗?"

她说:"我真希望有一天能听你唱山歌。"

她不知道,她这些话就像催泪弹,把丙妹一直压抑在眼眶里的泪水全给催出来了。

这一幕全被王秀林看在眼里了。当然迷拉也看见了。可迷拉想到的无非是小姑娘们那点叽叽歪歪,一件上天注定了的事情,有什么好计较的?认了命,心就宽敞了,眼前也明亮了。

丙妹的眼泪让王秀林的头特别重,重得他接过手机的时候都不敢抬头看丙妹。这次登机,他依然让丙妹站他前面,迷拉站他身后,但他一直都耷拉着眼皮,或者环顾左右。上了飞机,他也只是在替丙妹系安全带时不经意间跟她对视过一眼,那之后他便一直假装睡觉。迷拉一路上都在试图跟他说话,很想劝慰一下王秀林,作为村里的第一书记也好,作为朋友也罢,他都已经尽力了,而且是尽了最大的努力。尽了最大努力却没得到想要的结果,那不是他的错,是命。在迷拉的概念里,只要想通了这一点,就不用那么难过了。

但王秀林一直没给迷拉说话的机会。他给迷拉的信号是,他没有心情说话。但迷拉要么是糊涂,要么就是固执,从机场出来,上了王秀林开的车,他便看准了说话的机会。这么窄的空间,王秀林还能躲得开?可他没想到,自己还没开口,王秀林就发火了。

王秀林说:"我知道你想说什么,你能不要幸灾乐祸吗?你是她大伯,你就没有一点点怜悯之心吗?"

迷拉给他噎得说不出话来。迷拉着实有些委屈,因为他表现出来的这一切,并非是幸灾乐祸,而是一种感激。他承认有过幸灾乐祸,但那种东西早在它冒头的时候,就给他打压下去了。这一路上,他都只是一位大伯,而不是迷拉。不管他作为迷拉时的生命观和世界观有多不同,但作为大伯的时候,他们的情感基因没有差别——王秀林的热心和付出，同样能在他的身体里唤起成正比的感动。

可王秀林这么一喊，迷拉就感觉自己解释不清了。

39

出于对王秀林的感激，回来后，迷拉特别邀请了王秀林参加他们的"茅人节"。

这些年来，很多民族节日都被拉进了旅游市场，跟众多的民俗文化产品一起融入了旅游商品大潮，就"茅人节"而言，别的地方也都变成了一个取悦游客的节目表演（当然也可以说成是民俗文化展示）。原本这些节日都有特定的时间和意义，变成节目表演后就不分时间了，一年四季，天天都在演。至于意义，除了导游的解说词里还保留着原始的那点儿以外，就只剩下挣钱的意义了。

月亮山特殊，因为月亮山一开始就属于要整体搬迁的村庄，所以它一直被排除在旅游开发的计划之外。它的节日，就还是真正的节日。正如每一个传统的民族节日都有它的传说一样，"茅人节"也有。稍微了解一点儿苗族迁徙史的人都知道，苗族曾经是一个被迫迁徙进深山居住的民族，那么这个"茅人节"的传说，讲的就是最先迁徙到这一带深山老林的两位祖先的故事。他们是一对兄弟，这样一来，他们的后代就不能互相通婚。但教条只能是教条，男女青年在成长过程中总难免要产生爱情，而且他们生活的环境相当封闭，没有爱情的生活会更加枯燥乏味。于是，又产生了男女青年可以谈恋爱，但不能成婚的教条。可以恋爱，又不能成婚，便意味着一对情人最终只能东飞伯劳西飞燕，夜里寂寞泪两行。所以他们有歌是这样唱的："妈妈只给我游方，妈妈不许我成双……"于是就有了"茅人节"，情人在即将劳燕分飞的时刻，相约在高高的山顶竖一个茅人，以作相思之物。每年农历的三月，嫁出去的姑娘们都要回娘家帮助春耕，而这段时间，她们可以到"茅人"下约会。

这个节日产生于一个具有博大胸襟的民族。听过了太多的棒打鸳鸯和以死殉情的故事之后，你不得不对这个民族和他们内心的开放以及包容肃然起敬。

现在，月亮山又到"茅人节"了。虽然沿袭到现在，月亮山也受到了现代婚恋观的冲击，早已经不再有包办婚姻，但节日依然坚不可摧地保留着。只是节日的味道有些变了，从曾经的藕断丝连的约会，变成青年人谈情择偶的"情人节"了。每到这个时候，村子里的成年男女皆可结伴上"茅人坡"，他们在那里扎"茅人"，对山歌。无论婚否，只要情投意合、两情相悦，便可开心地谈情说爱。

当一种民俗还保持着原本的纯粹时，外人是无法参与进去的。可迷拉邀请了王秀林。你不属于那个民族，你就无法理解他为什么会那样想。他竟然认为，王秀林这个人，是可以得到他们月亮山的女人的喜欢的。而他作为迷拉，则应该成全这种感情。

王秀林很犹豫。他毕竟是个外人，怕自己稍有不慎会破坏节日该有的神圣和庄严，但大歹主任却一个劲儿地劝他答应。雷鸣支书也是满心赞同，他甚至开玩笑说他还有点儿嫉妒，说自己比王秀林年轻帅气，却没得到邀请参加"捞沙丽"。

"捞沙丽"就是"茅人节"，苗语的一种说法。

既然是这样，王秀林就满心荣幸地去了。大歹主任是本村人，肯定也是要去的。于是两人一起上了山顶，先到的男人们，已经在自己选定的地方插上"茅人"了。而那些身着盛装的姑娘媳妇，甚至半老徐娘，也都三三两两地聚在一起，喜形于色，就像天空中突然多了几个太阳。

迷拉也在，他没有自己的"茅人"要扎，但这不等于他不过"茅人节"。见了王秀林，迷拉表现得很开心，把那些"茅人"指给他看，要他照着去扎一个。大歹主任也表示自己十分乐意做一回老师，他上山时腰上挂了把砍刀，他表示可以先替王秀林找木棍。尽管如此，王秀林还是有些不知所措，他害怕看姑娘媳妇们的脸，害怕碰上她们热烈的目光。有那么一会儿，他竟觉得脑子发麻。他无论如何也想不明白，这些平日里那么木讷的眼神，此时为何像注入了阳光那般闪亮？平日里那些黝黑的面庞，在今日何以那般红光满面？一直以来，她们给他的印象，从来都是不苟言笑。每次他试图跟她们说话，她们都表现出一副要么敬而远之，要么羞怯的样子。但今天，她们就像不再是她们一样，大大方方，甚至带着点儿挑逗看着他，直看得他脸皮发烫，逃的心都有了。

丙妹救了他。

丙妹是从一个茅草丛中走出来的。她手上举着一个"茅人"。或许是过节的原因，她也像变了个人似的，竟是满脸阳光。没人知道她是什么时候上的山，也从不曾有过姑娘家扎"茅人"。但她不仅扎了，还扎得比所有男人的都精致都完美。事实上，节日沿袭到今天，男人们都变得十分懒惰十分应付了。他们扎的"茅人"，不过是将一把茅草捆到一根棍子上，那样子其实更像扫把，有些甚至还没扫把那么顺溜，茅草四面支棱，很毛糙。丙妹扎的"茅人"，却有人的样子，有头，有身子，有两只张开的手臂。充当脚的木棍，也是她精心挑选的野黄筋棍子，光滑而且带香气。

在所有人惊奇的目光注视下，丙妹把这个最漂亮的"茅人"递给了王秀林。

王秀林不敢相信地小声问她："你替我扎的？"

丙妹点点头，那双大眼睛里，是王秀林从来没见过的满满的深情和喜悦。而另一边，其实是周围，已经响起了歌声。只因为一个人起了头，所有人就都和上了。王秀林一句也听不懂，但他能从包围着他的热情和他们热烈的目光里明白，这歌是唱给他的。

王秀林接了过来，在丙妹的指引下插到了一个土包上。歌声突然变得高亢起来，那不光是因为唱歌的人们突然间激情高涨，还因为歌唱的队伍壮大了，那原先还没加入的，那刚刚赶来山上的，全都加入了这个合唱团。

有人拉过了丙妹，让她站进了合唱队，丙妹唱不出来，但她依然像她们一样开心。

王秀林频频去看她的眼睛，看得他鼻子发酸，直想哭。

然而，这才仅仅是开始，是热身。事实上，对歌得先从男人们这边开始，而并非女士优先。平时都不敢跟王秀林搭讪的姑娘媳妇们，突然间都变成了辣妹，都要他唱歌。可王秀林从来不会唱这里的山歌，正不知怎么办好哩，大歹主任主动提出替他唱，问姑娘媳妇们同不同意，都说同意，大歹主任便唱了起来。为了能让王秀林听懂，他还特意用了汉语。

今日运气好，
白云无雨又有风。
云会雨，雪会风，
河岸会江东。
蒜薹会萝卜，
韭菜会青葱。
孔雀会凤凰，
鲤鱼会金龙。
有缘千里来相会，
无缘对面不相逢。

跟着对面就有一个年轻媳妇接了过去，也体贴周到地用了汉语，虽然汉语不流畅，但一点儿也不影响她的表达。

初初来，
银蹄白马会金街，
画眉初会金鸡伴，
山伯初会祝英台。
溪会河，马会鞍，
盘路会青山。
蜂子会芍药，
蝴蝶会牡丹。
早知丽山有好伴，
包饭问路早来玩。
……

  这一开始，节日便朝着它该有的方向飞奔而去，所有的喉咙都不甘落后，所有人都不甘寂寞，会歌一开始便是高潮，也始终处于高潮。他们暂时忘记了王秀林，他们必须要忘记王秀林。只有丙妹还会时不时地看他一眼，因为她没有唱歌，她也没有情人。王秀林难得地恢复了自在，看着旁边跟他一样被人遗忘的丙妹，他真希望头顶的苍天果真住着一位老天爷，而这位老天爷又真像人们所希望的那样仁慈，又恰好在这个时候看见了丙妹，便略施神力，打开丙妹的歌喉。北京的医生告诉他，丙妹这种情况只能通过诱导和心理治疗来争取她重新开口说话的可能性，那么，这种时候是不是最好的诱导呢？想到这里，他不禁鼓励起丙妹来。
  "你也唱吧。"王秀林说。但他说得小心翼翼，生怕吓着她似的。
  丙妹的表情果然走向了阴郁，但她答应了他，试着将嘴张了张。没有声音。她没有听到，王秀林也没听到。
  王秀林没再让她继续，他觉得那样太残忍。
  而这个时候，王秀林又突然被人想起来了，又觉得把他冷落在一边有些失礼了。于是大家又要求他对歌,大歹主任甚至宽容地表示,他唱什么歌都可以,但一定得唱,不唱不行,不唱他今天就下不了山。

王秀林一提气,横了心,说:"那我唱首信天游吧。"于是大家都安静了下来,澎湃的心潮被压抑下去,都期待着听他的歌。

王秀林很认真地清了清嗓子,引吭高歌了:

骑白马,跑沙滩,
你没有婆姨呀我没汉。
咱俩捆成一嘟噜蒜,呼儿嗨哟,
土里生来土里烂。

骑白马,挎洋枪,
三哥哥吃了八路军的粮。
有心回家看姑娘,呼儿嗨哟,
打日本也顾不上。
……

在场的绝大多数人肯定都没能听明白,即使听明白的那些人,也不一定能全部领会,可几乎所有人都认为,那首歌应该是唱给丙妹的。丙妹虽然才十三岁,但丙妹给了他"茅人"。月亮山从来没出现过女人给男人扎"茅人"的先例,但今天出现了,他们也不觉得奇怪,而是顺理成章地理解为特殊的爱情模式:丙妹爱王秀林,王秀林不会扎"茅人",那她就替他扎。那些姑娘媳妇甚至想,要是我爱上的也是一个不会扎"茅人"的外族人,我也会在"捞沙丽"上替他扎一个"茅人"的。在这个民族博大的爱情典籍里,没有年龄问题,没有辈分问题,而且爱,也不只有情爱一种。

她们把丙妹拉起来,推上前,要她把歌对回去。丙妹也很开心,而且她也很难否认自己喜爱王秀林。在众人的鼓励之下，她努力张了几下嘴，但没有声音出来。即便那个时候整个世界都在倾听，也没有声音出来。

呼啦一下，王秀林的眼泪夺眶而出。

40

这天，娄山县最大的移民新村——金山社区迎来了它的第五批移民。跟前四批一样，这一批的规模也不少，一千多户，五千多人。一大清早，来自各个乡镇的搬迁户，在他们各自乡镇干部的带领下，准时来到社区办公室门口集合抽签。每人二十平方米是铁打的政策，每家每户都是这个标准，谁先也多得不了，谁后也不会少得，可抽签的时候他们还是要挤，还是要抢，连他们的领队也招呼不了。

周以昭在一边看着，忍不住发笑。

正笑，就看见生态移民局的人过来了，不是别人，正是陈晓波。之前姜国良那些关于"大局"的话，闲下来时他没少反刍，甚至有那么些时候，仿佛还嚼透了、吸收了，可没想到陈晓波一出现，他头就大了。

两个冤家狭路相逢，目光刚刚碰上，周以昭的脸色就变了，而陈晓波却一点儿都不露声色。城府浅的人往往心性也浅，像周以昭这样的人，如果陈晓波这个时候表现出哪怕一丁点儿惭愧的意思，他就会手下留情。陈晓波既是那般不把他放在眼里，他的气性也就起来了。村民们抢着挤着抽签的场景，早先在他那里还是可爱的，这会儿一下子就变成讨厌的了。

"挤啥抢啥！陈县长来检查工作了哈！"周以昭冲着他们嚷嚷，眼睛却盯着迎面走来的陈晓波，生怕错过了他的难堪。

陈晓波的确难堪了，但因为不想一上来就输给周以昭，他根本就没让那种难堪露面。心里难受一下算什么，只要不让别人看出来。更何况，比起党内严重警告和就地免职处分来说，这点儿难受算什么呢？这世上还有什么事情，是比从天上摔下来更惨的呢？他被摔下来了，摔断了骨头，摔掉了颜面，却因为是他自己摔的，别人便只顾着嘲笑，一点儿也不曾给过他同情和怜悯，那曾经有过过节的，还不失时机地奚落、挖苦，如周以昭这般趁机报仇雪恨的也大有人在。这段时间，他不天天都泡在这种难堪和难受里吗？咸菜泡久了，还怕你再往它身上撒一把盐吗？疲了。

一听说周以昭又启用到了城关镇，而且还被放到移民新区任副主任，他就知道他们俩迟早有遇上的那一天。所以说，他是有心理准备的。

面对周以昭赤裸裸的奚落，他不光不露声色，还敢往周以昭指给他的稀泥坑里踩："不要吵，不要抢，房子都一个标准，每家都有，每个人都一样多。"虽然他已经没了一个副县长的派头和风度，语气里也没了一个副县长的威严，但他却把场子给镇住了。抽签的秩序，在他说完那些温吞吞的话之后，竟好起来了。这堆抽签的老百姓中，或许有人认出他来了，但他们也都只是一笑而过。在老百姓那里，永远都是"县官不如现管"，他们认的服的，也都是跟自己最近的那位"现管"。所以说，不管眼前这一位过去是什么，只要现在他管着这里分房的事，那就得听他的。

眼下陈晓波的要求并不高，只要老百姓没有跟在周以昭后面落井下石，他就算胜利。事实上老百姓也没那种兴致，他们抽完签，就兴冲冲要去看新房子，最关心的自然是他们的楼长在哪里，还没楼长的，那么负责领他们去看房的工作人员又在哪里。这样一来，周以昭不仅没能尝到胜利的快感，反倒有些扫兴了。

"他们还当真以为是县长来了，好听话的哈？"周以昭可不是那种随便就善罢甘休的人，一口恶气憋了一年多了，好不容易逮到雪耻的机会。

陈晓波不吭声，眼睛看着那欢欢喜喜奔向新楼房的人流，自顾自抽上了烟。他真想找个借口走开，但他今天是受命来这里协助分房工作的，没有任何可以走开的理由。他唯一感到庆幸的，就是具体办事的工作人员已经带走了分房的老百姓，着急看房的老百姓也带走了那几个具体办事的工作人员，这里只剩下他们俩了。这让他觉得，接下来的事情要容易承受得多。

周以昭也抽上了烟，而且用一副挑衅的表情，把第一口烟雾冲着陈晓波那边吐成一条直线。他说："我一直想问你，你当初'杀鸡儆猴'的时候，有没有想过，说不定哪一天自己也会变成儆猴的'鸡'呢？"

陈晓波歪了歪嘴，将烟雾曲里拐弯地乱吹一气，说："要是我能想到那一步，就不会是'鸡'了。"

周以昭扑哧一声笑起来。他发现陈晓波这样子跟他说话，他其实气不起来。气氛刚轻松了一下，一位年轻的村民便跑过来了。他对分到手的房子非常满意，但他的父亲死活不答应搬迁，最近只要一有人跟他父亲提搬迁的事，他父亲就躲，躲到远山远地的亲戚家去，不见人。他们年轻一辈倒是迫不及待想搬，要没这好事，他们还得跑县城来租房子送孩子上学哩。但他们又不能不管他们的老子，总得一起搬下来不是，找村里的干部们想办法，干部们也都没法，总不能拿绳子把他捆下山来吧？于是，就有人向他推荐了周以昭，说："你去问问周主任，那人横，说不定能想出好办法来。"所以，他是专门来请教周以昭的。

周以昭果然不负众望，想都没想就给了他一个绝好的点子：从亲戚家哄回老子，用酒灌他个不省人事，和铺盖卷一起扛下山来。

年轻村民一听惊喜得不行，立马就要跑回去照办。得意之间，周以昭却瞟到陈晓波一个讥诮的表情。很显然，这种土匪似的工作方法是不被他认同的。这个表情，就像一盘分明占了上风的残棋，又给对方破了一步。周以昭急了，咄咄道："你笑个卵啊！这种人，你不用这种办法能搬下来吗？"

那陈晓波一旦豁出去，也有泼皮的一面，他继续着那个表情，鼻子里哼哼几声，说："当初你要是用这个办法把你家大哥搬走，我也不用停你的职了。"

这不就是典型的哪壶不开提哪壶吗？而且这陈晓波提的，还是他自己的壶。这衅可挑得非同小可，周以昭当即就黄了脸："嘚瑟是吧？"他可是打架的心都有了。

可陈晓波却又萎靡了，他说："我落水狗一条，敢嘚瑟什么？我不过是说了一句实话而已。"

又说："我们不像学校面对学生，不像军队面对军人，也不像公检法面对人犯，我们的工作对象看似简单，其实是一个复杂的人群，他们文化程度不齐，三观也不一定一致，还各有各的性格，各有各的脾气。我们的工作又不是训练，不是教育，不是执法，而是服务。那怎么办？"

他停在这儿，很认真地看着周以昭，似乎需要对方来回答这个问题。

周以昭不想回答他，说："有屁就放。"

陈晓波便继续："所以说，我们的工作方法有时候看上去就不那么合规。但是你说，就刚才那位老神仙，无论如何他就是不搬，就是不接受你的服务，怎么办？"

他盯着周以昭看。周以昭也盯着他看。两人像是在玩谁先笑谁就输的游戏。周以昭先笑了，他说："你这是在说，我刚才的做法是对的喽？"

"不对。"陈晓波说。

周以昭的脸立即转阴。

陈晓波毫无感觉。他接着说："你这办法当然不对。但谁又能说，我们修好了房子让他们搬，一家子都想搬，他却死活不搬，他就是对的呢？"

说着说着，陈晓波兴奋起来，说话时挥起了手。他说："好！他也不对，你也不对，但最终结果是对的——完成了移民搬迁。是吧？"

他说："我打个比方吧，你是病人家属请来的护工，你每天的工作就是为这位病人服务，但有一天病人拒绝吃饭，任性上了，你怎么办？这时候什么是对的？尊重病人的选择是对的，对吧？因为他有决定自己吃不吃饭的权利。但他没吃饭就是你的失职，你失职就不对了。所以，你最好是让病人家属来帮忙是不是？家属来了，或打或骂，那是他们的事，只要让病人张嘴吃饭就行。不是吗？"

周以昭说："所以你就让我做我哥的'亲情担保'？"

陈晓波说："对呀。"

周以昭冷笑道："结果我没保成，你就把我停了职。"

陈晓波说："那你说我怎么办？我满心希望你能解决问题呢，可你搞砸了。我若不拿个态度，今后还怎么开展工作？你若是我，你会有更好的办法吗？"

周以昭看上去无言以对。

陈晓波就来劲了："所以啊，你以为我对你有仇，我是存心整你呀？我那还不是为了工作！"

周以昭突然开口了："那你虚报瞒报，也是为了工作？"

41

陈晓波刚被周以昭抵进死胡同，王秀林他们就到了。

王秀林和雷鸣，是带着月亮山几十个村民代表来的。此行的目的很明确，一是按姜国良的意思，带村民们来看看金山社区专门为他们规划的小区，二是带他们来走走，让他们感受一下新区的生活气象，看能不能让他们动心。

姜国良有关专门在后面靠山的地方为月亮山规划小区的想法，在金山社区很快就得到了落实。月亮山村委那边，也抓紧开了专题讨论会。

会上，大家听了大歹主任站在月亮山人的角度的分析：月亮山人害怕离开月亮山，怕失去月亮山的风水仅仅是一个方面，最大的问题还是对一个陌生环境的恐惧。月亮山属于民族村落，他们世代都按照自己的风俗习惯生活，搬到县城以后，和别人一起混居进了楼房，他们就给分散了。况且，月亮山大多数人都不能讲汉语，这部分人到县城生活，面对的就是两眼一抹黑的局面，他们该怎么办？再说他们也都知道，一旦住进县城，很多生活习惯就得丢弃，甚至包括他们的传统风俗。至于迷拉，你让他到一个充满现代文明的社会环境里去生活，他就等于失业。最后这一点，其实是最关键的。这就是雷鸣支书的外出务工队也不愿下功夫去劝说迷拉搬迁的原因，也是无论谁都无法说动迷拉搬迁的主要原因。

所以说，姜国良的想法为月亮山的搬迁工作打开了一扇窗，奔着窗外那线生机，他们一定要配合好。会后，他们便召集了一个村民代表团，来到了金山社区。

月亮山村委组织村民代表来新村参观，已经不下四次了，这是第五次。虽然前四次的收效都是零，这一次很有可能也是零，但他们依然要认真去争取那万分之一的希望。

事先就安排好了，社区这边由周以昭负责接洽，生态移民局由陈晓波配合周以昭。所以，他们一到就直奔这两人来了。

这两人本来斗着嘴，看月亮山的参观团队来了，赶紧上前迎接。王秀林跟这两位还不是很熟，见上面，雷鸣支书那里便免不了要来一番介绍。话说完了，握手仪式也就结束了。

王秀林迫不及待地说："那我们去月亮山小区？"

这边两位忙说："走走走，去月亮山小区。"便赶紧带路。

果然，后山有了苗家元素。路灯的灯饰是苗绣，墙上的宣传画是苗家各种节庆的画面，再往前一点儿，小广场的LED广告屏上也滚动着苗家的各种庆典视频，抬起头来，是一幅覆盖了整面大墙的巨大的苗族姑娘的盛装照。虽然因为时间关系，这些都是从广告公司打印出来应急的，但王秀林和雷鸣支书还是很激动。激动之余，他们情不自禁拿目光到他们的队伍中扫，想找到共鸣。如果能找到共鸣，那么姜书记的苦心就没有白费，社区的工作也没白做，他们的工作也就进了一步了。

但收效甚微。如果他们曾在村民们脸上看到过动心，那也只是一闪即逝的事情，因为迷拉一直是板着脸的。迷拉自己板脸也就罢了，他还拿张板着的脸四处扫，这一扫就把那些跃跃欲试的心动扫没了。

王秀林跟雷鸣对视一眼，继续往前走。

这就到了小区门口。大门是临时用钢架搭建的，用了苗族头饰上的牛角造型做顶，两边用绣匾做了门框，门楣上挂着一块临时的金属匾牌——月亮山。

迷拉突然仰天大笑。

在场的人全都给他笑傻了。

他便戛然止住笑，瞪着眼舞着手说："假的！哈哈！假的嘛！"一群人中就他能这么清醒，使他非常得意。

周以昭以为他指的是这些临时搭上去的东西的材质，忙解释："这些都是临时性的，后期我们肯定要考虑它们的长久性和庄严感，比如灯饰，我们已经定做了金属镂空的；这大门，后期也是要正经建筑的，我们甚至还考虑过用石刻……"

可迷拉的嗓门又炸开了："你用铁，用石头，这月亮山都是假的！"

他猛烈地喊道："假的！"

周以昭哑巴了。

陈晓波忙跟上："只要月亮山人住进来了，就是真的了啊！"

"是啊是啊，只要月亮山人住进来不就是真的了吗？"周以昭和王秀林他们赶紧附和。

可迷拉嘴上还犟着："哪个说我们要住这里来了？！"这话是冲着几个干

部说的。他又扭头冲他那帮乡亲说:"你们哪个想住这里来自己来,反正我是不会来的!"除此之外,他的眼神还在说:我看你们没了我迷拉,在这里怎么生活?!

于是,那帮人便把脑袋垂下了。即便有那不服的人,也只有垂着头翻几下眼睛的份儿。

雷鸣支书突然想到了后山,他说:"看看这后山吧,姜书记说了,今后这后山就属于月亮山人,你们可以在山上过'茅人节',还可以养羊。"他踮脚往远处指指,说,"这后山很大啊。有了这后山,又有了月亮山人住在这里,这里就可以变成名副其实的'月亮山'嘛。"

迷拉咄咄逼人:"假的能成真?"

雷鸣给他问住了。

事情就僵在了那儿,那么还进不进小区呢?

王秀林用征求意见的口吻问迷拉:"还是带大家进去看看吧?"

迷拉明显有些拗不过王秀林的面子,因为从情感上他已经不把王秀林当简单的村干部了,所以王秀林这样提,就让他特别为难。他把脸扭得很难看,却又用了很忍受的语气说:"就两排房子,有啥看头?进去看跟站这儿看有啥区别呢?"

想想也是,就不进小区了。

周以昭建议去看看别的地方。

去就去吧,反正看也是白看,迷拉心里想。

周以昭带着大部队改变方向前,乜了迷拉一眼。

他早了解到一些月亮山的情况,知道问题就出在这位迷拉身上,所以他很是看不惯迷拉的做派。敢情他们加班加点地辛苦劳动,迷拉完全就没看上眼,完全不为所动。这叫什么呢?作为向导,周以昭一直走在最前面,而迷拉作为村民们默认的领队,也一直走在最前面。可周以昭看得很明白,迷拉一直都只是在应付,他心不在焉,又随时准备着镇压村民们可能冒出来的热情。他之所以要来，是因为村里要他来。他之所以答应村里的要求，是因为他觉得村民们的确需要一个主心骨。事实上，他把自己当成了一个家长，他是来管这帮孩子的。

因为迷拉的那一出，这支队伍变得很沉默。周以昭感觉那帮村民虽然跟着他们在走，却走得像木头一般。随着那些属于他们的民族元素向后退去，他们的激情也给抽走了。他们之所以跟着走，是因为迷拉在前面走。迷拉之所以还在往前走，完全是出于一种应付的想法。

周以昭一直在乜他，乜到后来就冒火了，问他："咋搞的，我们花那么大心血，下那么大功夫，就你一个人不满意？"

迷拉看了他一眼，没吭声。在这些干部面前，他知道沉默就是最好的应对策略。

周以昭说："那你说，要怎么整你才满意？你说出来，我们改进！"

迷拉这回连看都不看他一眼了，假装没听见。

周以昭说："要不你说你看中了哪里，说出来我们替你协调去！"

迷拉又看了他一眼，但同时又看了看后面的村民们。谁也不知道他那是啥意思。

周以昭白了一眼旁边的陈晓波，希望这个时候他能站出来说句话。这两个冤家竟也默契，那边一眼白过来，这边马上就附和："那就让他们选，选好了我协调去。"

既然是这样，周以昭就建议大家跟着他把整个金山社区都看一遍。这个将容纳十五万移民的社区，入住率已经超出了百分之五十。第一、二批入住的居民，已经完全习惯了县城生活，早起后该上班的去上班，该上学的去上学，最后留下来的上不动班的就聚一起晒太阳、打牌，广场舞也是不到半年就进了金山社区。

周以昭先带他们去看广场舞，他说："今后你们搬来了就可以跳你们的芦笙。"然后又带他们去看老人们打牌，那牌有"大贰"，有"十四儿"。两种都是大娄山的土牌，长得很相像，都是长条形。前者的文字近似于甲骨文，一字不识的文盲跟它们很熟，学富五车的人却不一定能认得它们。后者倒是简单，全是点，红的黑的点，只要你会十以内的算术就能玩。这些牌在山里玩起来是要赌钱的，有手气好的，一晚能赢回一只猪仔。在这里只打着玩，输的贴纸条，旧报纸或者学生作业本撕成的，输一次贴一条，由赢家贴，任他贴在哪里，输家不能有意见。为了更好玩，大家都贴到额头上，纸条挂下来，像僵尸脸上贴的符，人一喘气，纸条就飘起来。那手气太差的，给贴了一整脸，看上去很滑稽，你看上一眼，就赚一回笑，也算是打牌延伸出来的快乐产品。

月亮山这帮人也是会玩这类纸牌的，所以他们不禁在这里多站了一会儿。周以昭说："怎么样嘛，这种生活是不是过得很安逸？"

听他这么一说，迷拉又赶紧带头走人，不给周以昭一点儿拉拢唆使的机会。正要走，周以昭给人逮住了。这老汉黑得像十年没熄过火的腊肉，眼睛却闪烁得像星光一样。他是从另一边跑过来的，额头上还挂着两张纸条，人实诚，这会儿也没敢撕下它们。他就那样吹着纸条拉着周以昭说："周主任，我那低保怎么还没下来？"周以昭一算时间，肯定地说："早下来了。"老汉两手一摊："我昨天才去查了，本本上一个子儿都没有啊！"

周以昭说："不可能。"

老汉鼓着眼睛，语气也是十分肯定："哄你搁鸡公！"

周以昭正困惑，陈晓波说话了。他问老汉的低保户头是单独的，还是跟家里人一起的。老汉说，是跟他儿子一起的。这一问一答的，老汉认出陈晓波来了，于是他终于扯掉脸上的纸条喊起来："你是陈县长哇！"他可没奚落人的意思，或许他根本就不知道"陈县长"已经变成了一般干部，或许他知道了也改不了口。他是第三批搬进来的，那会儿陈晓波还是副县长，而在大娄山，人们称呼官员的时候都显得十分厚道，副职的前面从不带"副"字。陈晓波给他叫得脸红了一下，但很快就释然了。虽还不能十分地坦然，但还算勇气可嘉——他告诉老汉，他已经不是副县长了。

老汉果真没把那当回事，那也就是个称呼而已。他家曾经是陈晓波结对帮扶的贫困户，家里一档子关于脱贫的事，都是陈晓波在操心，就搬迁这件事，还是陈晓波用车拉他到这里参观了几回，他才最终签了搬迁协议的。所以，陈晓波一下子就想到，他的低保可能跟他儿子的放在一个本本上了，钱一过去，就被他儿子取出来花了。老汉一听，也这么想，于是当即就要求将他的低保单立出来。这样，陈晓波就看着周以昭，因为现在这事属于社区了。周以昭当然是二话不说就答应下来了，说忙完这里的事就安排。然后要了老汉的姓名房号，才又往前面走。

接着看的是新区幼儿园，一大群孩子正由老师们带着在操场上做游戏，很欢。再往前是小学，那会儿正是学校课间操时间，自然也是十分壮观，但这都没能让月亮山这群人留恋驻足。

于是，周以昭问陈晓波："去工厂？"

陈晓波很意外，他没想到周以昭竟然需要跟他商量。他笑笑，说："你说去哪儿就去哪儿。"

周以昭就冲大家说："下面我们去参观工厂，你们搬来之后，一些人是要进厂挣钱的。"

假发厂和电子厂是金山社区为移民能"稳得住"配建的产业扶贫项目。一些不能走远的，比如残疾人，再比如必须在家照顾老人或孩子的主妇们，就可以到这两间厂子里务工，每天按时上下班，每月在家门口就能挣钱，这一点倒是令月亮山这群人蛮感兴趣，当然，迷拉除外。他们走近了，盯着人家一根一根往塑料脑壳上织头发。电子厂那些机器他们看不懂，但工人们手上的活却是看得懂的，也就是把那些机器生产出来的小玩意用手捏捏，把线头理顺什么的。当然，他们最关心的是能挣多少钱，听说是干得多挣得多，他们就都有些向往了，因为他们都是勤快人。但后来迷拉咳嗽了一声，他们又只能回到现实中来。

事实上，迷拉早已经不耐烦了，他已经跟王秀林说过两回"差不多了"。

那就回吧,王秀林心里叹气,雷鸣支书也觉得很无趣。跟周以昭、陈晓波握手告别后,就带上那帮人走了。

月亮山人一走,剩下的周以昭和陈晓波却别扭上了。这样的两个人,肯定是不可能随便打个招呼就各自走开的,当然也不能一声招呼不打就作鸟兽散。

周以昭问:"那老汉父子两个,怎么是那个样子?"

陈晓波说:"他是后爹。"

周以昭其实想真心称赞陈晓波一句的,因为他刚才在老汉面前敢于承认的勇气,确实值得称赞。但最后,周以昭只是扔了一根烟过去。

42

姜国良难得有顿饭是在家里吃的,可老母亲却说她没有胃口。"怎么回事呢?是胃病又犯了吗?"姜国良问。老母亲弱弱地笑,摇头说胃不痛,就是不想吃饭。

"那就熬稀饭?"李青问姜国良。

姜国良说:"那就熬稀饭。"

李青放了碗要去熬稀饭,可老母亲却把李青拉住了。那力气好大,一点儿不像一个老人。所以李青就放了心,就推荐些开胃的东西:"要不弄点儿泡菜?"老母亲摇头。"那就切个苹果?"老母亲还是摇头。

姜国良突然来了主意,叫老母亲等等。他放下碗走到窗前,往杏树上四处找。杏子刚刚过,但姜国良希望他们家门口这棵树上还能找到一两个没被人看上的落脚货。事实上他还真找到了，就在他们家窗户上头，快接近楼上窗户的地方。一开始以为是它生得高，别人够不着，所以留住了。等他爬上窗户费劲将它摘下来，才发现它其实还真是那种落脚货，一半熟透了，一半还有些生，长得也不周正。但这棵杏树跟姜国良这家人亲，所以即便是得了个歪巴果，姜国良也很感激。尤其这个时候还能得到它，就更感激。

他在自己衣服上蹭蹭，轻轻掰成两半，抠掉杏核，将杏肉递给老母亲。老母亲只要一半，另一半留给他。他要让给李青，李青说不要，他就留下了。他心里想的是给老母亲留着，她若吃完了还想吃呢？

老母亲接过杏子的同时，已经是满口生津了，她轻轻咬了一口，就赶紧把眼睛鼻子嘴都闭了，直到那股酸劲儿过去，才又开始嚼。

姜国良说："有那么酸吗？"说着自己也尝了一口。果然酸，姜国良一边大笑一边挤着鼻子眼睛忍酸。

他对老母亲说："酸就别吃了。"可老母亲却又吃得津津有味了。

姜国良问她还要不要他这半块，老母亲摇头，又示意他吃。他便丢进嘴里吃了。吃完了还说酸，但又说还真开胃。

这时间，李青替老母亲换了半碗热饭，想的是她吃完这杏子，就应该有胃口吃饭了。可结果老母亲还是只吃了那半个杏子，并没有吃饭。

那顿饭开始的时候天要黑了，吃完饭，天也就全黑了。那之后，李青洗碗，姜国良陪老母亲看电视。等李青洗完碗过来，姜国良已经睡着了，还打呼。听他打呼，老母亲张着嘴冲李青无声地笑。李青也笑，笑完了便往姜国良身上搭了条空调被。

又坐了一会儿，老母亲也要去睡了。看电视对于她来说，也就是看个热闹，上面那些人说了什么，她从来就没听懂过。但他们要她看，她就看。看一会儿，她就去睡，每晚都这样的。来儿子家好几个月了，她还感觉自己像个客人，所以自己要去睡，总是要打声招呼。只有李青在家的时候，就跟李青打招呼，姜国良也在的时候，就一个一个地打。

老母亲拍了拍姜国良，姜国良猛地醒来，一时竟有些恍惚。老母亲笑着说："我睡去了。"

姜国良急忙起身："去睡去睡。"

老母亲又冲李青点点头，说："我睡去了。"

李青起身要送，她打手势表示不用。她有点儿吃力地起了身，自己去了房间。她走得不快，但走得很稳。姜国良扭着身体目送着老母亲，她都走到房间门口了，他又突然问："妈，你饿不？"

老母亲回头摆了摆手。

耳朵不好后，老母亲说话得用力，所以慢慢习惯了肢体语言。她喜欢安静。年轻时就这样。

老母亲推门的力度像只猫，推了两次才推开了一半。她走路也像只猫，一点儿声音也没有。她就那样静悄悄从那一半门缝里进了房间，反身关上了门。

姜国良打算第二天清早就回娄山的，但清早起来却发现老母亲走了。他原本是想去问问她胃有没有好些，顺便告个别的，可无论他怎么叫，老母亲都醒不过来了。

她就这样静悄悄走了。看样子走的时间不长，身子还柔软，体温也还没完全离开她，甚至看上去还能听到姜国良的喊声，因为姜国良在她脸上似乎看到了她习惯用于回应的微笑。

他将老母亲的手捂在自己手心，又一起捂上心窝，他是真希望这样就能把老母亲捂回来啊。他接她来，是让她来享福的，可还没等到他忙完呢，她就走了。姜国良感觉自己正在被抽空，从力气，到精神，都一点点被抽走，最后他只剩下一个空壳——他颓然地跪伏在床前，把头紧紧伏在老母亲的身体上，就像小时候受了委屈，到母亲怀里求安慰那样。

他就那样静静地伏着，什么也不想，什么也不做。

李青见他进去很久都没出来，想进去看看怎么回事，一进门见了那种状况，便傻在了门口。

姜国良的电话却在那当口响了起来。姜国良不接，它就一直响。

李青静静地过来，替他把手机挂了。然后，她走到另一边，握住老母亲的另一只手。

姜国良的手机又响起来。姜国良依然一动不动，就像完全没有听见。李青只好又绕过床头，从他包里掏出手机。这一次，她挂掉电话后，将手机调了静音。

43

姜国良是在两个小时之后，才看到了手机上的二十八个未接来电。那时候老母亲已经在殡仪馆了，妹妹妹夫也都赶到了，女儿也跟学校请假回来了。那天早上，市里是有个重要会议的。正是因为有这个会，昨天晚上他才回了家，想的是第二天早上从家里出发，要方便一些。可老母亲这突然一走，他便把开会的事忘了。那些未接电话，除了市委办公室的，还有市委书记、市长的，县委办公室的，县委副书记的，秘书小陈和司机小刘的。他这里不接手机，那一伙人全都着了急。秘书小陈打过司机的电话，司机打过他的电话，司机打不通他的电话还跑他家里去过。后来秘书又打过很多次李青的电话，但李青的电话一直很忙。联系殡仪馆，通知亲戚，送老母亲去殡仪馆，往单位请假，虽然算不上井井有条，但她操持得都很好。可她偏偏就忘了替姜国良请假。

后来还是小陈和小刘跟姜国良的邻居打听，才知道出了什么事。他们俩二话没说便赶到了殡仪馆。

姜国良正是突然看见他们俩，才从恍惚中惊醒过来，条件反射地掏出手机，看到了那二十八个未接来电。

"张县长去了吗？"他问秘书小陈。他指的是常务副县长张辉。市里的重要会议，县委书记、县长都是要参加的。现在娄山县是常务副县长主持县政府的工作，所以开这样的会议，张辉也必须去。

小陈看看手机上的时间，说："张县长一个小时前已经出发了。"

姜国良松了口气，跟着又走了会儿神，才给张辉把电话回了过去。

他刚喊了一声"张县长"，对面就喊起来了："姜书记啊，你在哪里啊，怎么一直不接电话呢？开会的事你忘了？"

姜国良顿了一顿，没有说自己在哪里，他说："你去就行了。"

那边说："不是的，因为一直打不通你电话，我就替你请过假，你猜有光书记怎么说的？'坚决不行，这会就是专门为他姜国良开的，他竟然要请假！'姜书记，这可是有光书记的原话啊。"

"他为什么说这会是专门为我开的？"姜国良感觉没了老母亲，脑子也没了。

那边说："这还用问吗？全省脱贫摘帽在即，省里催市里的进度，市里就催县里的进度啊，全市就差我们娄山县没报'摘帽'了。这是要拿你是问嘛。"

姜国良在电话这边使劲拧眉，两条眉毛都拧成麻花了，还是不知道该怎么回张辉的话。张辉见他这边不吭声，以为信号断了，连着"喂"了好几声，又喊了好几声"姜书记"。姜国良才支吾着说："我们县的进度，你也是清楚的，你跟有光书记详细汇报一下吧。我再打电话向他请个假。"

张辉说："恐怕不行的，有光书记那脾气，你又不是不知道。"说完，才又突然想起来，问道，"你那边是啥事啊，姜书记？"

姜国良静了静，说："你去开会吧，我打电话给有光书记请假。"

张辉刚"唔"了一声，他这边就挂了电话。

可当他翻到任有光的电话号码时，才发现自己没法请这个假。理由是什么呢？是老母亲走了，他要守孝吗？他说不了这话，说不出口。虽说到了这份儿上，老母亲走了，已经是他不得不承认的现实，但你让他说出这件事，说出那句话，太难了。尤其还要把这件事情当作一次请假的理由，就更难。他想象着老母亲，想象着她听见他跟书记说"我老母亲走了，今天的会参加不了，请个假"时的反应，那定是一个隐忍的、失望的，却又是十分安静的表情。虽说早在四十五年前，他和母亲之间的那根脐带就已经给割断了，但母与子真正离别是今天，是这个时候。孩子离开子宫，母亲还是母亲，儿子还是儿子。可这样的分离，却是母与子的彻底缘断，是母子情感链上最沉痛的一个结，即便老母亲是那么宽厚，他也没法随口就提起这个结啊。

他的身后是一面墙。他将后背靠在墙上，以免自己被这种为难击垮。他用握着手机的那只手捂住前额，似乎那样就能压住冒上头顶来的悲痛。但他还是哽咽了。是那哽咽救了他。它一冲出喉咙，他便缓过气来了。他深提了一口气，压下满眼满鼻子的酸胀，再擤上一泡鼻涕，才勉强平静了下来。

他从墙壁上收回后背，镇定了一下，回到了老母亲的灵堂。一开始，他是想找到李青。男人的一生中可以有两个"母亲"，一个是生母，一个是妻子。这种时候，他就像那种茫然无计的孩子，急切地需要"母亲"为他拿主意。老母亲已经不在了，他显然只能依赖妻子了。

可李青很忙。

这节骨眼，如果他顶不了事，就只能是李青操持料理。

殡仪馆有好几户人家办丧事，很嘈杂，李青每安排一件事情，都不得不跑到人跟前对着耳朵说话。这会儿又赶来了几个老亲戚，李青便领他们来灵前见老母亲。见完老母亲，正好姜国良又在跟前，他们便都按各自的方式跟姜国良打了招呼。姜国良木讷讷的样子，多少令亲戚们有些失望，但他们又都能理解。灵前不远的地方，摆了许多塑料凳子，李青把那个地方指给他们，要他们到那里坐。他们各自找到座位，李青的茶水就送上来了。

姜国良默默地杵着，看着老亲戚们都被安顿好了，才又机械地把头转向老母亲。

"妈。"他在心里轻轻喊，像怕把她惊醒了一样。

"你说我该咋办呢？"他在心里问老母亲。

他的眼前，是老母亲在世时那安静的面庞。那面庞永远透露着大地一般的宽厚和包容，四十五年来，无论遇上什么事，他总能在那面庞前平静下来。

"那我还是去开会吧，啊？"他在心里问老母亲。

他说："亲戚们该来的、能来的都来了，妹妹、妹夫也在跟前，你老人家的大事又有李青在操持……"

一阵酸楚涌上头顶，他的眼睛顷刻间潮了。可他似乎看见老母亲在微笑。就像平时那样，在表示赞许的时候，她总是那样静静地微笑。

那当口，他突然又有电话了，手机震麻了他的手，他拿起来看了一眼，是张辉。他没有接。但他挂断这个电话便走向了李青。

把李青叫到一边，两夫妻对视了一会儿，他涩涩地开了口："我……这里就交给你吧，我还是去开会。"

李青也是这时候才想起他今天在市里还有个会，可她还是被这话惊得睁大了眼睛："这种情况，你还去开会？"

姜国良把头沉沉地埋下。

李青怕惊着他，轻声试探："不能请个假？"

姜国良把一双潮红的眼睛看向李青，嘴唇动了两下，却没有话说出来。

李青说："这么大的事啊！天塌下来，也不比这事更大了。"

于是，姜国良又把头重重地垂下。这头怎么就这么重啊？这半生他遇上过多少大事小事呢，可他的头从来没有像现在这么重过。李青说得对，就是天塌下来，也没有比这事更大的了。可正是因为这事太大，大得他那颗心难以承受，他才是这般地艰难啊。

李青盯着他那颗沉重的头，小心地问："要不，我替你请假？"

他猛然抬起头，说："不要请假！"

李青露出一脸的费解。

他说:"我去开会,事情就简单多了。"

李青还想说什么,小刘和小陈就突然出现在视野里了。他们刚刚买花圈去了,现在一人举着一个,还带着后面两个送花圈的人,正朝这里走来。那是四个花圈,除了他们俩的,还有县委办和县政府办的。后面两个是他们自作主张买的,因为他们暂时还不知道这事该不该马上告诉其他县领导。

两人放好花圈,从姜国良妹夫手上接过香,到灵前叩了礼,又照着姜国良妹妹的安排,在一边坐下。

看到这里,李青似乎明白了点儿什么,悄声问姜国良:"你决定去开会?"

姜国良木然地看着她,没有作声。

李青叹了口气,说:"你去吧,这里有我和妹妹妹夫呢。"

姜国良却没动。他杵在那儿,就像根木头桩子。

李青只好用手肘捣了他一下。他惊了一下,但之后还是那副木头样子。

李青说:"我叫你开会去,你没听见?"她心里在想,姜国良这个样子,去开个会分散一下注意力,或许能减轻一点儿难受。

她说:"但妈那里,你得自己去说。"

姜国良木木地离开李青,走到老母亲的遗体前,趴地上磕了三个响头,起身盯着老母亲的脸说:"妈,我去开会了。"

在大娄山的丧事上,孝子是要戴孝的。姜国良要去开会,不能顶着孝布去。李青为他换了黑纱。

44

今天上午市里这个会，姜国良的确是非去不可，因为他是不是在这个会上保证娄山县如期"脱贫摘帽"，直接关系到整个市的脱贫攻坚能不能如期收官——全市可就只剩下娄山县没有摘帽了。但姜国良不到，这个会也照样要开，而且该怎么开还得怎么开。姜国良赶到的时候，会已经开到一半，该传达的、该要求的都已经到了位，接下来就是针对性的个对个、点对点地找问题问责任出策略了。市委书记任有光先因姜国良失联，后又因他迟迟不到而很是窝火，会议一开始他就火冒三丈，待姜国良会议中途赶到会场，那火气呼地就蹿出了头顶。于是，姜国良一进会场，劈头就迎来了市委书记的火山爆发——他一拳头砸在桌子上，把茶杯砸跳起来，又翻倒在地。那只茶杯在地上粉身碎骨，发出惊心动魄的声响，姜国良没被市委书记砸桌子那一下吓着，倒被那只茶杯粉碎的声音吓了一跳。

他那一吓，在场的人就全都看到他手臂上的黑纱了。一时间，全场都静穆下来，只剩下茶杯碎去时的余音，还袅然于地面之上。

既然市委书记发这么大火，姜国良就不敢走开。他的座位就在两步开外的地方。因为今天他很重要，他的座位离市委书记的位置很近。但他现在必须等到市委书记发话，才敢过去坐下。

那任有光却又被他手臂上的黑纱弄傻了，好半天才支吾着问了他一句："你……这是咋回事？"

姜国良努力蠕动喉咙却启不了口，一边的张辉接过了话头："姜书记……他老母亲过世了。"

说完，又赶紧解释："我也是这会儿才看到信息。"那条信息是姜国良的秘书小陈思考再三后发给他的，有些晚，但还算及时。

愣了一会儿后，任有光脸上突然出现了慌乱，这种情况，在这个时候，显然令他很无措。他下意识地环视了一圈在座的县委书记、县长们，似乎需要这会场上的人们给他一点提示，告诉他该怎么办。但很显然没人帮得了他，这种情况下，大家都傻了。

这样一来，他便又擂了一下桌子，而且擂得比上一次更重。"那你跑这里来干啥？！"这是跟在那一拳头后面的暴吼。那一刻他似乎忘记了自己是一名市委书记，忘记是自己要召开这个会。

姜国良把眉毛拧成一堆，屏着鼻息，这样就可以抑制住那种想哭的冲动。他走向了自己的位置，在市委书记的眼皮子底下坐下。那任有光却像傻了一样，一直看着他朝自己走过来，又坐到自己面前，把公文包放到会议桌上，掏出了会议记录本和笔。

会场依然还是沉默。

总不能一直这么沉默下去吧，主持会议的市长咳嗽了一声，小心翼翼地说："那我们就继续开会。"

姜国良翻开了会议记录本，拔掉了笔帽，等着往上记录。任有光长提了一口气，说："你先别记，你告诉我，你那里情况怎么样？"有了姜国良母亲去世这件事情，他感觉自己的嗓门很紧，中气也不足，原本应该是一名市委书记催问一名县委书记的严厉的话，现在却变得像商量的口吻了。

他说："你知道，我这屁股也坐不住，当初你让我给你时间，给我下过保证，这时间都溜出去好远了，你那里却没动静。我就想在今天这个会上听你汇报一下进度，我这心里好有个底呢。"

姜国良迟疑着看了他一眼，耷拉下眼皮说："还得给我一点儿时间。"

任有光压着声音，却用力地问："还要多久？"

姜国良说："月亮山还没搬迁，另外两个村还有几户人家的人均收入也还没上去。"

任有光又想擂桌子，可拳头举到一半就悬上了。最后他扭着脸在半空中挥了挥拳头，那是个焦头烂额的表情，但末了他的话却并不那么有力。他说："那你在干什么？你告诉我，你在干什么？"

姜国良还没回答他的问题，他那里已经自己回答了："你在养羊！这种时候你还在养羊！"

姜国良想解释点儿什么，任有光没给他机会。"你别跟我解释，我知道养羊很好，我当初也非常支持你不是？可你就不能分个轻重缓急吗？"

这回，他终于打算认真听姜国良解释一下了。

于是姜国良清了清嗓子，说："其实，养羊并不影响……"

任有光一巴掌拍到自己脑门上，红着眼盯着姜国良，沉着嗓门喊道："不影响吗？"他几乎是咬牙切齿地补了后面那句，"你知道你不光在拖市里的后腿，也在拖省里的后腿吗？"

姜国良说："我知道，但……"但什么，他没有说，不过大家都能猜到。

任有光一口气提起来，在喉咙口憋了整整一分钟，然后突然就宣布了散会。

会议突然中途散会，令整个会场都很错愕。任有光却没管那么多，他要姜国良去他办公室。

姜国良跟在他屁股后面，一进办公室，任有光扭头就问："你压力很大吧？"

不等姜国良说话，他又说："经过前期的考察公示，市委常委会议已经研究决定，提议常务副县长张辉同志代理县长职务，让张辉在这个关键时期分担一下你的压力。你跟市委组织部黄部长联系一下，回去后抓紧召开县人大常委会。"

完了又说："老人家的事，你就节哀顺变吧。"

这些话，他们还没坐下就已经讲完了，那么姜国良就没必要坐下了。况且，有光书记也没叫他坐。他谢过书记就要走，任有光却又把他叫住了。

"老人家什么时候出殡？"他问。

"明天上午。"姜国良说。

任有光点了点头，说："先送老人家出殡。"

末了又致歉："刚才我态度过火了。我这也是给形势烧的，请你理解。"

姜国良木木地点了点头，说："那……我们回了？"他指的是所有的与会者，全市的县委书记、县长。他也不相信这么重要的一个会议，就这样散了。

任有光说："回吧，都回吧，少务一分钟虚，你们就多务一分钟实。"

又说："老人家那里，我就不送她了，我下午还要去省里开会。"

又说："你今天就不该来开会。"可他心里清楚，这都是他的不是，所以他说这话时满脸的愧疚。

完了又重重地拍了拍姜国良的肩膀，说："行了，抓紧回吧，老人家那里等着你呢，摘帽的事，放在心上就是了。"

45

有时候，我们真不能忽视一个肢体语言的神奇，任有光在姜国良肩上拍的那重重的两下，竟让姜国良顿时获得了些许宽心和振作。从任有光书记办公室出来，迎面就看见了过道尽头的张辉。他在等他。

等他走近了，张辉才说："老人家的事，你怎么不及时通知我们呢？"

但姜国良却没接他的话茬，而是跟他讲另一件事情："市委常委会研究决定，提议你暂时代理县长职务，需要召开县人大常委会，我们抓紧往回赶吧。"

张辉说:"这个……有光书记已经找我谈过话了,不急。"

姜国良点点头,在前面开路。

出了市委大楼,张辉要求搭姜国良的车,于是,回县里的路上,两人就在一辆车上了。

一上车,张辉就说:"老人家走得很突然啊,从没听你说过她老人家生病的事儿。"

姜国良心里抵触了一下,但那股劲儿很快就过去了。他感觉自己现在可以提这个话题了,而且相对比较平静。他说:"我那老母亲吧,一辈子小病不断,但大病还真没有。不久前,得过一次急性阑尾炎,医生都说手术有风险,但她老人家做完手术后却一点儿事都没有。从医院回来,她很快就康复了。可哪想到,她这不头痛不脑热的,睡过去就不回来了。"

张辉就叹气,说:"老人家在这种时候走,你这个儿子还真不好做啊。"

姜国良木了一会儿,说:"其实,我那老母亲通情达理得很,也善解人意得很,没关系的。"虽然一提起这话他两眼就发酸,但老母亲的这些好却又令他满心的自豪。

他想起一些关于老母亲的往事。父亲年轻时家里很穷,和母亲相上了人,母亲便要和媒人一起来相家,父亲家里没啥看的,便跟隔壁借了房子,当然牲畜也一起借了。母亲来看到房子宽宽敞敞,圈里还养了猪牛,很满意。但母亲临走的时候,父亲却心里不安了,送出院子外面,终于没忍住,坦白了实情。看母亲没说什么就往前去了,那媒人当场就泄了气,以为这亲事完了,回头掐了父亲一把,责怪他太老实。父亲也以为这亲事结束了。可没想到母亲回去后却告诉媒人:人家那样做,是因为穷,又不是因为人品有问题。再说了,他能那样做,说明他心里看重我,这样的人,我为啥不嫁呢?

张辉听得直叹:"老人家还真是通情达理啊!"

姜国良说:"我娶媳妇那些年,兴'三金',别看我那老婆当时已经是国家公务员了,也跟我要'三金',我那会儿工资才多少啊,就想赖。母亲就说,要买的，人家一个大姑娘，吃了多少饭才长那么大呀，现在要嫁给你了，跟你要个'三金'有啥不对呢？她也没跟我商量，就把家里的猪和羊都卖了。所以我结婚那天告诉我媳妇，她的'三金'是我母亲给她买的。"

……

这样聊着老母亲，姜国良竟感觉压在心头的那块巨石一片片剥落瓦解、消融，早先那种难以承受的挤压之痛，正在得到缓解。

从市里出发前，他原本打算先回土平守孝，第二天送走了老母亲再回县里开人大常委会的。可张辉上了他的车，他又跟张辉聊了这么多老母亲的事儿，就决定先去开这个会了。他想，抓紧回县里把会开完，再回到土平守孝，这样反倒能安心一些。所以，聊到后来，他便给县人大常委会主任打了个电话，想让他提前做个准备，说他们一到就开会。但县人大常委会主任却说他在土平，在土平县殡仪馆。他说不光他在，县政协主席也在。他们全都吊唁姜国良老母亲去了。姜国良想说些什么，后座的张辉突然说："姜书记先回土平吧，我们先去看看老人家再回去开会也不迟。"

姜国良挂了电话，张辉又解释："我上你的车，就是想跟你一起去看看老人家。"

姜国良说："我老母亲不是那种喜欢讲排场的人，你们去那么整齐搞哪样？再说了，她要是知道因为她，连县里这么重要的会都推迟了，她会心里不安的。"这么说的时候，或许就连他也没看清另一个自己，也就是那个最原本的自己，那个自己其实是害怕回去，害怕回到老母亲灵前的。"人生八苦"，其中之一便是"爱别离"，他害怕正面面对这种痛心的生离死别。工作本身是一种压力，但这个时候它却能帮他减压。因此，这一个自己不过是找了一个冠冕堂皇的理由来掩护那一个脆弱的自己罢了。

作为同龄人，张辉不是不能理解这一点，但他必须提醒他："明天上午出殡的话，今晚可还有一件大事呢。"

姜国良没问是什么大事，他心里清楚得很：明天上午要出殡，今晚就得火化，他得送老母亲进火葬场。

他当即就打电话问李青，老母亲的火化安排在什么时候了。李青告诉他，排队排在凌晨两点。他在电话这边点了点头，挂了电话就对小刘说："回娄山。"

张辉还想说什么，姜国良已经打起电话，联系了市委组织部黄部长，协调召开县人大常委会的事宜。随后，他让人大常委会主任把县里必须参加这个会的人全部通知到位，说晚上七点开会。

他正在做一件让人觉得不近人情的事情，但没有人反对他。或许同事们都能理解他，知道他这种时候忙一点儿或许会好过一点儿。就像痛的时候需要麻醉一样，这种时候，工作或许可以充当麻醉剂。

当晚七点准时召开了县人大常委会，按组织程序完成了张辉代县长职务的任命。姜国良随后又组织召开了县委常委扩大会议，将明后两天的工作做了安排，才散了会。

但这天晚上有些不一样，他宣布完散会，自己却并不离开。见他不动，大家也都不动，就像在等待下一个会议。

姜国良走了好一会儿神，才突然发现会场还坐得满满的。他迷迷瞪瞪地问："怎么还不散？"

听他这么问，大家才慢慢起身，轻轻挪开椅子，悄悄离开了会场。

46

凌晨一点的时候，张辉去了土平殡仪馆。他送了一个花圈。放花圈的时候，他看到旁边有任有光书记送的花圈，心里一阵欣慰。

来到灵前，接过李青为他准备好的香，张辉向老人家鞠了三个躬，然后开始拿眼找姜国良。姜国良独自歪在角落的一把椅子上，看上去像是睡着了。他悄悄走过去，才发现姜国良的眼睛是睁着的。见是他，那双眼睛才又有了神。

"来了？"姜国良正了正身子，让他坐旁边的椅子。姜国良的声音有些哑。

坐下后，张辉问："有光书记也来了？"

姜国良说："他哪能来呀，今天下午省里有会。"

张辉说："我看到他送的花圈了。"

姜国良说："是啊，老母亲本来不喜欢讲排场的，可这排场大了去了。"

正说着，李青手上端着一杯茶过来了。把茶水给张辉后，李青看姜国良的杯子也空了，便默默地拿了杯子去了。不一会儿，她又端了满满一杯过来，放到姜国良跟前，这才冲张辉客气地打招呼。

招呼完，自己又忙去了。

这种场合，话题一断，再接上就有些不易，留下来的两个男人只好喝茶。茶很烫，便小口小口地小心吸溜。

后来还是姜国良主动续上了话题："今天上午我没赶上的那前半个会都讲了些啥？"

张辉说："传达省里的要求，提出市里的要求。"

姜国良深吸了一口气，说："是啊，就剩最后几个山头了，能不急吗？"

张辉说："我们市可就只剩娄山这一个山头了，所以有光书记急，也是情理之中吧。"

姜国良动了动身体，椅子也跟着呻吟。

张辉说："这就像长跑，最后那一百米，谁都是心急的。"

姜国良认同地点点头，说："别说长跑，就是小时候上学，接近学校那百来米路，也都是跑着去的。"

张辉说："一样的一样的，我也一样。"完了又说，"要说不同的话，可能就是我在开跑时想的是'学校已经到了',而你想的却是'学校还没到'。你应该是那种只要一只脚还在校门外,就不算到了学校的人。"

这话有点意味了,姜国良不禁认真地动了动身体,要听他继续讲下去。

这样一来,张辉也就认真上了。他说:"就摘帽而言,实际上有个别贫困户还没能达标,一个村子还没能搬迁,并不影响整个县出列。"

他说:"宣布出列,并不是脱贫工作从此就不做了,就停止了,我们一边宣布出列,一边还在做工作不是?"

他说:"就说小时候上学吧,好比我们已经到了学校跟前,别人问你,你到学校了吗?你怎么说?"

姜国良说:"我说快了。"

张辉说:"这就是了。其实是可以说'到了'的,因为你在说'到了'的同时,脚步并没有停下,甚至脚下更快了。当你说完'到了',就真的已经到了。"

道理完全是这个道理,但姜国良却视若无睹。他没好气地问张辉:"那你准备啥时候去宣布?明天,还是现在就出发?或者还可以更快一点儿,现在就给有光书记打电话,在电话里向他宣布!我敢保证,有光书记接到你这个电话,会高兴得擂桌子,还能把茶杯擂跳起来。"

张辉尴尬地笑了笑,笑完却说:"我还是听你的吧。"

姜国良说:"既然听我的,那就抓紧做月亮山的搬迁工作。今晚王秀林和雷鸣他们来过了,我问了此事,说迷拉放过'谁要搬自家搬,我不阻拦'的话以后,已经有五家人搬下来了。有了这动静,就说明月亮山的堡垒已经松动了。我看,明天下午我们赶去月亮山,再召开一次群众动员大会,应该就没多大问题了。"

张辉却说:"明天不是有光书记要下来检查吗?"

姜国良说:"正是因为他要下来。我们让市委书记去做工作,说不定迷拉就听了呢?"

那晚，张辉一直陪着姜国良把老母亲的遗体火化后才回了娄山。

47

那天晚上，李春光也很悲摧，开完县里的紧急会议，他心急火燎地赶回家，本想好好睡一觉，可他脱完上衣，正要解皮带，电话响起来了。他愤怒地盯着那呼天抢地的手机，恨不能把它砸了。

作为镇长，他要比一般乡镇干部多些回家的机会，比如回县里开会的间隙。如果你能争分夺秒，这种间隙是可以变成机会的。但这些机会，又往往会被这种突如其来的电话打乱。想想，如果刚回到家又被电话叫走，倒不如没这种机会更好。就比如这个晚上吧，他要是没回来，老婆还能睡个安心觉。他这大半夜地回来了，老婆不光给吵醒了，还对他抱着希望。年轻轻的夫妻，平时在一起的时间那么少，能在一起，还不抓紧机会欢爱一场？可这没白没黑的工作模式，完全打乱了传统的生活秩序，整得两口子每每做起事儿来都胆战心惊的，状况竟有点儿像偷情。

他老盯着手机，手机又总响个不停，彭语就自我解嘲道："接吧接吧，我还是睡我的觉。"

电话是龙莉莉打来的，这么晚还打电话，而且打得这么不是时候，他实在忍不住冒火，便没好气地问了一句："这么晚了还打电话干啥？"

龙莉莉也没好气，她说："我也不想这么晚给你打电话，但我给你打了五个电话，你都没接，我只好继续打。"

怪他回家心切，没认真看手机，只是习惯性地开完会就赶紧把手机调回到铃声状态了。

"我刚才开会哩，刚结束。是啥事呢？"他忍着气问。

龙莉莉在那边说："能是啥事呢？还不是巴二的事喽。他去偷人家的羊，被人扣下了，张美凤让我们去要人，人家不干，说巴二虽然没偷着羊，但把他家羊群吓着了，要巴二拿惊吓费。"

李春光问："惊吓费？"

龙莉莉说："惊吓费！"

李春光迟疑了一会儿，又问："多少？"

龙莉莉说："一万。"

李春光问："巴二和张美凤同意？"

龙莉莉说："要是他们同意，我就不用打你的电话了。这钱要得蛮不讲理不说，巴二家要是随手就能拿出一万块钱来，也不会至今还拖着镇里的后腿了。他们家是我的对子户，我也是没办法了。"

李春光突然醒悟过来似的，喊道："巴二家不是有羊吗？"

龙莉莉说："有羊，我给他家争取的第一批。"

李春光问："那他为什么还要偷？"

龙莉莉说："因为他家的羊死了两只。"

李春光还要喊，彭语就先喊了："你不如过去吧，电话里能解决问题吗？"

李春光看着她发傻，彭语便拿了个枕头把头脸捂了。

李春光只好穿上衣服，风风火火往村里赶了。

48

　　这巴二家，是龙莉莉的结对贫困户。因为巴二是从牢里出来的，坐牢的原因又是那么让人不齿，所以他出来跟没出来差不多，没人愿意请他干活，也没人愿意带着他出去打工。相邻的两个村发展小辣椒产业，那辣椒种得漫山遍野，碧痕好多人都去那边打工，张美凤和儿子口袋都能去打，就是巴二不行。一听说是巴二，对方就把手和头一起摇。他们家是种了半夏的，张美凤说，不行半夏就交给你了，你就在家管半夏，腾出我们去外面打工。可巴二懒，多数时间都跑镇街上去晃荡。镇子才多大呀？他巴二又是全花河出了名的。他到街上晃，全街人都拿眼白他，还背地里说张美凤，你最好把你家那口子管好，别让他又手痒。那张美凤听着这些话，无地自容啊，可她能拿他怎么办呢？他不仅满街晃荡，他还打酒喝，喝得烂醉，就像个死人一样躺在大街上。张美凤劝过他，求过他，没用。你不给他打酒的钱，他就打人，别人不敢打，专打她张美凤。可张美凤哪能让他打呀，这个家她要管的也太多了，丈夫是个偷儿，儿子是个呆子，三张嘴巴靠她吃饭呢，她给打出个毛病来，又怎么办？

　　碧痕要发展羊产业，龙莉莉主张他们家养羊，张美凤抱着试试的心态也签了二十只。没想到这还真拯救了张美凤，巴二自从有了羊，就再不到镇街上晃荡了，也不喝酒了。他每天赶着那群羊到山上去放，放饱了就赶回来。自从有了羊，他的脸部肌肉也不那么紧了，眼神也不再是以前那么空茫了。来来去去，他怀里总抱着一只羊。在别人看来，二十只羊都一个样儿，没法分清谁是谁，但他分得清。在抱的问题上，他绝对公平。去时抱谁，回时抱谁，今天抱谁，明天抱谁，他心里是有数的，贪抱的不行，躲抱的也不行。别人家的羊，晚上也睡在羊圈里，巴二的羊，晚上是睡在屋子里的。巴二做过小偷，所以他也怕小偷来偷他的羊。他在堂屋的右墙角铺上很多干草，怕干草不够柔软，还铺了几件他们家淘汰下来的破旧衣服。

总之，巴二对待这群羊，就像对待他心爱的孩子一样，他哪能接受第二天早上起来，就死了两只羊羔的事实呢？

村民们养羊，公司有三项技术支持。一个是保证村民们得到的羊都接种过疫苗。另一个是养殖户在养羊之前，都得集中参加一次培训。再就是养殖过程中，如果遇上羊生病或者死亡的问题，兽医会免费上门进行诊断治疗。

巴二家的羊不是病死的，是给布条噎死的。照兽医的推断，它们是把布条当成干草了。羊闲得无聊的时候，要么反刍，要么就嚼个什么东西打发时间。一般情况下它们都嚼干草，或者是能咬得动的树枝树叶，再不济也是土。但巴二的羊窝里有布，它们便把布嚼巴嚼巴吞下去了。吞下去的时候也没事，后来反刍的时候，布条一头来到了嘴里，一头却还在胃里，就造成了窒息。

巴二不相信这种说法，虽然他也看到了，死去的两只羊羔嘴里还真有一团布样的东西。他犟的是，不可能两只都犯同样的错误。

兽医只好当着他的面，打开羊嘴，将它们嘴里的布条拉了出来。

巴二一下就白了脸，就像他看到的不是布条，而是两条丑恶的蛇。

兽医叮嘱："羊最好还是睡在羊圈里，而且羊圈里再不能放旧衣服了。"

说："羊不是人，睡在通风的地方更好。"

如果一开始巴二是接受不了羊的死，现在就是无法接受自己害死了羊的事实了。张美凤跟他过了大半辈子，从来没见他红过眼眶，这一回，他那双眼睛却整整潮红了两天。

张美凤对口袋说："你爸还算有良心，他也知道心痛钱呢。"

在张美凤那里，羊是钱，是买羊苗时的钱，也是长大后换来的钱。一只羊苗买的时候多少钱,长大后能卖多少钱,养羊户必须学会这种换算。他们家抱的是试试的态度,缺本钱是一回事,怕把羊养死了,让本钱和希望中的钱打水漂,又是另一回事。这两只羊一死,便意味着这两只羊的本钱和它们将带来的钱都打水漂了。这叫损失。

这种算术很简单,张美凤会算,巴二也会算。张美凤算完了,就责怪了一番巴二,恶着嘴要他今后小心点儿。巴二算完了,就想到了偷。他得把自己的亏空补上。

头两天,他的眼眶是为死去的两只羊红的。第三天,他就是为别人圈里的羊眼红了。

他问人家:"你家的羊全都好好的?"

人家说:"可不好好的!"

他说:"我家死了两只。"

人家说:"这羊羔壮着呢,咋死了?"

他说:"都怪我。"

人家说:"这羊金贵,得好生养。"

他说:"是呢。"

他跟人说话,眼睛却一直盯着人家的羊,人家一眼看过来,看他两眼红成那样,便多了一份小心。他是谁呀,是巴二啦。所以当天晚上,人家就没打算认真睡觉。狗一叫,人家马上就爬起来了。人家还不是起来看看究竟,而是早就做好了抓贼的准备,爷爷手上举着棒子,奶奶手上拿着绳子,孙子拿着随时准备打开的手电筒。

巴二那脑子,又哪能想到这个呢,刚满心欢喜地伸手摸羊呢,谁知后背上突然挨了一棒,便栽倒在羊圈里了。想逃已经来不及了,孙子以最敏捷的速度打开了手电筒,并按他爷爷的教导直接照着巴二的眼睛,奶奶手上的绳子也及时地套住了巴二的脖子。

他们很容易就将巴二五花大绑了。

接下来，爷爷便给村里打了电话。他打的不是110，但他说的是"我要报警"。这样，碧痕村的几个村干部便全都跑来了。一看被五花大绑的巴二躺在人家羊圈里，就什么都明白了。他们原本以为，替巴二说说好话，赔赔不是，问题就解决了。可事情完全不是他们想的那样，人家要赔偿。张美凤一把鼻涕一把眼泪求情，差点儿就下跪了，人家不动容啊，非咬住"一万惊吓费"不放。村干部们就只好求助镇里了。

李春光其实也没办法。难道还真要请法医来做一番鉴定，看看那些羊到底受了多大的惊吓，惊吓换算成惊吓费又得是多少钱吗？他提议先把人放了，余下的问题再商量。可这就是重复刚才龙莉莉的话了，人家既然没听龙莉莉的，又为什么要听你李春光的？就因为你是镇长，龙莉莉只是个村干部？

人家祖孙三人分工细致，爷爷负责谈判，奶奶和孙子负责坚守羊圈门，不让任何人接近巴二。那巴二被绑成个粽子，还被拴在了羊圈桩子上，自己也没法起来。看上去，羊们也的确受了惊吓，都远远地躲着巴二，即便被挤得出不了气，也不愿意被挤到巴二这边来。

所以李春光说："这样吧，惊吓费要赔，但不能赔那么多。"

这话一出口，那边的爷爷和这边的张美凤便一齐问道："那是多少？"

李春光说："就两百吧。"

张美凤暗自舒气，爷爷却喊起来："两百？只怕是打发叫花子啊！"说着又跺了一下脚，强硬地说，"看样子你李镇长就不是来解决问题的，今天我就把话撂这儿，不赔一万，他巴二别想走人。"

一边的周皓宇突然说："不如两千吧？"

这下张美凤又喊起来："两千？把我卖了，我家也凑不起两千啊！我的娘哎！"

龙莉莉说："那就五百吧。五百可以了，你家羊又没丢，五百块钱买点儿饲料给羊们补补，就算是安抚费。"

爷爷说："不行！"

李春光说:"我看就两千吧,你老人家也得饶人处且饶人,大家一个村住着,抬头不见低头见的,这以后还要处一辈子呢。"又对张美凤说,"你也别叫苦,这也是个教训。"

可张美凤像肚子痛一样把脸挤了,弯腰把肚子捂了,说:"我刚死了两只羊,哪来那个钱啊?"

李春光就往自己口袋里摸,可摸了半天口袋里根本没有现金。这年头,年轻人都不用现金,走哪里都是刷手机。看明白他的意思,几个村干部也都拿起手机划拉,都对张美凤说:"我们替你凑吧。"这就需要爷爷出示二维码,可爷爷用的是老人机,根本不懂什么叫二维码。好像是因为这个,又有可能是村干部们的行动刺激了他,他暴跳如雷地喊了一声:"行了!谁要你们的钱啦?!"

他家屋檐下那个灯泡,把他喷出的唾沫星子照成了萤火虫的样子。

接着,他又瞪了一眼可怜巴巴的张美凤,说:"你最好把巴二看紧点儿,再来偷,我就不是要钱,是要他的腿!"

这就是放人的意思了。张美凤急忙把头点成鸡啄米,又深鞠了两个躬,吸溜着眼泪鼻涕解巴二的绳子去了。

干部们也都长长地舒了口气,一看手机,这天都快亮了。

49

今天市委书记任有光可是要下来检查,来之前就通知县里了:好的要看,差的也要看。

李春光回到镇里，就去了刘焕然办公室。敢情刘焕然也睡不着啊，李春光来的时候，他正在办公室里一边踱步一边敲太阳穴。

"刘书记头痛？"一进门看见那光景，李春光便问。

刘焕然说："老毛病了，一有上头的检查头就痛。"

李春光笑起来，说："我也一样，不过我是心口发紧。"

于是，刘焕然也笑起来。

李春光来了，刘焕然就不踱步了，两人都坐了下来。

李春光说："说的是好的要看，差的也要看，那花河是逃不掉的了。"

刘焕然说："要看好的，肯定是要来花河的吧。"

李春光想说也还有差的。他脑子里一直横着一条路，那是他的心病，此路不通，花河镇就没法出列。但他没说出来。

刘焕然就像故意要跟他过不去似的，却问起来了："你那条路怎么办？"

李春光无奈地来了句："怎么办？凉拌（办）！"

刘焕然想笑，却没笑，而是叹了口气。

一般情况下，上头的领导往下头去检查，检哪里查哪里都是由下头自己定，而且都是至少提前半日通知，让你做好准备。娄山县以前也不例外，但姜国良来了以后，就例外了。姜国良这人，怎么说呢？他看上去并不是那种特立独行的人，但有些时候，他又的确不愿随大流。就上头来检查这一点，他在土平做县委书记的时候就把规矩改了：要检查哪里，随上头来的领导定。县委、县政府办公室墙上，都挂着全县的乡镇分布图，旁边还有各乡镇的基本情况介绍，领导们只需在墙前站上那么一两分钟，就知道自己想去哪里，该去哪里。他调到娄山后，也把这一套规矩带过来了。别人都认为他这是矫情，认为这反而会给领导们增添不必要的麻烦，就比如你家来了尊贵的客人，你却把菜单递给客人，要他自己点菜。他怎么点呢？是只看菜名点呢？还是看菜价点呢？只看菜价点吧，你会说他宰你，只看菜名点吧，菜又不一定都合口味。

姜国良则认为，客人来了让客人自己点菜，是最大的尊重。既然是尊重，就不会在意客人是按菜价点还是按菜名点，客人也就更不会有那些顾虑了。

事实也如此，现在不管是省里还是市里领导下来检查，都是他们到了县里自己选地方。如果时间紧，他们就选一条线，如果时间充裕，他们也可以分散选择。一般情况下，都由带队的那位定，他的手指头点到哪里，检查队就走向哪里。

既然不知道上头来的领导指头会点到哪里，两人便商量，先干着点什么，不能干等着。干等半天，要是不来花河呢？如果来了，就带领导们先去看种植产业基地，再去看养殖基地。大娄山人好客，客来了总是要端最好的菜出来迎客嘛。商量好了，又打电话通知下面做好准备，到时候由哪些人来向领导们做现场汇报，由哪些人来接受记者采访，又由哪些人站到路上，随时准备接受领导的即兴询问。

都安排好了，两人相约去吃羊肉粉。李春光为了醒瞌睡，放了半碗辣椒，直辣得他眼冒金星，嘴巴失去了知觉，才把瞌睡吓回去。回镇政府的途中，他看到刘山坡那上秤不足五十斤的老伴蹲在路边，兴致一来，就想去看她在干什么。原来她在买鸭苗。今天赶集，鸭贩子来得早，两箩筐挤挤挨挨的绒毛球"叽叽哇哇"地叫，由着她的手在里头选。

"买鸭子哩，大婶？"他凑上前问她。

刘山坡老伴抬起头来看是他，脸莫名其妙地红了。

"其实哪个都一样吧，这个咋选？"他看着箩筐里可爱的鸭苗说。

刘山坡老伴嘴巴直动，却没声儿出来。自家那刘山坡不像话，弄得她也不好做人。

李春光却跟没事人一样，还在问："你打算买来在哪里放？"

刘山坡老伴又动了几下嘴，终于用下巴指指桥下，李春光就明白了，她打算买来在河里放。

"你要买多少呢？"李春光又问。

刘山坡老伴说："两只。"

"两只啊？"李春光说。他原本以为她要买几十只的。

"那我也买两只。"说着他便从竹箩筐里随手抓了两个绒球，又用手机找到鸭贩子放在旁边的二维码付了四只鸭苗的钱，才对刘山坡老伴说，"你家的我一起付钱了，但我这两只得请你家那两只带着，它们四只要始终在一起。我有时间了我来放，你有时间了你来放，好不？"

刘山坡老伴咧开嘴笑得满脸通红，没说行，也没说不行。李春光却已经把手上的两个绒球放进她怀里，走了。

刘焕然笑他："你还真有闲心啦，还养两只鸭子。"

李春光说："逗她开心，我哪有时间养鸭子。"

谁都没注意到身后的刘山坡。李春光这话刚说完，刘山坡就在后面暴吼起来："你们当干部的就是拿我们村民当猴儿耍！"

两人循声回头，脸都蜡黄了。

刘山坡是真生气，一副吹胡子瞪眼的样子。从李春光家回来后，李春光就许诺他，镇里可以为他争取养羊的指标，让他养羊，还答应他养上羊以后，就把他家老房子当生产用房修好。正是因为这个，这些天他才乖乖在家待着，没找他们的麻烦呢。可李春光把那话一说完，就让他干等着了。他本来一肚子气，就等着见了李春光好发作，这下又让他抓住了李春光逗他们开心的把柄了。

李春光想解释一下，因为他那句玩笑的确是非常善意的。他买鸭子的确是为了逗大婶开心，因为吸收了姜国良灌输的那些道理后，他觉得有事干对于大婶这样的人来说是一件好事情，他不知道一件好事情为什么又惹得刘山坡那么生气。

刘山坡显然是借题发挥，他说："你说让我养羊，也是逗我开心吧？"

李春光去看刘焕然，刘焕然便跟刘山坡解释："让你养羊是姜书记亲自提出来的。规划中，松林村是第二批，这个你就放心吧。"

刘山坡说："第二批是啥时候？明年？还是等我老死以后？"

刘焕然讪讪地笑。

李春光忙解释："不用等到明年，但这不是你坡叔一家人养羊的事情，所以得慢慢来。你看哈，要先流转荒坡，要种上草……"

刘焕然接过话去说："还要等繁育中心有羊苗。"

完了又半开玩笑半认真地说："不过是稍等一阵儿的事儿，你老人家别急。松林村养羊的计划，还是姜书记看你老人家闲得心慌，优先给我们的。你就安心等着吧，羊绝对有你的。"

刘山坡去看李春光："真格的？"

李春光肯定地说："真格的。"

刘山坡说："那我就再相信你们一回。"

李春光赶紧给刘山坡敬上一支烟，这事总算过去了。

50

那天市领导还真来花河了。因为任有光书记第一指头就点到了"花河"二字上。

刘焕然和李春光吃完粉，还没回到办公室，便接到了通知。

事情就是这样，原本害怕发生的一件事情，但因为事先做好了准备等着，要是最后不发生了，反倒会心生遗憾。如果正好发生了，反而又给人以振奋。刘焕然几乎是摩拳擦掌的样子，说："来就来吧，我敢保证，市领导看了我们的产业园，不点头都不行。"

李春光也是这样想的，他还添上了碧痕的羊产业。虽然草还没长到最茂盛的时候，羊也还都是小羊，但他相信市领导的目光都是长远的，一定能看到羊肥草美的未来。

两人商量好了，市领导来了，先带他们去看小辣椒种植园，然后是折耳根种植园，再然后看茭白种植园，最后去碧痕看草场和羊。

至于李春光脑子里那条连户路，还是先捂紧点儿好。

不过这里刚商量完，张建行的电话就进来了。他在电话里惊慌地告诉李春光："来福摔死了。"

张建行是谁？是李春光的对子。来福是谁？是李春光送给张建行家的马。

张建行家住在山上，那是花河镇内海拔最高的地方。不过它值得一说的，还不是它的海拔，而是别的。事实上，当你了解它以后，你就会发现它的海拔反而是最不值一提的。那是花河的边界。那些荒无人烟的边界一般是没人去管的。张建行家从老辈起在这条边界上住了上百年了，因为界两边都认为这家人是居住在界那边的，所以前面的几十年，他们家一直都属于黑户。他们不去找政府上户口，政府也无人去问。是后来的某一天，他们家出了一位特别想到外面去走走的年轻人，这位年轻人不是别人，正是张建行。张建行看到好多年轻人都往城市里走，而且还挣了钱回来，就也想去。可他却给拦在了"城市"门口，因为他没有身份证。

这时候，他们才意识到户口的重要，于是去找政府了。事实上他们家离那边乡政府更近，就先去了那边，但人家册子上没有一个叫"风景"的地方，仔细问了，觉得他们家应该属于花河。然而花河这边也没有一个叫"风景"的地方，所以认为他们家应该属于那边。张建行急了，就把两边的干部都拉到了他们家，最后因为他家的堂屋落在花河界内，而厨房和猪圈落在那边界内，便把他家算成了花河的。

在大娄山，堂屋是供"天地君亲师"的地方，自然要以堂屋落脚的地方为准。

"风景"这个地名,是他们家自己起的,因为自古以来,就只有他们一家人住在这里。而他们来到这里之前,这里没有地名。他们家有张建行之前,都没人上过学,也不知道是谁竟能起出这么个特别的地名来。然而你只要到过这个地方,就不得不承认,这个地名真是名副其实。

那是这样一个地方,你要去那里,先得走很长一段荒无人烟的山路。多长呢?大概十来公里,这样就到了山脚。那山很高,险的地方是绝壁,绝壁呈花白色,入景就是国画里自然的留白。上山的路,是弯弯曲曲随山而去的。一条小土路,是张建行家走出来的。山坡的右边,是十分茂密的森林,左边是灌木丛,小路一会儿隐入森林,一会儿又没入灌木丛中。体力不好的,中途得歇下来抽根儿烟。抽烟的工夫,你还能听听树林子里悦耳的鸟鸣。等你终于爬到山顶,就到了张建行家。在山脚的时候,你以为山顶可能会很险,因为那轮廓像刀口一样锋利。可当你到达山顶后才发现,它其实会先来一个缓冲,再在后面凸起另一个山头。你要是立志爬山,就会发现,山永远都爬不完,因为山外有山,山外还有山……还有山。

不过,张建行家就在这个山顶打住了。这个山顶实在是宽阔平缓,整个呈轻波状,鼓起来的地方是野生牧草,凹下去的地方有山泉,可做梯田。它的三面,则是或高或低的山峰,如门神般守护着这个地方。这是典型的喀斯特地貌,张建行一家独自享受着这方圆两公里的丰美,在这里开梯田,养牛羊。他们家其实一点儿都不贫困,事实上早在多年前,他们家就已经达到了小康水平。到了张建行这一代,他的儿子已经能把学从镇上上到县上,还能租个房子让老婆陪读。

情况特殊到让你哭笑不得,一个富庶人家,却住在深山,出山没有一条像样的路。你说,其他地方都"户户通"了,也给他家来条"连户路"吧,可那条路的成本太高了,而且路的那一头还只有他一户人家,也不划算。可你让他家搬迁吧,他家既不属于"不适宜人居"范畴,也不属于"扶贫搬迁"范畴。当初李春光跟他家结对子,正是因为这种别扭。不管如何,他们家面临着一个交通极其不便的现实。因为一时也想不到更好的办法，李春光就买了一匹马送给他家。他们家不缺马，因为世代往山外搞运输用的都是马。但你跟他家结对子，总不能什么都不表示吧？那就买匹马吧，既然暂时没法解决交通的问题，那就先解决交通工具的问题。虽然张建行家并不缺马，但他也很领李春光的情，权当给自家马一个伴儿吧。为了区别于自家的马，张建行还专门为这匹马起了名字。自家的马是没名儿的，喊的时候，只需"吁"一声就行了。

而李春光送的马，却叫"来福"。

在李春光这里，马虽是送给张建行家的，但他心里其实还把它当自己的马。说实话，他也是看这地方遍地都是绿草，才想到要送张建行家一匹马的，这里实在是食草动物的天堂。张建行家比姜国良早几十年就发现了养羊致富这条路子，在姜国良产生因地制宜种草养羊，实现经济、生态、脱贫"三效"同步的农业产业开发模式的念头之前，他们家就已经养了一大群牛和羊了。

来福来他家之前有些瘦。来福是李春光托人买的，听说原来那个家并没有一片属于自己的像样的草场。只不过，冬天来了之后，他们那地方的马全都可以自由地走进任何一块庄稼地，因为那个季节庄稼地里已经没有庄稼，只剩下干枯的秸秆和一些在冬天里偷生的野菜，它们就靠啃那些乏味的秸秆和野菜度过冬天。来福妈妈还很健壮，那家人养不起两匹马，就把来福卖了。

事实上一到这里，来福就发现自己来到了福地。这里青草那么多，出门就是草场，属于它们自己的草场，它完全不用像在原来那个家里那样，下口前一定得先辨认清楚，眼前的究竟是青草还是庄稼，吃错了是要挨鞭子的。它在这里一天一个样，一天一个样，很快就长胖了，长壮了，于是半年后它便开始工作。因为幸福指数高，来福对待工作也有着一种别样的热情，根本不需要人说教，它就能勤勤恳恳、任劳任怨。它还很年轻，每次出山，来福都希望能多分担一些任务。张建行经常在李春光面前夸它，李春光也经常因它而莫名其妙地自豪。可是这天，来福却马失前蹄，掉下了山坡。张建行一路连滚带爬跟下山坡，来福只抬起头看了他一眼，便咽气了。

张建行在那边如此描述，李春光在这边听得眼眶直酸。从情感上讲，他真想立即就去看来福，可马上就要迎检，还是市检，他也只能叫张建行先把来福弄回家。他怕张建行不等他去，就把来福分了尸，又特意叮嘱一定要等他。

这个电话给李春光提了个醒，那条路是不能捂着了。他正想找姜书记请示一下，看能不能从发展羊产业的角度，找到一种办法，将张建行家的那条连户路解决了。

这恐怕是全中国最长的一条连户路了。

51

然而，检查期间，姜国良一直都陪着任有光书记，李春光也就一直都没找到请示的机会。市领导检查完了花河的几个村，还要去别的地方，于是这个请示又只能推后了。

最后一站是碧痕，市领导看完了，就直接从碧痕走了。那正好是中午饭时间，李春光赶紧给周以昭打电话，要他无论如何也要赶过来一趟。他说："我现在往镇里赶，你现在也朝我们镇里赶，我们在镇里会合。"

周以昭说："什么事那么急，我还上班呢。"

李春光说："老弟，现在是下班时间。"

周以昭说："你又不是不晓得，我们哪分上下班时间。"

李春光说："那你今天就按时下班一回，因为兄弟有求于你。"

既是这样，周以昭便风风火火赶过来了。李春光先到，打包了两碗羊肉粉等着他。两人一见面，周以昭就问他什么事。

他说："吃马肉。"

周以昭一张嘴就要喊，李春光又说："狗日的张建行就是那么说的！"

他一脸的愤怒和吃惊："我送给他家的马摔死了，他竟然跟我说，李镇长，你的马摔死了，你要来吃马肉了。"

周以昭说："可你不会当真要去吃马肉吧？"他也是一脸不高兴，因为这会儿他手头是真有事，他很忙，可没什么心情去吃马肉。

李春光说："你放心，我找你来完全是为了工作。"说着他已经把其中一碗羊肉粉塞给了周以昭，又让他上了自己的车。

周以昭说："你有求于我，就请我吃这个？"

李春光上车打着火，说："这可是大娄山有名的羊肉粉啦！"

说着，他已经驱车朝那个叫风景的地方飞奔而去了。

周以昭只好先吃粉。他吃得很响，又弄得满车的味儿，李春光便情不自禁地吞着口水。

他说："你吃完了来开车，换我吃。"

周以昭开玩笑说："你吃这个干吗，一会儿要吃马肉啊。"

李春光说："我可吃不下，那是我的马。"

周以昭说："你吃不下，还去？"

李春光说："我一定要去看看它。"

周以昭说："见最后一面？"

李春光说："见最后一面。"

周以昭说："你不会哭吧？"

李春光却没回答，看他吃完了，便刹了车，急着要跟他换位置。周以昭本来还想喝口汤，看他都下了车，也只好将剩下的半碗汤放路边，坐到了驾驶室。

李春光已经迫不及待地吃了起来。

周以昭说:"你说有求于我,就是求我陪你去看死去的马?"

李春光说:"当然不是。"

又说:"这家人你是知道的,我跟你讲过。他家既不贫困,住的地方也特适合人居……"

周以昭打断他说:"我晓得的嘛,你这个对子不会搬迁,也不够搬迁条件。"

李春光说:"他当然不会搬迁啦,那地方多好啊。别说他不想搬,就是我,也想住到那里去,我都想过他那种生活。你去看了就晓得了,那个地方就是个地道的世外桃源。"

周以昭问:"那个地方叫啥?"

李春光说:"叫风景。"

周以昭猛地把眼睛瞪得雪亮。

可他发现李春光依然没有说到正题上。不过这会儿李春光已经叫他停车了。他们得把车停在路边,开始徒步了。

这就到正题了。李春光告诉周以昭,他们脚下这条路通往张建行家。他还告诉周以昭,这条路的尽头,只有张建行一家,而且这条路很长,有十几公里。

他说:"这就是为什么我说有求于你了,我想请你帮忙去县交通局通融一下……"

周以昭打断他问:"你想把这条路修成公路,能跑车,这话你跟我说过。但你怎么想到要让我去跟县交通局通融?"

李春光说:"你在马鞭沟镇做副镇长的时候,不是修过路?"

周以昭问:"那又怎样?"

李春光说:"你跟他们熟啊。"

周以昭说:"那也叫熟啊?我只是去求过他们而已。"

李春光说:"那就再去求一次嘛。"

周以昭说:"不能不修吗?"

李春光说:"一户都不能少。"

周以昭说:"修一条十几公里的路,路的那一头只有一户人家,这叫啥?"

李春光说:"这叫中国最长连户路。"

说完,他涎着脸跟周以昭笑。看周以昭做无语状,他又说:"十几公里那是我说的,你现在正好用脚量一量,我想这条路肯定不会比你当年在马鞍沟修的那条长出去多少。而且我们都不用修太宽,能过个小汽车、小货车就行了,反正路的那一头就只有他一家,也不会有人跟他会车。"

周以昭说:"你怎么就晓得人家能买得起小货车?还小汽车?!"

李春光说:"你到他家看就晓得了,只要有了公路,买车是分分钟的事情。"

周以昭说:"他家既然都能买车了,为啥不自己修路?"

李春光给难住了,他像个呆子一样愣了半天,才问周以昭:"自己修?这是多长的距离?你以为是屋门前那段十米长的支马路啊?"

周以昭说:"都能买车了嘛。"

李春光喊:"车也有便宜的啊。"

两人爬坡爬得汗如雨下,李春光便建议歇会儿。吹着山风,身上一爽,李春光的话又多起来了:"你看啊,这一路上来都是荒坡,所以征地问题要简单得多,对吧?"

周以昭说:"可你想想,这是在山上修路。我发觉你脑子有问题,因为你一直在算直线距离,这山上修路得怎么修?得弯来拐去地修!你试着想想,那得多出多少公里数来?"

又说:"再说了,这条路就他一家受益户,劳动力你怎么解决?"

李春光又发傻。

周以昭说:"单是劳动力投入,就是一大笔钱,你以为修这条路那么容易?"

李春光一拍大腿,突然喊道:"对呀!你让他家自己修,他家请得起那么多劳力吗?"

周以昭斜眼看他,冷笑两声说:"你这思维倒是跳跃,有诗人的潜质。"

到了崖脚,就听到狗吠声了,很激烈,每一声都体现着斗志和决心。往上几步，就看得见狗头了，一脸黑白花纹，极像京剧里的花脸。李春光沉喝了一声"大花"，吠声停止了，随之而起的是"哼哼"声。等上到山顶，就看到大花在摇尾巴了。只不过，周以昭还是生人，它一边跟李春光摇着尾巴，一边还要履行本职工作，忙得很。

李春光告诉它："别瞎，这一位是我兄弟！"

再加上主人的吆喝，大花总算安静了下来。

张建行还是没等李春光，他已经开始剥来福的皮了。他老父亲、老母亲都在给他帮忙。李春光一脸心痛地看着马尸，说："我叫你等我的。"

张建行听了就笑，说："这天太热，再等，马肉就不新鲜了。"

李春光想说什么又没说，但很显然他有些不高兴了。

张建行起身过来撒烟，满手是血，还拿着沾满了血的刀，没人敢接他的烟。李春光肯定是不会接的。

于是张建行又笑起来。回到马尸边，张建行把那剥开的马皮又合回去，那样一来，马也就恢复了一点儿马的样子。他便让李春光看。

"你是镇长，你看吧，看看来福。"他薅着一双血手说。

李春光却又不想看了。

他说："赶紧整你的吧！"完了又咕哝一句，"你也下得了手。"

张建行说："哎呀，感情是感情，肉是肉嘛。"

李春光突然起了报复张建行的心，于是这样向周以昭介绍："这是张建行（háng）。因为他生下来那会儿，两个老人家不晓得这世上有'建设银行'，所以一直叫他建行（xíng），后来晓得了，就改叫他建行（háng），心里想着他是他们家的建设银行呢。"

张建行不介意，还嘻嘻笑，完了大声问他爹："是不是这样啊，爹？"

他爹也就笑起来。七十五岁的人笑起来依然中气十足。张建行把没撒出去的烟叼到自己嘴上，又开始剥马皮了。那烟也浑身是血。

听着老人那笑声，周以昭又看看旁边的老太太，末了又找了个高点儿的地方站了，伸长脖子四处张望一番，感叹说："这地方是真好啊！要不然你们两老七老八十了，怎么身体还跟个青壮年似的？"

老两口听了，乐得合不拢嘴。

张建行一边剥着马皮，一边接过话说："李镇长也觉得这里好呢。他说等退了休，来这里修个房子养老。到时你也一起来哇。"

周以昭看了李春光一眼，李春光却一副悲伤的面孔看着他的马。

于是，周以昭回答张建行说："这主意不错，这地方适合养老。"

张建行说："你们来嘛，我送你们两块地，你们来这里修'别野'嘛。"

周以昭给他的"别野"逗得笑起来，李春光看了他一眼，没笑。

周以昭问张建行："这地方是你买下来了？"

张建行说："买了的哇。"

又说："实际上也不叫买，叫承包。我老爹他们之前没用买，反正这地方偏，也没人要。后来荒山也兴划到户，也兴承包嘛，我家就把这一片承包下来了，包了七十年。"

周以昭说："你家这么富，咋不修条路呢？"

张建行说："有路啊，你们来的不就是路？"

周以昭说："我说的是马路。"

张建行说："那路本来就是马路哩，上上下下，马都在走。"

周以昭生气了："我指的是公路！开汽车的路，李镇长说你们家是买得起汽车的嘛！"

张建行嘻嘻笑，完全是一副不正经的样子，说："买汽车搞啥？我又不会开。这马不一样，马我会赶。"

周以昭说："你儿子呢，他要是想开车呢？"

张建行撇嘴说："我那儿子哇，根本就不想回这里来，人家说城里头生活舒服，说他以后想在城里头买房，过城市生活喽。"

周以昭两个巴掌一击，发出啪的一声。李春光看向他，他便冲李春光把两手摊开，意思是：这不就结了，你还操心什么修路的事？

事实上那天他们费力爬到山顶，除了周以昭吃了两口马肉以外（李春光吃不下，一口没尝），其他什么事都没办。往回走的路上，周以昭忍不住问李春光："修路的事，你是有私心的对吗？"

李春光问什么私心，周以昭说："你不是退休后要来这里养老吗？"

李春光说："那是逗他开心的，你也信？"

周以昭说："那今天你也听到了，他们家根本不需要这条公路，有这条小路就够了。"

李春光说："可那是他的想法，中国要实现全面小康，到他这儿还少条路行吗？"

这话极有道理，周以昭无言以对。那会儿已是黄昏，脚下已不如来时清楚。再加上下山不如上山好走，两人就都专注于脚下。一只杜鹃叫得声嘶力竭而且不罢不休，两人深一脚浅一脚，一步一滑跌跌撞撞，终于来到山脚。李春光说："说正经的，你真得帮我想点儿办法。"

周以昭说："我也想帮你，但我一不是交通局局长，二不是企业家，拿啥帮你。"

又说："修条路不简单，修这条路更不简单。"

李春光说："要是简单我还找你帮忙干啥？总是有办法的吧？"

周以昭说："你有没有请示过姜书记？"

李春光说："我想过。风景那地方不是适合养殖吗？要是把这片山坡种上草，不就跟上面那一片连起来了？再在这里扩大养殖，这条路不就有眉目了？"

周以昭说："对呀，这是个好办法呀！让养殖公司修！"

李春光却信心不大："你觉得姜书记会支持吗？这里只有张建行一个养殖户，他家能养出多大规模来？"

周以昭说："你不试试，怎么知道他不支持呢？"

52

月亮山的搬迁，成了娄山县"摘帽"最后的阻碍，所以这次任有光下来检查工作，自然是要去月亮山看看了。

任有光不是第一次来月亮山，也不是第一次看见山上那些废弃的矿坑。但他却在那里站了很久。这些非法开采、极具随意性的矿坑，几乎掏空了整个月亮山，使月亮山看上去像个蜂巢了。即使你是一个对山完全缺乏了解的人，也一眼就能看出月亮山的危险来。可令任有光奇怪的是，居住在月亮山的人们，却不以为然。他问姜国良："难道在他们看来，只要一脚跺下去听不见空响，月亮山就还是牢固的？"

姜国良说："有可能他们觉得，这些矿坑还不如外面的世界可怕吧。"

任有光说："有可能？你作为他们的县委书记，怎么能用'有可能'这样的词汇去搞工作？你得'肯定'！"

姜国良点头，因为这话很对。但是，他说起了他的老母亲。他说："我把老母亲接到城里，可她不喝牛奶。老婆告诉她，牛奶好，对身体好啊。她说，不喝。问她为啥，她说，不为啥，我从来没喝过那东西。从来没喝过，所以就不喝，是不是有点儿怪？我老婆说，既然从来没喝过，就更应该尝尝。后来老母亲就真尝了尝，尝完就再也不喝了，说喝不惯。"

任有光问他："你想说什么呢？"

姜国良说："我想说，要想把人从一种老习惯中解放出来，还真难。"

任有光问:"你的意思是,月亮山也是这个问题?"

姜国良说:"月亮山是个苗族村落,他们的问题当然不是这么简单,但这也是一个主要问题。我也是苗族,我们这个民族特别尊老,老人的话都听。月亮山老人多,阻碍搬迁的也多是老人。我们注意到了,已经搬迁的几户人家,都是家里没有老人的。"

任有光问:"不是迷拉?"

姜国良说:"老人们听迷拉的,年轻人听老人的。"

任有光想了一会儿,说:"那就得做老人们的思想工作。"

姜国良笑。他想起了老母亲不喝牛奶的事。

任有光好像看到他肚子里去了,问他:"那你们家后来让老人喝上牛奶了吗?"

姜国良笑,说:"最后是我们改喝豆浆了。"

任有光迷失了一会儿,小声问:"她接受豆浆?"

姜国良点头说:"因为她在家里喝过。"

任有光还想说什么,但手刚扬起来,秘书就赶过来轻声对他说:"任书记,办公室来电话,说下午省里有个紧急会议。您看这时间……我们是不是得往回赶了?"

任有光看着秘书走了会儿神,又扭头朝月亮山看看,才看看腕上的手表,时间的确只够往省里赶路了。于是,他对姜国良说:"那……我就等着听你们的喜讯吧。"

这里话音刚落,那边司机已经将车打上了火,姜国良将任有光送到车前,两人握手告别。

关上车门,任有光摇下车窗,对姜国良说:"豆浆好。"

姜国良点点头,冲他挥了挥手。

任有光关上车窗,车子向前驶去。

53

这就只有县里这拨人去月亮山了。

姜国良算了算,这是他第五次来月亮山开群众大会。他叹息说:"一个县委书记三个月内在一个村就开了五次群众大会,要是村村都这样,那这个县委书记什么都不用干,只管开会算了。"

张辉笑道:"那就是开会书记了。"

姜国良说:"这一次你来主持,看他们能不能看在县长的面子上,改变一下态度。"

虽然群众大会在月亮山不太管用,但并不代表月亮山人不喜欢开会。只要大歹主任在高音喇叭上一吆喝,不到十分钟,各家代表便全到了。

照姜国良的安排,张辉也希望看到新局面。他准备了很多话,从前些年的非法煤窑,到非法开采的危害,到月亮山受到的地质威胁,到党的易地扶贫搬迁惠民政策,到移民新区的新生活,到对月亮山人未来美好生活的憧憬,等等。他把自己都说得心潮澎湃、热血沸腾了。

大六月的,要不是月亮山始终吹拂着爽爽的山风,他肯定会说出一身的大汗来。可来开会的大多是些老阿达,再不就是老汉,他们要么就走自己的神,要么就打自己的盹。稍年轻点儿的女人,这会儿甚至手上还干着针线活呢。

张辉说破了嘴皮,却看不见一点儿反应,便自嘲道:"就冲大热天这份爽,换我,我也不想搬。"他没有埋怨月亮山人的麻木,反倒因为山风带给他的那份清爽，而深深地理解了他们。

就轮上姜国良了。他一上来就开了个玩笑。他说："我们都是老熟人了，我这人脸皮也厚，算算，光在这里开群众大会，我就开了五次。"

底下却没人笑，只有几个村干部和身边的张辉捧了个场，他们都不同程度地咧了咧嘴，张辉大方一点儿，给了两声笑。

姜国良开始没站到台上，没人注意到他手臂上的黑纱。他这一站上台来，那黑纱就很惹眼了，下面的眼睛全往那上头看。

姜国良察觉了。他解释说："我老母亲刚刚过世。"

一说起老母亲，他的目光便禁不住要在那些老阿达的脸上做些停留。他说："我的老母亲，跟在场的各位老阿达一样，山里人，没文化，还守旧。她也是苗族，跟你们一样穿一身素衣，跟你们一样有一张黑皮肤的脸，满脸皱褶。但我们都喜爱她，我喜爱她，我老婆喜爱她，我妹妹妹夫也喜爱她。她老了，干不动农活了，身体不好了，我们就争着请她到城里享福。她不去，说在城里待不习惯，还是山里住得安稳。我们也知道她的话对。老人在山里住了一辈子，你突然让她住到一个陌生的地方，她的确不习惯。可是她老了，我们做儿女的又都住得很远，照顾不了她。怎么办呢？必须得把她接进城里，才能照顾好她呀。大家说是不是呢？"

老阿达们都听得入神。这一次这个姜书记可不像讲话，这不是在拉家常吗？

姜国良继续："如果我们依了她，那就是儿女不孝。母亲生我们养我们，到头来老了，我们却都离得远远的，你们说这对头吗？不对头呀！但我们又不能放弃工作不干，跑回老家陪着老母亲不是？所以，就得老母亲体谅儿女了。我那老母亲啊，真是好母亲，她体谅儿女的难处，便答应住到城里了。一开始是不习惯啊。不会按电梯，怎么办？教她两回，她就会了。咦，学到了新东西，她好开心。喝不惯牛奶，怎么办？那我们家就改喝豆浆，豆浆跟牛奶营养价值一样高。问题这不就解决了嘛。要是老母亲不支持儿女，不体谅儿女，那事情不就僵住了？就像在座的各位跟我们一样，搬迁的事情不就僵在这儿了？

我们为什么要你们搬,因为月亮山住着很危险啦。这座山都给掏空了,你们住起来还能安全吗?你们不安全,我们就得把你们搬到安全的地方去,这是我们的责任,也是我们的工作。就像我要从山里把老母亲搬到县城,是因为她老人家一个人住在山里不安全一样。我们是出于孝顺,出于关爱。你们要是执意不搬,那就是让我们失职。况且,这夏天来了,说不定哪天就要涨水,这山洪一发,月亮山就十分危险。你们即使不愿意给我们面子,也得考虑自身安全,考虑家人的安全吧。山里住着是好,清静,生活也简单。可城里也很好啊,城里热闹,生活方便,看病方便。不就是有很多不习惯吗?习惯是可以改的嘛。"

他说:"说别人不搬,我还可以理解,可说月亮山人不搬,我就有些不明白。我们这个民族,历史上有过四次大迁徙,就这月亮山,不也是我们祖先迁徙到这儿,才在这儿住下的吗?我们的迁徙,体现了我们这个民族的智慧、开放,可到了今天,你们怎么变得这么僵化了呢?难道有什么比人身安全还重要吗?"

他说:"这里不能住人了,政府为你们修好了楼房。怕你们下去后住不习惯,我们专门为你们建了一个小区,这样你们下去后依然住在一起。那个小区也叫月亮山,小区后面的山坡,可以供你们今后过'茅人节'。除此之外,我们还打算在后山种上草,今后你们还可以在那里养羊。月亮山还有栽树的风俗是吧?生命树也好,常青树也好,小区后面的山上都可以栽。我们什么都准备好了,就请你们来一次小小的迁徙,你们为什么就是不答应呢?"

他说:"我看在座的老阿达,跟我老母亲也差不多年纪,看着你们,就像看着我的老母亲。当初要是老母亲不跟我们走,我就会求她,那么,我今天作为本族的一个后生,也求求各位阿达,你们就搬了吧!"

说完这话,他当真冲着场下连鞠了三个躬。

抬起头时,他已是满眼潮红。他几乎是声嘶力竭地喊道:"亲人们哪,我求你们了,跟我们到安全的地方去吧!"

空气在这儿打了个盹儿。

最后的结果是你无论如何也想象不到的——他把乡亲们吓跑了。那一百多号村民一哄而散，就好像他不是在恳求他们，而是身上绑着炸弹，要与他们同归于尽。

本该很尴尬，但在姜国良那里，却只有"悲哀"二字。

这一回，迷拉却是最后离开的那一个。或许当恐惧来临的时候，大家都习惯了由他在身后保驾，因而他的族人一个个都头也不回地跑了，独留下他僵硬地杵在那里。

当这边几人开始对迷拉的逗留寄予希望的时候，他冲王秀林点了点头，说："你来。"

王秀林在自己的阵营里左右看看，最后把目光留在姜国良脸上。

姜国良点点头，他去了。

54

迷拉一转身就再没有回过头，就好像他们习惯于快速忘记身后的一切。王秀林是跟他们相识最晚的一位干部，但因为他又是跟他们走得最近的那一位，大家就更喜欢他，更信任他，更愿意跟他交流。这或许还可以从语言学领域找到一些解释：当你对某种语系的了解还处于一张白纸的状态时，它的官方语言便会让你更容易接受。不管如何，月亮山人很快就听懂了王秀林那口流利的普通话，那些每天上午在他的扫盲班里学习的孩子，甚至还能用普通话跟他交流。

"经常有人一来到这里，就要问我们这里为什么叫月亮山。"迷拉一边朝前走一边说。

王秀林说："我也想问。"

迷拉说："刚才姜书记讲到我们的大迁徙了，我们的迁徙历史你了解好多？"

王秀林说："一点点。"

迷拉点点头，意思是"好"。他说："我们的先人决定留在这里的时候，这里正好是晚上，正好是八月十五的晚上。你晓得八月十五的月亮是一年当中最圆的吧？那天晚上，那个又圆又大的月亮就站在这山顶上，就像'杜霞冕'的眼睛那样看着先人们，说留下来吧，就在这里安身。"

话到这里，他们已经到达山顶，也就是丙妹经常看县城夜景的地方。但事实上，这还不是真正意义的山顶，因为当你背朝山下的时候，你的前面还有更高的山顶。现在，迷拉就站在此山顶，指着彼山顶，说着那个神奇的月亮。

原来，"月亮山"这个地名跟地理地形完全没有关系，只因那群逃命逃得疲惫不堪的先人在这里接受了月亮的示意——在此安身，便得了此名。

而"月亮山"在苗语里则称"养眼"。你当然不能用汉语的词义来解释这个"养眼"，它属于音译，如果一定要用汉语来解释它的意思，那它的释义便是"月亮山"。

现在，迷拉要带王秀林上月亮山。这山，王秀林是上过一回的，就是"茅人节"的时候。但迷拉告诉他，那一回上的是"茅人坡"，就是他们专门过"茅人节"的地方。这一次，他们要去的是一片林子。王秀林一路上都在猜想：或许那片林子又跟某个凄美的传说有关？可他很快就意识到，自己太落俗套了，因为那片林子非常现实，甚至可以说，非常具有现代感。活到四十多岁，王秀林还是第一次这么深刻地体会到一种切实的"天人合一"——那片林子就是月亮山那一村子人。

刚走进林子，迷拉便随手一指，这棵树是谁，又一指，那棵树是谁。树上并没有挂个牌子写着某个人的名字，但他介绍起来却像在介绍自己的家人那般熟悉。那长得很高的，一定是位壮实人；那缠满了藤的，曾经一生风流……

在这月亮山上，人和树两种不同的生命形式，生死相依地拥抱在一起。

迷拉把王秀林带到了几棵新树前。他告诉王秀林，哪一棵是丙妹的父亲，哪一棵是她母亲，哪几棵又分别是她哥哥姐姐和弟弟。虽去了另一个世界，但这一家子依然还是一家子。现在，他们以树的形式，生活在一起。

再往前几步，有两棵树都是丙妹的。一棵是她出生时，父母为她栽的；一棵是她死里逃生后，迷拉为她栽的。今后她死了，这里还会有一棵树。月亮山人不光以人的形式活在这个世上，同时还以树的形式活着——每个人落地后，父母都会为他栽下一棵"生命树"；死后，家人也会在其葬身的地方为他栽下一棵"常青树"。丙妹的第二棵树，叫"消灾树"，寄予着迷拉的全部祝福。

迷拉的树长在更高的地方，也更高大。似乎跟他的地位和权威有关，那棵树面相也更威严。

上到山顶，就见到了"杜霞冕"，也就是神树。那是一棵需要五个人才能合抱的老树。迷拉说，它就是带着先人们逃到这里，并决定留在这里的那位苗王。

迷拉显然在讲述一种天人合一的共生的生存境况。在这里，他们和这些树相依相伴，也相亲相融；他们是这座山的一部分，是山体无法割离的一块石；他们的脚扎在这块地方，扎进了地里……

讲完这一切，迷拉便颓然地瘫坐于神树下。不管是作为月亮山人，还是作为迷拉，在今天县委书记冲着他们鞠躬以后，他便陷进左右为难的泥潭。此时，他真希望神树能给他一点儿启示，告诉他，到底怎样才是对的。

王秀林静静地陪他坐了一会儿，小心翼翼地问："难道……月亮山人，是因为这个不搬吗？"

迷拉看了他一眼，很为难地抿了抿嘴。

王秀林问："那么，先人们是怎么解决这个问题的？"

迷拉说："树是搬不走的。"

王秀林说:"但我们又必须迁徙,怎么办呢?"

迷拉说:"得有人留下。"

他说:"让大家都搬吧,我留下。"

55

马鞍沟镇的移民新村建到最后一期,突然就把地下的煤炭给挖出来了。这下可好,附近的居民哪见得地上到处都是煤炭呢!要知道,虽然他们一直生活在煤炭的头顶上,可自从不准非法开采以来,他们要烧煤炭,也只能是以一千多块钱一吨的价格买来。所以说,当发现裂开的山体露出的是黑色的伤口时,他们就像看到免费的金库开了门。

哄抢煤炭事件是从中午饭时开始的,距离煤炭暴露在光天化日之下也就不到一个小时的时间。事实上,那会儿建筑队还没想到什么好办法来处理这件事情,他们是要挖地基的,既然挖出煤炭来了,那这里还能不能做地基,这些煤炭又该怎么办,都是问题。可他们没想到,老百姓解决起这些问题来要干脆得多——既然满地是钱,为什么不抢呢?一开始是两三个人,后来是四五家人,再后来……再后来几乎是全马鞍沟镇上的人,男女老少,甚至有从病床上赶来的,也有挂着拐杖赶来的。这么说吧,只要还能出气儿,就都跑来了。伤口越划越深,门越开越大。一开始带的还是箩筐,不到三分钟,那带箩筐的已经把肠子都悔青了,因为两分钟后已经有人开来了三轮车,四分钟后,来的就是拖拉机、小货车了。

建筑队慌了神，赶忙去制止。可他们那点儿人怎么能制止得了。人家不仅停不下来，还请他们干脆再来几下，反正他们有现成的挖掘机。建筑队赶紧报告了镇里，镇里来人看见这种阵仗，又赶紧报了警。镇派出所的五名民警第一时间全部赶到，接着，县里的警车呜哇呜哇驶来，疯狂的抢劫事件才算暂缓。一部分胆小的退到了二十米外，虽然他们满身污黑，但看样子他们打算在警察追究起来的时候表示自己跟此事无关。多数属于胆大的，或者说被天上掉下的馅饼砸昏了头的，根本就不管是不是有警车来了，不是还没来吗？这里的警察不是人手不够吗？这里的警察不是也没敢抓人吗？那就抓紧一切机会，抢到一块是一块。警车都到跟前了，警察都从警车里冲出来了，有人还往自己的车上装了一筐哩。那些自以为什么都懂的人还想，警察来了又能怎样，这又不是非法开采，是它自己跑出来了，我们捡一点儿去烧火做饭，犯法吗？警察的确也不能干什么，只能尽力阻止。他们上前吆喝的时候，有人还给他们打了个比方，说，这就是涨洪水冲翻了鱼塘，我们就是捡点儿死鱼而已，没人说捡死鱼也犯法吧？

有了足够的警力之后，镇里一干人和警察们一起站成一面人墙，把"捡死鱼"的老百姓撵出了现场。镇里的书记告诉他们：捡死鱼不犯法，但这些"死鱼"不是在松软的河滩上，而是在一座松松垮垮的山里，捡这样的"死鱼"有生命危险。事实上，如果他们来得不够及时，这里人挤人的，很可能就要发生踩踏事故了。

但依然有那种横人，说："命是我们自己的，你们不用操心。"

问他："你是要命还是要煤？"

他想都不想就回答："要煤！"

又说："没钱的命，也没啥意思咯。"

这件事情惊动了县委县政府，于是县里又从各单位抽调了一批人去增援，这其中就有周以昭。而陈晓波因为属于生态移民局，自然也得到场。

在还没找到处理现场最好的办法之前，这里需要大量的值班人员，周以昭和陈晓波的工作都跟移民工程有关，所以两人被排在一个班上。值班人员分三班倒，每班十个人，他们是第二班，也就是从晚上十点到第二天凌晨六点。他们俩的岗位相隔十米，原则上，这十来米的空间是值班人员的活动区域，他们不用像大门前的哨兵那样一动不动地站着，而是可以在这有限的范围内走来走去，随意调整视线范围。

为了保证夜班的工作质量，这里临时安了几个大灯泡，现场看起来比白天还亮。

一开始两人并不热络。但不到十分钟，陈晓波便抛给周以昭一根烟。抽完这根烟，周以昭又回敬了一根。抽完第二根，周以昭突然扑哧笑起来。陈晓波敏感地白了他一眼，没问他笑什么，但周以昭自己说了。

他说："要不是你，我应该是这里的镇长了，娄山县最年轻最帅气的镇长。"

陈晓波说："还是当你的作家好。"

周以昭哼了一声："那意思是你也准备弃政从文了？"

"我可没那才气。"陈晓波说，"再说了，我也没弃政，是政把我弃了。"

周以昭问："你觉得冤吗？"

陈晓波反问："那你呢，被停职后你觉得冤吗？"

"我肯定冤。"周以昭肯定地回答，又说，"但你那是犯错误。"

陈晓波说："也是。"

周以昭问："你既然知道是错的，当时为啥还要那么做？"

陈晓波说："我当时不知道那是错的嘛。"

周以昭问："你当时咋想的？"

陈晓波说："当时我就是想，反正迟早都是要完成的，完成了再报，跟报完了再完成是一回事嘛。"

周以昭问："一回事？"

陈晓波说："就像小时候吃饭，你碗里还剩下一口的时候，你妈催问'吃完了吗'，你肯定是说'吃完了'，因为你把话说完，就真的吃完了嘛。"

周以昭觉得这比方有些好笑,就哈哈笑了几声。可没等他笑完就出事了。

尽管值班人员是十米一岗,尽管现场有四个大灯泡,但还是有人趁黑夜来偷煤。或许因为周以昭和陈晓波讲起笑话来便慢了眼睛,又加上他们跟前的大灯泡太亮,反而灯下黑,小偷就是在他们讲笑话的时候摸进了那片盲区。那是事故带的一端,黑色伤口到头的地方,灯光也恰好到那个地方就没有了。

小偷是一对夫妇,属于白天因只拿了箩筐而悔青了肠子之列,白天没能尽兴,晚上无论如何也睡不着觉,于是,两口子决定趁夜弥补一下白天留下的遗憾。他们偷了邻居家的板车,带上自家那落后的箩筐和铁锹就来了。这是一对机灵人,他们将自己的身体躲进那片对于灯前的人来说,比任何地方都要深的黑暗处,伸出铁锹从边缘一点点小心翼翼地撕开"伤口",抠出新鲜的煤炭。尽管他们十万分小心,但还是不可避免地出了点儿声响。那会儿陈晓波和周以昭刚笑完,两人同时发现有异样动静,便使劲伸长脖子循声张望。可灯背后那一片是真黑,他们什么也看不见,就只好走到灯后去看。那对小偷不死心,也没逃,想的是只要躲在这黑暗里不被发现,等值班人员走开了还可以继续。

还有一样值得一说的,是这两口子的着装。老实说,他们可不是惯偷,在这里没有挖出这么多煤炭之前,他们都是很规矩,甚至是视偷盗为不耻的人。但这并不代表他们没有一身黑衣服,也不代表他们不知道,趁夜偷东西,黑衣服是最好的防护装备。到了现场,他们甚至撅起屁股从余光区够了两把黑灰抹了脸,直到互相都只看得见对方的眼睛,才开始的。就是说,他们唯一可能暴露自己的,就是眼睛了。所以他们认为,只要一动不动地闭着眼睛,就不会被发现。

事情正起于他们闭上了眼睛,因为山体裂开的声音,被周以昭他们这边弄出的声响掩盖了。周以昭和陈晓波觉得黑暗里那两团黑影有点儿可疑,便想走过去认真瞧瞧。周以昭走前面,陈晓波紧跟其后。他们是踩着煤堆过去的,脚下的声音很响。那两口子只管紧紧地闭着眼,祈祷他们手上不要正好带着手电。不害怕是假的,他们浑身打着战,但他们坚信黑暗中那两人是看不见他们发抖的。他们（当然包括周以昭和陈晓波）谁也没发现，头顶的山体正在裂开。或许是因为他们在下面抠大了伤口，或许山体能撑到现在就因为差那一根稻草，又或许根本跟他们没有关系，那地儿要垮只是迟早的事情。反正就在那会儿，它裂开了，就在发现那块巨石即将滚落的那一刻，周以昭同时看清了他们。而就在周以昭扑向他们的时候，两个黑影站了起来。他们是想逃，但周以昭是为了救他们。那情景真没法一一描述，也就是一瞬间的事情。一瞬间，周以昭将他们推出去半米，与此同时，陈晓波又将周以昭推了一把。那块巨石，那块黑色的巨石，便正好砸中了陈晓波。周以昭和两个小偷愣神的时候，那跟随巨石而来的碎石又将陈晓波埋住了。

醒过神来的周以昭急忙上前刨，一边喊着"陈县"一边刨，两个小偷发完愣也加入了，嘴里也不停地喊着"陈县"。他们两眼发黑发酸，他们根本不知道"陈县"是谁，但他们知道问题已经大到自家不能承受的地步了。于是，他们拼命刨，用比偷煤时更大的劲儿刨。他们很快就将陈晓波刨出来了，先是一张血糊糊的脸，跟着是他软绵绵的身体。周以昭开始呼救，其他值班人员开始朝这边赶过来。"快打120！"周以昭喊完，那边就有人拿出了手机。

陈晓波被转移到安全地带，是在大家的帮助下，由周以昭背过来的。那里亮如白昼，陈晓波虽给煤粉染得很黑，但他身体里流出的血，依然鲜艳夺目。在等待救护车的时间里，周以昭一直将陈晓波搂在怀里。陈晓波伤得不轻，身上到处都是血，人也昏迷不醒。周以昭要他挺住。"陈县，你一定要挺住！"他说，"救护车马上就到了，你一定要挺住！"

五分钟后，镇医院的救护车赶到了。陈晓波被大家抬上了车，医务人员立即开始抢救，周以昭跟上车，守在他旁边。

那天晚上，周以昭一直守在医院。

56

陈晓波从头到脚裹满了纱布，一直到第二天早上七点才醒过来。他睁开眼睛看到的第一个人不是老婆，也不是孩子，是周以昭。因为周以昭就坐在他正对面的床头，他一睁眼便看见了。但周以昭不是第一个知道陈晓波醒来的人，因为那会儿他睡过去了。是陈晓波老婆孩子惊喜地闹出的动静惊醒了周以昭，他彻底摆脱睡意，还是因为医生进来了。

等医生的望闻问切结束了，周以昭又觉得应该把这个时间给陈晓波的老婆孩子，便跟着医生出来了。他要到走廊尽头抽支烟。

一支烟抽完，陈晓波的老婆过来了，说陈晓波要他进去。她和孩子回家拿粥。

回到病房，两人床头床尾互相看了一会儿，周以昭把屏住的那口气吐了出来。

"饿了？"他细着声问。

陈晓波用眨眼代替点头，又说："想抽烟。"

"那可不行。"周以昭说，"等你好了，我给你买最好的烟，只要这世上能买到的，你想抽啥我给你买啥。"

陈晓波像是受了这句话的鼓舞，看上去精神了好多。他问："为啥你要给我买烟？"

周以昭说："因为我们是生死兄弟。"

又说:"要不是你,躺这里的就该是我。"

陈晓波虽然元气不足,但还有心思开玩笑:"我也不是故意的,早知道你想躺这里,我就不推你那一把了。"

周以昭扑哧一笑,完了又十分认真地说:"你救了我,你晓得不?我可没你命大。要是我,我可能不是躺这里,而是躺在殡仪馆。"

他说:"你现在是我的救命恩人。"

陈晓波动了动,想坐起来。周以昭上前小心扶起他来,拿枕头让他靠上。这个过程有些弄痛了陈晓波,靠上后,他又有气无力了。周以昭左右看看,见病房里无其他人,便拿了支烟点上,放到了陈晓波嘴里。陈晓波僵着吸上一口,呛了。周以昭等他咳完,又给他抽了一口。然后,迅速把烟灭掉,把大半截烟揣口袋里,又赶紧往窗户外面赶烟雾。

许是抽了两口烟的缘故,陈晓波又有了说话的精神,他接着刚才的话往下说:"但后来其实是你救了我。我记得自己被埋进煤堆了,是你和那两个小偷把我刨出来的。当时那种感觉很奇怪,很像在做梦,我不像是在煤堆里,更像是在半坡的一个什么地方朝下看着你们,看你们在那里刨。但刚看到自己给你们刨出来,梦就断了。"这回一口气说得太多,他又有些气喘了。

周以昭正琢磨着那种情景,陈晓波又说上了:"我可是听到你叫我'陈县'了。"他满是擦伤的脸上掩不住得意。他想笑,但一笑脸就痛,所以最后就变成抽搐了。

周以昭笑道:"那也就是叫习惯了,一时间没改过口来而已。"

陈晓波费劲地说:"说实话,当时我以为自己就这样牺牲了。"

周以昭说:"你死不了!"

陈晓波说:"我高兴啊。那样的话我就成烈士了,今后我老婆孩子就可以抬起头做人了。"

周以昭说:"瞎扯,你老婆孩子为什么要你死了才能抬起头做人?"

陈晓波还想说话,突然听到外面像是自家老婆叫了一声"姜书记"。原来，老婆孩子来送粥，姜国良来探视陈晓波，两拨人在病房门口碰上了。

等周以昭开门迎进这两拨人来，陈晓波已经把眼睛紧紧闭上了。

周以昭引着姜国良来到病床前，看陈晓波闭着眼，稍一愣，但也只是轻声对姜国良说："他在睡。"

姜国良说："刚才还听说他醒了。"

周以昭说："七点钟醒的，后来又睡了。"

这当口，陈晓波老婆想叫醒他，姜国良摆了摆手。

姜国良问："医生怎么说？"

他老婆说："医生说，幸好只是外伤，连轻微脑震荡都没有。"

"命真大。"姜国良松了口气，又看着周以昭说，"我很高兴看到你在这里。"

周以昭说："必须的。"

姜国良冲他笑笑，又扭头问陈晓波老婆："给他做了啥饭？"

"粥。"

姜国良说："粥不顶饿嘛。"

"医生说，得先吃两天流质食物。"

姜国良不置可否，摸了摸孩子的头，说："好好照顾他。人年轻，很快就会好起来的。"转头又对周以昭说，"多陪陪他。这两天，这就是你的工作。"

完了又说："让他好好休息吧，我就是代表四家班子来看看他，没别的事。"说完就走了。周以昭把他们送到医院门口后，回到病房时陈晓波正在喝粥。见他进来，陈晓波忙问："走了吧？"

周以昭说："人家不走，难道还像我这样在这里守着你呀？"

陈晓波志忑，但又碍于老婆孩子在跟前，没吱声。周以昭看在眼里，瞧了瞧一旁的输液袋，对他们说："你们去问问护士，还有没有药？"

陈晓波老婆不明情况，要去按床头的铃。周以昭忙拦，说："你过去问，去治疗室问。"

老婆便拉着孩子去了。

陈晓波赶忙问周以昭:"他没看出来吧?"

周以昭说:"你那眼皮一抖一抖的,没看出来才怪。"

陈晓波正要说话,老婆孩子带着护士进来了。两人只好打住。护士往输液架上挂了另外的药袋子,这时,姜国良的秘书小陈提着两碗羊肉粉匆匆进来了。小陈将粉直接递给周以昭,交代清楚哪一碗是他的,哪一碗是陈晓波的。原来陈晓波那碗没放辣椒。

都交代完了,小陈才对陈晓波说:"姜书记说,要吃点儿肉才顶饿。"

全都清楚了,他便说:"那你们慢慢吃,我走了。"

就真匆匆忙忙去了。

57

都说周以昭像是变了个人。那新来的人家,忘了城里的厕所跟自家那旱厕有区别,不注意就给堵了。找到他,他二话不说便去捅。粪味整得房主自己还得捂住鼻子,他却跟没长鼻子似的,完全没感觉。有人夜里回来找不到自家那栋楼了,电话打到他那里,他便跑来替人去找。

在移民新区,这些事就是家常便饭。以前遇上这些事,周以昭都会火冒三丈地叫对方找他们楼长去。现在他不那样了。他亲自去做。他突然就变成一个没脾气的人了。

这话也传到陈晓波耳朵里,周以昭再来医院,他就跟周以昭打听:"听说你变了个人?"

周以昭说:"人总是在成长的嘛。"

这里正说着话,病房门被推开了。进来的不是别人,正是那偷煤差点儿偷出人命来的两口子。男的手上拎着两条烟、两瓶酒,女的怀里抱了只大公鸡,手上拎了袋新鲜水果。

因为有愧,他们把脖子缩在衣服里,眼神也很畏缩。

他们的突然降临,令周以昭和陈晓波都很傻眼。这里傻眼,那里畏缩,中间就只有尴尬了。好一会儿,周以昭才说:"你们来了哈。"

"来了……来了。"男人说。

"来看看陈县。"女人说。

陈晓波却说:"来看我搞哪样?救你们命的是周主任,又不是我。"

那两张脸尴尬得直摇晃,不知道说什么好。

周以昭打破沉默:"看我搞啥,我又没受伤,我又没差点儿送了命!"这后面半句却是冲着那两口子说的,而且用了很重的语气。那两口子也是明白人,这话里的音儿一听就明白了,这一明白还不着慌?于是赶紧把带来的东西往床头柜上堆。那鸡就在这个时候挣扎起来,扑棱着翅膀没命地尖叫。女人怕鸡跑了,没命地搂,鸡想逃,也没命地挣,结果鸡毛满天飞。病房里还住着一个病号,看这里乱成这样着了慌,便按了铃,护士就跑来了。

这里怎么能有鸡呢?护士把女人和鸡一起撵了出去。男人意识到这是个机会,也赶紧借机逃了。

鸡毛还在飞,这里两人一直看着它们飞,直到最后一片也落了地,周以昭才出门找来扫帚簸箕开始打扫。

陈晓波突然问周以昭:"你说那只鸡是土鸡吗?"

周以昭头也不抬地说:"你要是觉得可惜,我马上去给你追回来。"

陈晓波连忙说"不要不要",完了又说:"他们还知道我抽烟。"

"你正经点儿好不好?"周以昭笑道,又说,"明天是月亮山搬迁,这几天我可都没时间来看你了。"

陈晓波问:"月亮山终于要搬迁了?"看上去他也很惊喜。

周以昭说:"除迷拉以外,其他人全都搬。"

陈晓波问:"迷拉为何不搬?"

周以昭说:"听说他要留下来守山上那片树林。"

陈晓波问:"你说的是他们那片神树林?"

周以昭撮着归拢好的鸡毛要出门,一股风从窗外进来,又把鸡毛吹得到处飞。他便举起扫帚追,把鸡毛拍到地上,再扫进簸箕,赶忙拿出门去。

等他回到病房,陈晓波这里已经有了个点子,他说:"你觉得,把它申请成'非遗'如何?"

周以昭问:"你指啥?"

陈晓波说:"迷拉和神树林,把这种文化申请成'非遗'。"

周以昭脑子有点儿转不过来:"那个,这跟搬迁有啥关系?"

陈晓波说:"迷拉不搬,迷拉要守那片树林,不都是为了一个'安顿'吗?只要我们给了他一个'安顿'的办法,他那思想不就通了?"

他接着说:"其实之前我们就有过这方面的考虑,这种文化本身也值得保护。迷拉紧张,就是怕他们的这些传统文化丢失喽,说白了,他现在的行为,就是在保护他们的传统文化。如果我们申请成了'非遗',那就有国家保护了,这样一来,迷拉不就放心了?更何况,即便没有搬迁问题,这种文化也是应该保护起来的呀。别说迷拉怕把它们弄丢了,就是我们,也应该有这种保护意识不是?"

周以昭嘴里"咝"地吸了一口气,说:"这倒是呢。不过,'之前'是啥时候啊,你当副县长的时候?"

陈晓波瞪他一眼,说:"你小子三天不过嘴瘾,就牙痒痒是不?"

周以昭开心一笑,但立即又正经起来。他说:"你别说,当过副县长的人,就是比我们只做过副镇长的人高瞻远瞩,照这个办法去做迷拉的思想工作,我估计问题不大。既如此,那就不如再贡献一点儿智慧,替李春光想个办法,把风景那条路修通呗。"

陈晓波说:"拉赞助啊。"

"那可不是十万几十万的事,怎么拉?"周以昭说,"你做过副县长还不知道啊,这些年从'扶贫'到'脱贫',哪个单位没有扶贫对子?哪个单位不是每年都有资助项目?就算人家答应赞助,也拿不出多少钱来,给你几万块,也修不了那条路啊。"

陈晓波说:"那就多拉嘛,一家几万,十家不就几十万吗?"

周以昭说:"可修那条路得近两百万。"

陈晓波也学他那样"嗞"地吸了一口气。

58

一进六月,大娄山的杨梅就熟透了,桃也红了嘴,李子开始富贵。这几种都是大娄山的传统水果,自从有了大娄山人,就有了它们。它们不需要你操心,只需要在你屋前屋后活着,跟你相伴,就能长得很好。它们互相之间也都有着一个古老的约定:杨梅先熟,桃子第二,然后是李子。这样,人们吃完了杨梅,跟着就可以吃桃子,桃子吃完,李子也熟透了。整整一个夏天,大娄山凉爽的空气中永远充满果香。就这个时节而言,你还得是非常熟悉大娄山的人,才能分得清哪一股香味属于杨梅,哪一股香气又属于桃、李。事实上很多人都认为,这一阵的空气中,最令人沉醉的,是桃李默默发育成熟期间的味道。

这种味道往往让人处于一种微醺状态，睡下了不想醒，醒来了不想起，起来了也打不起精神。但这个时令，却又是大地最充满激情的时候，经历了一冬的静、一春的闹，就像一个人完成了从处子到成年的过程，它大方了，它热情奔放了。

碧痕的草场已经成了气候，山坡像裹了缎样绿。羊也长到半大了，赶在路上，队伍已经略显浩荡。巴二来去再没见他抱过羊，因为他已经抱不动了。但他脸上表现出来的，总是那副怀里抱着羊的样子，幸福的样子。

娄娄阿妈上一次求死不成回来后，依然以沉默对抗着她的不幸。娄娄阿爸放羊的时候，就把她背上。把羊赶到草场，他便和她坐一起，看着羊们吃草，看着羊们慢慢长大。还是羊羔的时候，阿爸会让阿妈抱抱羊羔。一开始阿妈并不接受，她抱得很机械，也不愿抚摸羊羔。阿爸便帮着她抱。羊羔在阿妈怀里，阿妈在阿爸怀里，阿爸拿着她的手去抚摸羊羔。羊羔都是天真的，它们不知道阿妈的沉默意味着什么，也意识不到阿爸自己抚摸和拿另一个人的手来抚摸有什么区别；然而它们却又是特别懂得感恩的动物，谁抱着它，它就嗲着嗓门冲谁叫"咩"，在它们那里，谁敢说那就是一个简单的音节呢。

于是有一天，它们叫出了阿妈的泪水，再有一天，它们又把阿妈脸上的冰冻叫化了。一天天的，日子就到了夏天，他们家的羊也长成半大羊了，阿妈想抱也抱不动了。放羊的时候，看羊们吃饱了便懒洋洋打瞌睡，她也打起了瞌睡。阿爸没瞌睡，就看着那群羊算账给她听，算这群羊再过一个月就可以出栏了，那时候，它们可以换回来多少钱。阿爸知道她也就是迷糊着，并不是真睡。阿爸时常都会在这种时候跟她说些话，形式上就是自言自语，但阿爸相信她一定在听。阿妈的确在听，即使那会儿她正做着一个梦。她总是这个样子，迷迷糊糊间，一边听着阿爸说话，一边做着一些飘浮的梦。但这一天有些不一样，这一天，她的梦境很坚实，她梦见了娄娄，娄娄穿着盛装，站在她面前冲着她笑，叫着"阿妈"。虽然阿爸说话的时候，那个着盛装的姑娘又像是龙莉莉，但就好像是被阿爸说话时刮起的风吹的，阿爸的话一停，姑娘就又是坚实可靠的娄娄了。她拉过姑娘，对她说："听见了？你阿爸说这群羊一个月后就可以出栏了。"

她那里叽里咕噜，还动了一下身子，阿爸就把她叫醒了。这一醒，梦就全丢了，她似乎抓住了一个尾巴，那是一个着了盛装的姑娘转身离去的背影。

阿爸问她："你做梦了？"

但阿爸并不指望她能回答，因为她已经失语好长时间了。

于是阿爸又接着自语："等这批羊出栏了，我们再签一批回来吧？"

"下次……我们签……两百只。"她突然说。因为长时间不说话的原因，她的声音很沙哑，话也有些磕巴。

阿爸吃了一惊，但那是惊喜。他忙说："两百只！听你的，下次就签两百只！"

他点头的时候，眼睛就酸了。

但第二天，阿妈却不跟他去放羊了。

她要留下来绣花。

59

娄娄创建的苗绣工艺厂已经在几个年轻人的努力下正常运行起来，为了纪念娄娄，他们将娄娄的名字冠在前面，现在的厂牌是"娄娄苗绣工艺厂"。厂依然设在娄娄家堂屋，工人在原来几十位老弱妇女的基础上，又增加了几位年轻女人。有两个是孕妇，考虑到这个时间出门务工不好，便申请来了这里。有三个是刚生了孩子，家里又没人带，所以也申请来这里。一边打工，一边还能带孩子，她们看好的是这个。

周皓宇是网络高手，他启用了娄娄原来的网店，还在原有的基础上将网店进行了精美的装饰。周皓宇出生于商人之家，在经商方面，脑子要活泛得多。所以，他到"拼多多"上开了分店，同时又搞起了直播。这样一来，他们的工艺品早在多月前便呈现出供不应求的气象。厂里增加了人，火炮妹又动用自己的资源拉来几万块钱，在娄娄家厨房那儿加建了一间平房，用作娄娄爸妈的厢房，把原来的厢房跟堂屋打通，又做了些简单的装修。周皓宇又跟爸妈要了点儿钱，添置了几台车床，购买了充足的材料，这样，工厂就更有了工厂该有的样子。妇女们也不再只是坐在这里干自己的活，而是有了分工，有了流水线，谁最擅长什么，谁就在最擅长的那个岗位上做自己最擅长的那件事情。

这个厂子的每一个变化，他们都要告诉娄娄阿妈，有时候是龙莉莉说，有时候是周皓宇说，有时候又是火炮妹说，有时候他们又会重复说。阿妈看不见的说，看得见的也说。与其说他们是想盘活一间厂，不如说他们是想盘活娄娄阿妈的心。

这间厂子一天天活起来，他们最想看到的，就是娄娄阿妈能坐到流水线上去。

如果说周皓宇竭力做好网店是为了这一天，那么龙莉莉为这一天也是用尽了心思。有一种情况非常明显，那就是她在努力让自己变成另一个娄娄。她学娄娄说话的方式，模仿娄娄的微笑，她叫娄娄阿妈"阿妈"，叫娄娄阿爸"阿爸"。她叫别的阿妈都要在前面冠个名字，或是阿妈自己的名字，或是阿妈姑娘儿子的名字，比如"会仙阿妈"，比如"英英阿妈"，但在叫娄娄阿妈的时候，她总是只叫"阿妈"。工作中也好，生活中也罢，她总会问阿妈们一些问题。"要是娄娄的话，她会怎么办呢？"或者就是，"娄娄是怎么说的？"她们告诉她答案，她就照着做。

娄娄阿妈不绣花了，即便他们把网店开得很火，把厂子也扩大了，她也不绣。她看上去只沉迷于跟娄娄阿爸一起放羊，或者说，只沉迷于一种恍惚的状态。

龙莉莉就跟别的阿妈讨教："假如娄娄在，她要怎样说服阿妈回来绣花呢？"

阿妈们回答她说："假如娄娄在，阿妈就不用劝也会来绣花的。"

这不是她想要的答案，但又的确是最正确的答案，也是横在龙莉莉眼前的一堵墙。

"娄娄苗绣工艺厂"有一件镇厂之宝，那是娄娄的盛装。苗族姑娘出嫁时都得有一套盛装，阿妈是这样，阿妈的阿妈是这样，所以，这样的盛装往往都是祖传下来的。姑娘嫁到了婆家，盛装就收藏起来，等自己的女儿长大了，便传给她。娄娄的盛装是她祖祖那一代传下来的，这一路传下来，每一代的阿妈都在上面添加了属于自己的那份爱，或添一两块绣匾，或添一件银饰。到了娄娄这里，已经非常隆重，单是银饰就有十来斤重。娄娄和那些阿妈不一样，她上着学，不是普通的苗家姑娘。所以她考上大学那天，阿妈便帮她穿上了这件盛装。在阿妈心里，女儿考上大学，就像出嫁，是一个姑娘的节日。娄娄非常喜欢那套盛装，穿了整整一天都不愿脱下。阿妈就说，往后你哪天想穿都可以，不一定非要出嫁那天才能穿。于是，考上公务员那天，娄娄又穿了一回，上任碧痕村第一书记那天，又穿了一回。后来，她建了"苗绣工艺厂"，便把它陈列在堂屋，作为镇厂之宝。

盛装一直是穿在模特儿身上的，所以在人们眼里，它也就是一件服饰。但这一天，它却突然变成了龙莉莉眼前的一扇窗，是她面前那堵墙上的一扇窗。她仿佛在那套衣服里看到了娄娄的影子，那个影子使那套盛装立刻就有了灵魂，就活了起来。一个念头突然就冒出来了：要是我穿上它呢？

那会儿正好是下午，是厂里的阿妈们快下班的时候，也是娄娄阿爸阿妈该赶着羊回家的时候。龙莉莉不容分说就走向了那套盛装。

盛装穿起来很复杂，自己一个人很难搞定，她让阿妈们帮忙她穿。阿妈们却不明白她为什么要穿这套衣服。她们一脸茫然地告诉她："这是娄娄的衣服啊。"她说："我知道是娄娄的衣服，可我就是娄娄啊。"

你就是娄娄？阿妈们心里这么怀疑着，手上却没忘帮她。先是裙，后是衣，再是项圈，再是头饰，再是手环……七手八脚，叮叮当当，这就穿上了。龙莉莉像做直播时那样转着身体，问阿妈们："我是不是娄娄？"

阿妈们顿时傻成一片——可不就是娄娄吗？

时间刚刚好，羊们的叫声已经响在院子里了。龙莉莉一提气，便巾巾挂挂叮叮当当去了。她就那样隆重地迎向了阿妈。阿爸刚把阿妈放在轮椅上，他正在圈羊。龙莉莉雍容华贵地跨出大门，阿妈便傻了。龙莉莉叫了一声"阿妈"，阿妈的心就震了一下。那不就是娄娄吗？阿妈心里呼喊着"娄娄"，眼泪就下来了。这回轮到龙莉莉发傻了，她后悔自己冲动了，早应该想到这会刺激阿妈的。她小心地叫着"阿妈"，却不知道该如何道歉。

身后的阿妈们救了她。她们可全都给这个"娄娄"吸引到了院子里。也只有她们才能真正理解娄娄阿妈这时候的泪水，事实上，她们也都不同程度地潮了眼眶。

"可不就是娄娄嘛！"

"就是娄娄啊！"

她们冲着娄娄阿妈说："这就是我们的娄娄了。"

还有什么话，比同族姐妹的话更有力呢。娄娄阿妈就那样缓慢地冲着龙莉莉伸出了手。冲着那只手，龙莉莉收紧的心打开了。她微笑着走了过去。这一次，她没有作声。她怕惊着了阿妈。她静静地蹲到阿妈跟前，阿妈便替她正了正项圈。

这应该就是第二天阿妈会梦到穿着盛装的娄娄的原因，也是第三天她就要留下来绣花的原因。

娄娄阿妈终于回到工艺厂，碧痕村的几名村干部都长舒了一口气。他们相信，只要她开始绣花，那些疼痛便会被她一针一针地带到绣绷上，最后会变成花鸟鱼虫，变成她寄托美好愿景的绣匾。有一天，她的心终会从痛困中解放出来。

60

　　那之后，龙莉莉似乎也真把自己当娄娄了。在直播这块，她负责的一直都是服饰。不管是传统服饰，还是改良后的民族风服饰，女装都是她主播。往日，播完了她便立即换下；现在，直播结束后，她总是要把最后那套穿很久。因为村里工作繁杂，直播都是在晚上做，做完直播，她会穿着那身衣服继续干别的事，有时候，甚至第二天早上起来，也顺手就拿起那套衣服穿上。

　　一天天的，就连几个同事，也恍恍惚惚把她当娄娄了。只有周皓宇细心，他说："头发不像。"也是，着盛装的时候，头发就被忽略了。生活装是没有头饰的，头发上的差异就显出来了。龙莉莉不服，还要头发也跟娄娄一样。

　　她问周皓宇："她的是多长？"

　　周皓宇支吾："你……没必要吧。"

　　她固执上了："你就告诉我，她的是多长。"

　　事实上，要知道娄娄的头发到底是多长，龙莉莉翻翻手机里的照片就知道了。这些日子，为了模仿娄娄，她手机里存了好多娄娄的照片。或许是太在意自己那头及腰长发了（那可是她留了多年才有的心爱的长发），她竟完全忽略了头发。

　　然而，她一定要周皓宇来回答她这个问题，却又是有原因的。也许火炮妹是对的，龙莉莉那么用心地想变成娄娄，除了想用这个办法来治愈娄娄阿妈的心以外，还有可能是因为周皓宇。

如果周皓宇那次回去了就再不出现，那他们之间可能也就只有一个充电宝的缘分，但周皓宇来了。而周皓宇的到来，是因为娄娄。这对于龙莉莉来说，就是一个爱情神话。凡经历过青春的人，都知道爱情神话的力量。因而周皓宇到的当晚，龙莉莉便提出将娄娄的寝室让给他。龙莉莉是来接任娄娄的，所以她一来就直接住进了娄娄空出来的寝室。但周皓宇来了，她就认为应该是周皓宇去住。

周皓宇没有。他说的是，"你住着也很好"。或许就因为这句话，龙莉莉便有些纵容自己对于一个神话主角的那种情感。但在表达这份情感的问题上，她又是那么不同。她把自己从娄娄寝室里得来的每一件属于娄娄的小东西，都给了周皓宇。一开始是垃圾篓里的几幅废弃的工艺品平面设计图，后来是床头角落里的一枚发卡，再然后，是抽屉角落里的一根橡皮圈儿。

当初收拾娄娄遗物的人并不细心，所以龙莉莉住进来后，依然会不断在各种角落发现娄娄的痕迹。而龙莉莉一旦发现了，第二天便会转交给周皓宇。

后来她竟上了瘾，每天晚上睡觉前都要在屋里细心搜寻一番，希望能找到一个新的东西，第二天好转交给周皓宇。就是在这样的情况下，她发现了娄娄的另一个日记本。这个日记本藏在枕头底下的床垫里。寝室是有书桌的，日记本放在抽屉里锁上就可以了。可那不是一般的日记本，不是工作日记。事实上，少女们都应该有这样一个日记本，因为人生中的那个时期太值得记录了。那些被记录下来的过往、当下，都值得每天晚上睡觉前看上一遍。因此这样的日记本一定不是放在抽屉里的，它一定是在枕头底下，在少女们认为拿起来最方便，也是最安全的地方。

龙莉莉没有把这个日记本转给周皓宇，因为那上面记录着娄娄和周皓宇的过去，那是一段呼之欲出的网恋，被双方用含蓄的云朵遮挡着，等待的就是周皓宇来到贵州、两人见面的那一刻。

娄娄留在这个本子上的最后一句话是这样的：他说过几天就来贵州，我想，到时候他一定就说出来了。

说出什么来呢？娄娄没有写。娄娄不属于那种奔放的姑娘，就连在日记本里，她也是害羞的。

龙莉莉在转交之前那些东西的时候，都是心甘情愿的，她甚至觉得那样十分美好。就像一个庄稼人，用无私奉献耕耘着希望中的收获。但在这个日记本跟前，她的私心突然就站了出来。它对她说："你以为，把这个交给他之后，你还有机会吗？"

周皓宇收下那些东西的时候，从来都很安静，他从不发问，也不做什么解释。但有一点她是坚信的，那就是无论是什么，只要是娄娄的东西，周皓宇就会将它收藏起来。她想，他很有可能就收藏在枕边，每天晚上拿出其中一个发上半天呆。有了它们，他对娄娄的思念就会变得更加真实可触。她想，他会沉迷于睡前默默地看那些小东西。她想，不知有多少个夜晚，他都是握着那些小东西睡过去的。她想，要是给了他这本日记，他还会从这本日记上抬起头来吗？

她看了那本日记，反复看。

前一刻，总是沉醉的，就像她真是娄娄，就像那些日记都是她的亲身经历，就像那原本就是她的日记。但后一刻，她总是会清醒过来，会清楚自己并不是娄娄，可自己却有了娄娄那样的迷恋和期待。

这是一个很可怜的现实。

最近，周皓宇对《我在贵州等你》那首歌特别痴迷，将它设置成自己的手机铃声，又将它设置成他们淘宝店主页的背景音乐，还在主页打上了这首歌的游动字幕。然而这个主页的背景，便是娄娄穿着盛装的头像。打理网店的时候，他喜欢戴个耳机听着歌，这样便可以时不时看一眼娄娄的头像。最近他只听这一首："我在贵州等你，等你和我相遇，等待如此美丽……"周皓宇觉得这歌就是为他写的，就像是娄娄写给他的。

如果这时候正好龙莉莉在跟前，她就能真切地体会到周皓宇那种心境，就像她有一条血管是和他相连的，就像她、周皓宇、娄娄三个是相连的。这种时候，她就会突然产生一种冲动，一种想要把那本日记转交给他的冲动，一种想要将他搂在怀里给予他全心抚慰的冲动。有几次她都冲出了办公室，有一次她甚至都从床垫里拿出了日记本。可是，至今她也没有那么做。

妈妈催过她几次回家相亲。她曾经并不那么生气，对妈妈的唠叨也十分有耐心。可最近她却变得有些残忍，她不接妈妈电话，即使接也是说一句"我很忙"就把电话挂掉。妈妈没办法，就打到了火炮妹那里。火炮妹是龙莉莉的同事，也是年纪相仿、三观相投的姐妹，怎么可能不理解龙莉莉呢？背着周皓宇，她便劝龙莉莉："你不如主动一点儿吧。"

这虽是一句没头没脑的话，但龙莉莉知道她指的是什么，垂下头说："你没看人家心里只有娄娄吗？"

火炮妹说："你要是看不到希望的话，又何苦盼着他，不如回家相亲得了，免得你妈妈老打我的电话。"

龙莉莉就叫她走开，不想再跟她继续这个话题。

但有时候，火炮妹的话又会突然冒出来激她，激她去问周皓宇，自己是不是真像娄娄。比如那天着了娄娄的家传盛装，在阿妈那里得到肯定之后，她便穿着它来到了村委会办公室，来到周皓宇跟前，问他，她是不是娄娄。

周皓宇当时恍惚了一下，就像他真的看见了娄娄。可也就那么一会儿，过后他就笑了笑，说："是的，真像。"

龙莉莉虽然有些失望，但更多的还是高兴，毕竟周皓宇说了"真像"。

现在，周皓宇说她的头发不像，这又激起了她的妒忌。虽然她不愿意承认这份妒忌。她咄咄逼人的口吻，令周皓宇有些不知所措。一边的火炮妹急了，推了推龙莉莉，说："哎呀，你留了这么些年才有的长发，不会为了这个就剪掉吧？"

没想到龙莉莉还真犟上了。

她从自己手机里找到娄娄照片，又找来把剪刀，估摸着娄娄的长度，唰唰唰就将她心爱的长发剪掉了。

她的行为无论如何都像是在赌气，可剪完她却是一副获得了解放的样子，问他们："这样像了吗？"

周皓宇和火炮妹都傻了。

61

这一年的6月25日，是一个必须被写进大娄山气象史的日子，因为这一天大娄山出现了有史以来的第一次"幻日"现象。"幻日"当然是气象专家的说法，对于大娄山人来说，他们只知道，那天早上天空出现过三个太阳。而在月亮山的角度，甚至能看到四个。

那天，大娄山好多人用手机拍下了这一奇幻景观。在月亮山上看到的更壮观，但山上只有三个人在看。迷拉，丙妹，王秀林。

月亮山已经完成了整体搬迁。但迷拉留下，丙妹也就留下了。他们两个留下，王秀林也就留下了。村子搬迁了，村委会的工作也得转移。但王秀林说："村里还有两个村民，村委会就还得有个干部，我留下吧。"

由于他跟月亮山村民走得近，尤其跟迷拉走得近，大家就把最终说服迷拉搬迁的希望寄托于他，让他留下了。

王秀林也抱着这种希望。

大家都搬了，只剩下他们，迷拉也就把他当家人一样对待。除了睡觉还回村委会，别的时间王秀林都跟他们待在一起。下地、打扫村街子、喂狗，他们都待在一起。

村子搬了,就没有猪粪牛粪要捡了,但王秀林每天依然打扫一遍村街子。以前,迷拉没帮过他,现在也加入了。人们搬走以后,留下了几十条狗。狗是最恋家的家畜,再说新区里也不让养狗,所以主人走了,它们留下了。平时,它们都蜷在自家屋檐下,有的甚至还能进到屋里,但吃饭的时候,它们就全到迷拉这里来了。

搬走的时候,主人们都跟迷拉交代过,要他照顾一下他们的狗。临走前,也都留下了它们的口粮。现在,迷拉的灶上除了要煮他们三个人的饭,还要煮几十条狗的狗食。到了饭点,迷拉站到屋檐下"喔喔"地唤,狗们就从四面八方来了。

王秀林觉得好玩,自己也学着迷拉唤狗,狗们竟然也听他的。

既处成了这样,有一天晚饭后王秀林就忍不住问起迷拉,关于他那些神秘行为,是不是像大歹说的那样,背后其实是靠科学支撑的。迷拉没有回答他,但也并没有表现出反感。

王秀林说:"如果真是那样,它们就属于科学范畴,而不是迷信,又为什么要遮着掩着呢?"

迷拉还是不吭声。

觉得无趣,王秀林只好在心里自嘲:迷拉要是承认了这个,还能是迷拉吗?

不过有一点已经很明显,那就是他对迷拉已经从不理解变得开始理解。就迷拉决定独自留守村庄成全族人们搬迁的行为,他甚至是由衷地敬佩。不管是他们族史上那些舍身留守,还是迷拉今天的行为,都出自一颗无私的心,出自一种英雄情怀。这也是王秀林主动提出来留守月亮山的原因——是迷拉的行为打动了他。

当然,他可不单单是为了追随英雄,无论如何,迷拉和丙妹不搬,月亮山的搬迁工作就不能算完成。如果月亮山搬迁的原因是地质隐患,那么两个人的危险和一村子人的危险就都是一样的。他留下来,还是为了最终说服迷拉搬迁。

天热,晚饭后的闲聊他们都是在院坝里进行的。迷拉家有一把凉椅,自家用竹子打的。凉椅有些年头了，表面很光滑，包浆锃亮。因为它是夏天乘凉的最好坐具，迷拉把它让给了王秀林。王秀林也不客气，他让坐，咱就坐。迷拉说躺上更舒服，他就躺上，而且发现躺上真的很舒服。

夜色深起来后，星星就陆续出来了。王秀林仰面躺着，看着星星问迷拉："历史上那些迁徙，留下来的也都是迷拉吗？"

迷拉说："有时候是头人。"

王秀林点点头，又问："那头人留下了，谁来带领族人迁徙呢？"

迷拉说："再选个新头人。"

王秀林扭头看着迷拉："那搬下去的月亮山人，是不是得选一个新的迷拉？"

迷拉笑："迷拉不是选的。"

王秀林回过头来继续盯着天空，他在这当口略沉默了一会儿，接着又问迷拉："你知道丙妹为什么经常跑山顶上坐着吗？"

迷拉没吭声，但王秀林清楚他是知道的。

王秀林说："月亮山最想搬走的是丙妹，因为这里有她的噩梦。"

他重新转过头很认真地盯着迷拉："可你却把丙妹留下了。"

迷拉狠命地吸了几口烟，依然抗拒回答他的问题。

王秀林说："月亮山的情况，跟历史上的那些迁徙完全不一样，我们为什么要一味地效仿？那些年代，你们可以留下一个人来做无谓的牺牲，可当今，我们是不允许做这种无谓的牺牲的。这样的搬迁，一个都不能少。"

他说："你的英雄行为虽然令人感动，但其实我们还有别的办法。"

迷拉终于看向了他，意思是问他还有什么别的办法。

这样一来，王秀林便索性坐了起来，转过身体正对着迷拉："你留下来不就是为了守护这片树林吗？那我们把这片树林也移过去！新区后山那片荒地不错吧，我们把树林移到那里不就行了？"

因为不赞同他的想法，迷拉做了个要起身离开的动作，王秀林急忙叫住了他。他说"你等着"，迷拉就真等着。

他说:"还有一个办法,就是你搬下去,我们让你做这片林子的护林员,这样一来,你就照样能看护这片林子,还避免了人身安全的隐患。你不替自己着想,总得替丙妹想想吧?难道你希望她跟着你,再经历一次泥石流之灾,再经历一次生命危险?你想想吧,是人身安全重要,还是树林子更重要?"

迷拉情不自禁地朝山顶看了一眼,好像他随随便便就能看见坐在山顶的丙妹似的。王秀林最后这几句话让他无言以对,但对于一个固执的人来说,无言以对,并不等于妥协。因为在他迷拉那里,最后那句话显然是对那片神树林的一种冒犯。

这一次,他毅然起身进了屋。

这就是他回应王秀林的态度——逐客令。

如果能给他一点儿时间,他或许就想通了。可是,一天够吗?一天显然不够,因为第二天他并没有告诉王秀林说:"我搬。"但是第三天,就出现了"幻日"。

事实证明,愚昧愚昧,一切的愚,皆因昧而起。迷拉尽管没把自己当凡人,却也给他从来没见过的气象奇观吓住了,而且还吓得不轻。当王秀林拿着手机拍照时,当丙妹手搭凉棚看个没够时,当一村子狗都冲着天空吠叫时,迷拉却白着脸在堂屋里作起了法。他显然把这一奇观当成一种魔象了,他得抓紧作法驱赶,不能让它降临月亮山。他浑身叮叮当当,手鼓急一阵缓一阵,嘴里也紧一阵慢一阵。不一会儿,他便浑身是汗。

王秀林也是第一次见幻日,但他第一时间想到的是百度。就在迷拉作法期间,他从百度上知道了这种现象叫"幻日",除此之外,还有"冰晶""日晕"之说。迷拉眼里的魔象,一遇上科学,就一点儿都不神秘了。

王秀林很想叫迷拉别跳了,但又没那样说。跟迷拉说话,不能那么莽撞。他选择的是闲聊的口吻,他告诉迷拉,他查了,这种现象叫"幻日"。他拿着手机,把百度上那一段解释原文念给迷拉听:

幻日是大气的一种光学现象。在天空出现的半透明薄云里面，有许多飘浮在空中的六角形柱状的冰晶体，偶尔它们会整整齐齐地垂直排列在空中。当太阳光射在这一根根六角形冰柱上，就会发生非常规律的折射现象。当这许多的冰晶在朝阳或夕阳附近时，从冰柱出来的三路光线射到人的眼睛中，中间那路太阳光线，是由中间位置的太阳直接射来的，是真正的太阳；旁边两条光线，是太阳光经过六角形晶柱折射而来的。这样，在人们的眼中，在中间真太阳的两边就出现了另外两个太阳，它们实际上是太阳的虚像。

他还告诉迷拉，2012年7月5日，浙江嘉兴的天空中出现了两个太阳。2012年12月10日，上海出现了三个太阳。2013年6月18日上午，位于重庆的西南大学育才学院出现了两个太阳。2013年11月1日上午，赤峰、承德的部分地区上空出现了四个太阳，个别位置可以看见五个太阳。

这些都是从百度里查到的，王秀林还自嘲说自己真是孤陋寡闻，活了半辈子居然没听说过"幻日"现象，更不知道这种奇观竟离自己那么近。

他突然就想起了后羿。"后羿射日"可是中国孩子们都知道的远古神话，所以王秀林乐哈哈告诉丙妹，当年后羿看到的九个太阳，应该是史上最多的"幻日"。

可丙妹却一脸茫然，因为她不知道后羿是谁。

王秀林就把这个神话讲了一遍，不光讲给丙妹听，也讲给堂屋里正挥汗如雨作着法的迷拉听。最后他告诉他们，后羿当年射掉的显然不是真正的太阳，而是"幻日"。他说，其实后羿就是不射，"幻日"也是会过去的。

他其实想说的是，迷拉不用作法，"幻日"自己也会过去的。

好像是为了印证王秀林的话，那当口天上突然就少了一个太阳，原来的四个，现在变成三个了。那丙妹惊奇啊，踮着脚直往天上指。王秀林朝着她指的方向看向天空，就发现真少了一个。也就是这个时候，天空突然就开始变窄、变小了。太阳的四周正在聚拢乌云，就像它们也正在围观"幻日"，而且看上去它们远比人们更好奇。观众越来越多，太阳的圈子就越来越小。后来，乌云开始遮蔽"幻日"，先是一点儿，再是一点儿，再一点儿……

狗群里开始出现叽呜声，继而是一两声吠叫，像是某一只忍不住发出来的。跟着就有狗夹起了尾巴，再跟着，就有狗开始躲逃，好像有一种它们害怕的东西正在接近。

王秀林正迟疑，天空突然就暗下来了，再看天空，太阳已经不在，真的假的都不在了。那里只有乌云在滚动，它们似乎在狂欢，因为它们刚刚吞下了几个太阳。伴着雷声，就砸下了一些雨点，有蚕豆大。空气变得很腥，泥腥。暴雨顷刻将至，迷拉那里却没完没了。或许他把乌云的功劳当成自己的成果了，自信使他跳得更加如火如荼。

狗们却开始了更大的骚动，一些已经开始夹着尾巴往野外逃，那些看似没了主张的，见前面的逃，也都纷纷跟上了。丙妹的大白也要逃，但大白不想自己逃，它得拉上丙妹。它咬着丙妹的裤子拖，但丙妹却希望它留下。她蹲下身紧搂着大白，用手轻拍着安抚它。暴雨就在这个时候隆重降临了，那是真正的倾盆大雨，雨跟雨之间没有缝隙。跟着便是霹雳，就像一颗原子弹炸响在头顶，顿时，月亮山那些耳朵就全聋了。

大白给吓得尖叫一声，最后放弃丙妹逃了。它逃，丙妹就追。看到丙妹追，王秀林也追。慌乱间王秀林没忘了拿上两个斗笠，一个自己戴上，另一个是给丙妹的。雷电交加，大雨如注，丙妹听不见他的喊声，也就不知道他在追她。况且那会儿她只想着大白了。她追出去很远，因为大白它们逃得也很远。

自然，王秀林也追出了很远。

泥石流就是这个时候开始的。就在王秀林终于追上丙妹的时候。王秀林不熟悉那种闷闷的声音，但丙妹和月亮山的这群狗是熟悉的。事实上，因为狗们自身的灵性，还有几年前的泥石流经历，它们逃的，正是这可怕的泥石流。那群狗逃到这个安全的地方便停下了，大白最后也跟它们聚到了一起，后面追来的两个人到了这里，也就到了安全的地方。

泥石流源于半山腰的一个小矿坑垮塌，窜进村街子的那条水龙，正是从那里出来的。矿坑一垮，水龙给堵了路，便左冲右突，将山体这里整垮一块，那里鼓起个包，很快山体就开始大面积垮塌。与此同时，水龙也在迅速长大，就像它原本是个气球，吹它的人一直没有停止灌风。再后来还不止一条，而是好几条。大大小小的，都拖泥带水从矿坑里冲出，朝着村子猛扑下去。

当王秀林循着丙妹和狗们惊恐的视线转身看向身后，脑子里顿时就喊道："完了！"

迷拉还在村子里。

情急间，他已经明白狗们是对的，那么丙妹跟狗们在一起就是安全的。他叮嘱丙妹待在原地，如果狗们逃，她就跟着狗们一起逃。

他得回去喊迷拉。

泥石流已经进了村子，它们正在疯狂摧毁那些被人们抛弃的房屋。迷拉的家在村子中间，王秀林一路狂奔一路疯喊着："迷拉，迷拉快跑！"

中途他摔了一跟头，但很快又爬起来了。斗笠摔掉了，他也没顾上捡。他因为太用力，已经喊岔了嗓儿，自己听起来都觉得那不像自己的声音。雨却依然如注，雷声也没停下，水龙爬过的地方，山体都垮了。一进村子，水龙们便合成了一体，于是，泥石流更加壮大了，被掏空了的山体，在它身下呻吟，跟着，村子的下方也开始滑坡了。

王秀林没命地喊，没命地跑，终于跟泥石流汇合了——几乎是同时，他和泥石流都到达了迷拉家。

王秀林被泥石流扑倒了，而迷拉则是在浑然不觉中被自己家的房屋扑倒了。

62

当天下午三点钟的时候,搜救队找到了王秀林和迷拉。

两人都还活着。王秀林重伤,昏迷不醒。迷拉有幸得到几块房板的保护,只受了些皮肉伤。

王秀林进了省医重症监护室。迷拉伤稍好,就带上丙妹看他去了。

重症监护室不让人进,连王秀林的妻女也都不能进。迷拉想知道王秀林的情况,就只能跟王秀林老婆打听。但事实上打听也没用,王秀林老婆知道的,也仅仅是"他依然没有醒来"。

来医院探望王秀林的,还有他在北京那个单位的张书记和办公室赵主任。他们都在重症监护室外面坐着,迷拉和丙妹看有外人,都有些拘谨。王秀林老婆向迷拉介绍了那两位北京客人,又向北京客人介绍了迷拉和丙妹,那两位过来跟迷拉握过了手,迷拉他们才稍稍放松下来。

来贵州后,王亦男没少想念丙妹,这会儿见了她,自然很高兴。王亦男要拉丙妹到一边说话,但丙妹却更想留在监护室门口。如果可以的话,她一定是除了王亦男和她母亲之外,最想进监护室的第三个人。她的"茅人"一直在她怀里搂着,失去语言的她,全靠它来表达心意了。迷拉是最懂她的了,示意她把"茅人"插到走廊的墙角。

丙妹照办了。走廊的墙角其实是插不下的,因为那里是水泥加瓷砖地面。迷拉便帮了丙妹一下,将它直直地靠在墙壁上,也算是站着的了。

迷拉也不想干坐着,他大老远跑来,当然不是为了来这里干坐着的。在他的概念里，一个人迟迟醒不来，就得呼唤，那么除了"茅人"能给予一种呼唤，还有他的法术。他没有经过任何人同意，便在监护室门口击起了手鼓，跳起了舞蹈，他要把王秀林唤醒。知道他的用意之后，王秀林的妻女没有阻拦他，她们甚至很感动。医生护士一开始还阻拦，但听说了他的用意之后，又都由着他了。不管是谁，都真心希望这能管用。

迷拉跳了很久，跳得大汗淋漓，唱得声音嘶哑，引起人们的围观，造成医院过道上的拥堵。最终，他还是被制止了。他们强迫他停下，但考虑到他的心情，允许他在门口跟病人家属小声交谈。

迷拉停下来后，北京的两位客人又起身迎上他，跟他握了一次手。他们没有别的意思，只因为迷拉是为王秀林跳的，他们便对他充满敬意。

那个时间，王亦男则抓紧时机把丙妹拉到了走廊尽头，也就是离大人们十多米远的地方。那里是楼梯的拐角，通风透气，她觉得在那里说话更舒服些。

"你怎么样？"王亦男问丙妹。

丙妹没有回应这个问题，她脸上的焦虑纹丝不动。在她看来，王亦男这个时候应该担心自己的爸爸，而不是去关心一个曾经只相处过几天的朋友。

王亦男看到她心里去了。"放心吧，我爸会醒来的。"她说，"我妈说了，他身体很强壮。"

丙妹的表情松动了一些，有些许欣慰在那张圆脸上跳了两下。

王亦男说："我小升初考了 298 分，你知道吗？"

她说："仅仅因为作文里有两个错别字，我才丢了两分，要不然我是满分，你知道吗？"

她说："那天下午我一直打爸爸的电话，我想把这个喜讯告诉他的，可哪想到那天下午出了那么大的事呢。"

王亦男的语速在加快："我打了十五个电话，他都没接。"

说到这儿，她突然撇了一下嘴，那是要哭的征兆。她再不敢张嘴说话。她在强忍一个呼之欲出的哭声。但她毕竟是个小姑娘，而她面对的又是那么强烈的伤痛，那个哭声终于和她的眼泪一起冲出身体，全面瓦解了她。她歪在丙妹怀里，自第一个尖厉哭声之后，她便一直张着嘴，就好像她的声音也突然被人夺走，她也突然变成了哑巴。丙妹紧紧地搂着她，紧紧地搂着，生怕她人也被突然夺走。半分钟，甚至有可能是整整一分钟过后，王亦男的声音又才回到了她的身体，她才又哭出了第二声，接着是第三声，还有她含混不清的那些话："爸爸要是醒不过来怎么办呀……爸……爸……呀……"

丙妹当然也哭了，那泪，涌得像泉似的。

妈妈就奔过来了，她将两个小人儿一起搂了，要女儿别哭，怕吵着她爸。王亦男便立即止住了哭，但她明明看见妈妈也在哭，只是像丙妹一样，没有声音而已。

哭声止住后，王亦男又抽泣了一小会儿，最后就只剩下时不时的抽噎声。这两天，她没少哭，也是哭累了。平静下来后，她很认真地抹干脸，突然又破涕为笑起来，因为她突然想起了丙妹的"茅人"。她查过资料，知道"茅人"在他们的民俗里，是爱情信物，所以她笑着问丙妹："那么，你是爱上我爸爸了吗？"虽然伴随这话还有一声抽噎，但她真的在笑。

于是丙妹也笑了。但谁也不敢保证那是真笑，因为丙妹早已经学会笑着哭了。

63

活了大半辈子，迷拉还是第一次对自己丧失信心。尽管回来的路上他一直在回忆自己那些降妖除魔的辉煌经历，但并没有从中得到激励。回到家之后，他把他那套家伙全收起来，锁进一口柏木箱子，放到了衣柜顶上。

现在，他和丙妹在金山社区的月亮山小区也有了个家。月亮山已经成了废墟，他的家也没了。这一次，他没有犟。

月亮山那场泥石流，在摧毁他们村庄的同时，也摧毁了他那顽固不化的信念，现在他脑子里也是废墟一片。正像月亮山那些残墙、断瓦一样，他那脑子里也是一地的悔恨、内疚。事情成了这样，他已经意识到这一切都是因为他的固执，都是因为他留了下来。那罕见的暴雨过去后，大娄山的天气又恢复了晴朗。可迷拉的内心却一直是阴天，甚至时不时就会来两下雷鸣电闪。因为王秀林那句是林子重要还是人身安全重要，总会时不时地在他脑子里突然响起。他那自认为随时都可以跟上界接通的脑子，这一回却接收不到上界的任何信号，没有人回答他，为什么承担这个后果的不是他，而是王秀林。

让他做护林员的想法，是王秀林脑子里临时冒出来的，王秀林还没醒来，这个想法就暂时还没兑现。但山上那些狗还在，他跟村里申请白天上山去喂狗。这一点没人忍心阻拦，他们叮嘱他千万要注意安全，天黑前一定要回到金山社区来。大家都知道他心里不好受，知道他想上山喂狗只是个借口，更主要的还是想一个人到山上静一静。

但丙妹每天都要跟他去喂狗。

县城离月亮山是有些距离的，他们得坐半小时的公共汽车到镇上，再从镇上搭个摩的跑半小时，才能到山脚下。

每天上午，人们把狗饭倒进迷拉家门口的两只大塑料桶，午饭后，迷拉将这两桶狗饭分成三份，自己挑两份，丙妹背一份。他们先搭公共汽车，再搭摩托车，然后徒步上月亮山。

月亮山受了重伤。迷拉一看见它，就像看到了王秀林，被人从泥堆下刨出来的王秀林。就因为这个，他上山的时候就显得很艰难，就好像他那身体承受不了那两桶狗食一样。原来一口气就能轻轻松松走完的路，现在他需要用长一些的时间，还得在中途歇上两次。

狗们会来迎接他们。他们刚到山脚，狗们就一齐冲下山来，在半坡聚成黑麻麻一片，吠声震天。非得要迷拉喊上那么两嗓子，它们才能消停下来。迷拉上山的时候，它们便在左右蹦跶，以各自的方式献媚、承谢。它们前前后后地簇拥了这两位舍饭的恩人，慢慢上山。

月亮山已经没一间完整的房子，他们在一块比较平整的地方喂狗。等狗们都吃完了，迷拉就到自家墙根儿底下抽烟坐上半日。那里是王秀林和他出事的地方，坐在那里，他心里会很难受。但又好像必须有这一种难受，才能治疗他心里的那一种难受。

这段时间，丙妹通常是带着大白上山采草砍木棍。等丙妹采上一捆草，砍下一捆木棍下得山来，迷拉就起身回家，回那个在金山社区的家。

丙妹的柴草捆子，是用来扎"茅人"的。扎"茅人"本是男人的事情，而且得在"茅人节"期间。丙妹要改写这种习俗，迷拉不在意，别人也就没有在意的道理。更何况，谁都清楚那些"茅人"在丙妹心里意味着什么。从省里的医院回来后，她便每天都在小区道路两边插"茅人"，从小区门口开始，一个一个往里插。她是哑巴，没法告诉别人，这都是为了王秀林。带到省里医院去的，只有一个"茅人"，所以才没用。丙妹也是被人从泥石流底下刨出来的，她知道那底下有多黑暗，有多让人害怕。在她的概念里，王秀林不醒，就是被更深的黑暗埋葬了，他那里更让人害怕。所以，"茅人"得多，"茅人"多了，王秀林才不孤独不害怕。这些天来，丙妹扎了无数个"茅人"，她将它们插在月亮山小区的道路两边，那是密密麻麻的一片，没人知道是多少个，就她自己，也不知道是多少个。

没有人阻止丙妹去做这件事情，就连社区那帮工作人员，就连小区清洁工，也都没有阻止。

丙妹就那么一天天往下插，王秀林一天不醒，她就一天不停，哪怕插满了整个新月亮山，哪怕还要到小区外面去开辟它们的营地……

但，王秀林走了。

王秀林的告别会设在贵阳景云山殡仪馆，迷拉和丙妹赶到的时候，追悼仪式已经结束。远远地，只见王亦男捧着骨灰盒，由妈妈扶着慢慢走出灵堂，朝着他们的方向走来。她们身后，是长长的送别队伍，最前头是省委组织部、市委有关领导，然后是王秀林在北京的领导和同事——他们曾在医院见过的张书记和赵主任，再然后是姜国良、张辉。后面紧跟着的，是月亮山村委会几名村干部。

王亦男没有哭。对她来说，不管是以什么形式，只要能搂着爸爸就好，就很幸福。她早早地就看见丙妹了，自第一眼看见，她的视线就再没离开过丙妹。丙妹当然也看着她，不过看的是她手上的骨灰盒。丙妹是见过骨灰盒的，第一眼看见它，她就知道那意味着什么。王亦男被她妈妈扶着，像只猫一样走过来，又从她身边走过去。她的目光一直在丙妹脸上，即使已经过去了，她也扭着头看着丙妹，就像她和丙妹之间有根无形的橡皮筋连着。丙妹抢了两步，她不能让送行的人挡住了她的视线，她的视线不能离开那个骨灰盒。她想喊，想喊王秀林，想喊王书记。于是她张了嘴，她喊了，她在喊"王秀林""王书记"，但没人能听见，只有她自己能听见。眼看着王亦男已经回过头去了，她们已经到了车跟前，就要上车了。丙妹急得又抢了几步，喉咙里便使了更大的劲。这一回，似乎有一丝沙哑的声音出来，再一次努力，努力！她终于喊出了一个"王"字，虽然有些沙哑，但总算有声音了。"王……王……"她必须喊出来！"王秀林——王书记——"

她真的喊出来了！

要多大的力量，才能使哑巴开口呢？难不成是上苍有眼，要在王秀林临走时满足他一个愿望？

在场的人全都红了眼眶，为王秀林，为丙妹。

王亦男为此多站了一会儿。她在想，要是爸爸还活着，这个时候最欣慰的就是他了。她想象着那个场景：爸爸为丙妹敞开怀抱，两人紧紧抱在一起，为丙妹终于有了声音，为他们的胜利，淌着热泪。

可这还是像一个告别的场景。要不然，如何才能把一个哑巴急开口呢？

于是，王亦男又哭了。

妈妈一直是站着她身后，双手把着她的肩的。这会儿妈妈轻轻抹掉眼泪，示意她该走了。王亦男只好上了车，紧跟着，妈妈也上了车。

再跟着，北京来的两个人也上了后面那辆车。

车就动起来了。

王亦男一直看着车窗外的丙妹，丙妹还在喊"王书记"。

车转了个弯，王亦男看不见丙妹了。

64

从来没有人见过迷拉的眼泪，因为他那双眼睛永远带着上界的神情。可这天他也流泪了，而且流的一定是凡人的眼泪。

送走王秀林后，姜国良和张辉都回转来看这伯侄俩。本来有话要说的，但到了跟前又不知道说什么好。于是两人默默地站了那么一会儿，走了。

他们走了，这伯侄俩也该走了。临走的时候，迷拉过去跟人要了王秀林灵堂门框上那副挽联。

那副挽联是这样的：

不忘初心矢志为民浩气长存扶贫地

勇担使命鞠躬尽瘁真情永驻苗岭天

迷拉不懂那副挽联的意思，但在他心里，那能代表王秀林。

回到娄山之后，迷拉将这副挽联葬在了月亮山那片林子里，在上面也栽了一棵树。

65

一听说丙妹的声音恢复了，月亮山的人们就都松了口气。敢情这两年大家都替丙妹憋着股劲，只等着她哪一天打开嗓门呢。大家都渴望跟她说上一句话，以证明她是真的恢复了。可丙妹不说话，依然像以往那样摇头或点头。你正怀疑呢，她却又唱起来了。她唱的是山歌，而且山歌跟你刚才的话有关。如果你刚才问她什么了，那现在她用山歌回答你；如果刚才你告诉她什么了，那么她也用山歌来回答你；你要是想跟她讨论什么，她也用山歌跟你讨论。

比如你跟她说阳雀，你说：丙妹你看到了？这里也有阳雀哩。

她点点头便唱：

大田大坝谷子多，
阳雀飞来找生活。
秋来还望大白米，
吃饱肚子好唱歌。

你要是问她：丙妹吃了吧？

她点点头，又唱：

> 早起吃的油炸粑，
> 中午喝的大油茶。
> 晚上还有糯米饭，
> 五颜六色像山花。

都听说丙妹开口第一句喊出的是王秀林王书记，可现在她怎么不会喊人不会说话，只会唱山歌了呢？难道是失声两年之后，忘记了该怎样说话？

于是，人们就说："慢慢来，慢慢来。"

说："得有个过程。"

但是他们没有想到，就在这个过程中，丙妹很快就成了金山社区的明星，成了娄山县山歌第一人。

这称号可不是信口而说，而是通过认真评比得来的。金山社区容纳了十五万移民，其中还有仡佬族、土家族、彝族等，全都是能唱山歌的民族。平日里，那些清闲下来的人们闲得无聊了，就会来上一段，或是一个人自娱自乐，或是几个人来段对唱，晒着太阳唱着山歌，唱到开心处，幸福满溢。那不会唱的，站一边看一场免费的表演，也是一件极愉悦的事情。

要来一场山歌比赛，是周以昭的主意。作为这个社区的副主任，整个社区的秩序都由他分管，山歌不光能丰富人们的日常生活，还能把人凝聚到一起，便于管理。

每一件事情的好与坏，都是因人而论的。比如吃饭吧。多吃对于瘦子来说，是好事，对于胖子来说，那就是坏事。就易地扶贫搬迁而言，对于年轻人来说，那是再好不过的事了，住进城里，既方便自己打工，也方便孩子上学，而且在城市里生活也方便热闹。几十年来，农民们不都在为一个城市户口奋斗吗？可对于老人而言，老了老了还要离开自己生活了一辈子的那片土地，离开自己习惯了一辈子的生活方式，要他们重新去面对一个陌生环境，去过一种陌生生活，一些人便难免手足无措。

既无法随遇而安，他们便酗酒，醉了便无缘无故骂人，遇上你去制止，他就狂笑，直到笑得直不起腰来，一头栽倒在马路上，死活都起不来了。你拖他吧，他推你的力气倒挺大的，不光如此，他还唱："你不醉，我不醉，这么宽的马路谁来睡？"

有的人又跑到郊区的菜地里偷菜，说是偷，拿了菜却不马上跑，而是站在那里看，看有没有人发现，如果没被发现，他就喊："喂，人呢？我偷你家菜哩！"等人追过来，他就抱了菜跑，跑也是假装的，一边跑一边朝后看，生怕你追不上。追上了，他就叫你带他去见楼长，而通常情况下，楼长遇上这种事就会带他去见周以昭，问怎么办。周以昭这里还没说要怎么办，那人自己说了："怎么办呢？像我这样的，就该遣送回老家。我这样的人，生活在这里是祸害！"

有人甚至不满足于偷菜，而是跑到地下停车场砸车。第一次没砸成，因为不知道现在的汽车玻璃那么硬，用的是随手捡来的一块石头。但第二次去的时候，他带的是自己家里的羊角锤。这羊角锤是大娄山人自己发明的，就像大娄山的土山羊那样，羊角是直的。他事先并没有认真研究过如今的夹胶玻璃应该怎么砸，也从来没见过公交车上的安全锤，砸车的想法跟大娄山的土羊角锤凑到了一起，纯属巧合。还有一个巧合，是他第一锤就砸偏了，正好砸在玻璃窗边上。于是，只三两下，车就给他砸开了。他兴奋死了，因为后座上那两瓶果真是酒，而且还是好酒。车一直在呜呜报警，可他拿了酒并不逃，而是就地坐下慢条斯理喝上了。

这类的事隔三岔五就要发生一回，令周以昭头疼得不行。自新区的山歌兴起后，周以昭就把这些人也往那里撵。"去广场唱山歌，不能唱的也可以听。"他说。听得多了，有时候他也会来两句：

老家好是好，可山上好处哪有山下多？

出门不是泥巴脚，身上没得虱子梭，

哎嗨虱子梭！

他到底不是个唱山歌的人，这种粗劣的山歌一出口就会惹人笑话，但他要的就是这效果，你笑了，就说明你听进去了。你听进去了，事情就好办了。你不是笑我吗，那你来一段？你行，你敢跟谁谁谁比吗？他知道山里人性子浅，都怕激。这三激两激的，唱山歌的人便越来越多，慢慢地，山歌队就像广场舞一样稳定而壮大了。

最近这些日子，大家都在说丙妹，在说丙妹的山歌，说她完全用山歌代替说话，说她走到哪里唱到哪里，说她脑子快得没人能比，歌词一张嘴就来了，就像脑子里别的什么都没装，只装着山歌一样。

周以昭一开始并不相信人们的传说，后来他专门找到丙妹证实了一下，才不得不信了。也就是那会儿，他突然冒出了一个要来场山歌比赛的念头。于是，办公室准备了三天。三天之后，在社区中心广场，一场千人山歌赛事诞生了。

一开始是以族别为单位比，然后是以小区为单位比，后来是各单位推代表比，比到最后，竟成了所有人跟丙妹比。

凡对山歌稍有了解的人都知道，山歌比的是嘴巧，比的是脑子快，你出一段，我对一段，对到后面谁对不上了，谁就输了。这场赛事整整进行了五个小时，到最后，是所有人呈月牙形站在丙妹的对面，是所有脑子跟丙妹一个脑子比赛，是所有的嘴跟丙妹一张嘴对。那自以为唱了一辈子山歌，连头发丝里都储着山歌的前辈们，一开始还抱着逗乐的心理，你一段我一段地逗着丙妹，即便发现她没有什么不能对，也没太在意。但时间一长，他们就气喘了，就觉得脑子不灵光了，就觉得那才刚打花苞的小姑娘，怎么就像个宝葫芦，那歌词倒起来就没个完的时候呢？

输是输了，但大家都替丙妹高兴。丙妹也特别高兴。一高兴，她又说话了。

她说："王书记说过想听我唱山歌的。"

66

这天，雷鸣支书接到了一个北京的电话。

那边问："请问你是月亮山村的雷鸣支书吗？"

他说："是的。"

那边说："我是王秀林的同事。"

他心里一沉，支吾道："王书记他……"

那边说："是的，他已经走了……但是……但是他申请的资助款批下来了，刚批下来。不光我们单位的批下来了，他在外边拉的也批下来了，我们也是刚刚接到那边的通知。"

雷鸣支书在这边发傻。

那边说："这两笔款是用于修路的。你们县有一条连户路，很长，修路成本高，但如果不修呢，你们县就摘不了帽，是吧？"

听那边这么说，雷鸣支书便知道是哪条路了。他说："可那不是我们村的路啊。"

那边传来翻文件的声音，然后说："是花河镇一个叫风景的地方。"完了又说，"你们那边的地名真有意思。"

雷鸣支书在这边礼貌地笑笑，意思是多谢夸奖了，但是他说："可王书记不是花河的书记，是我们月亮山的书记啊。"

那边说："这个我就不清楚了。王书记不在了，我们就只找到了你的联系方式。我们张书记明天就过去，航班已经发到你手机上，他到时候直接跟你联系。"

挂了电话，雷鸣支书还真看到一条关于对方航班和手机号的短信。

他第一时间便拨通了李春光的电话。

"李镇长吗？"

"雷支书？"

"请问你的对子家那条连户路修通了吗？"

"修通个啥呀，我都急成热锅上的蚂蚁了。"

"所以你一急，就找到我们王书记了？"

"哎呀，那是一个月前的事了，我也是病急乱投医，有一次开会，跟王书记遇上，我就跟他聊起了这条路，我想，人多力量大嘛，多个人帮助，那路不就修成了？当时也没抱多大希望，因为他是你们月亮山的第一书记嘛，可没想到他还真当回事了，一个星期后，北京就来人了。他也没声张，自己带着那边来的两位同志，悄悄叫上我，就去把那地方考察了一回。完了那两人也没说行，也没说不行，王书记也对我说，他也不敢保证就能行，但他会努力争取……"话说到这儿，李春光突然想起什么似的问雷鸣，"你怎么知道这事？"

雷鸣支书说："刚才北京那边来电话了，说款子已经批下来了，明天那边就来人落实这件事。这回你开心了吧？"

李春光傻了。

如果王秀林还在，第二天接机的就应该是王秀林和李春光，而不是雷鸣和李春光。如果王秀林还在，北京那边过来的就可以是普通办事人员。但是，王秀林已经不在了。所以那边过来的，是党委书记。两个单位来的，都是党委书记。

李春光无论如何也没法说服自己不受宠若惊，他很后悔自己没把这件事情汇报给姜书记，他想，姜书记要是知道这件事，也一定会抽时间来接机的。

但北京来的两位书记却非常低调，他们说，这就是一件小事，惊动县委书记干吗呢？

他们是大清早到的，凌晨的飞机，昨晚的觉是在飞机上补的，所以他们只跟李春光提了一个要求，就是给他们每人一杯浓茶。

当初来考察那条路的不是他们，现在他们很想去看看那个地方，所以决定中午饭后就去。李春光暗地里担着心，趁两位书记上厕所的时间，他跟雷鸣嘀咕："要是书记们到现场一看就反悔了咋办？"

雷鸣说："不会吧。"

李春光说："很难说，毕竟十几公里路，那一头只有一户人家，他们会不会觉得，这条路不值得修？"

话刚说完，两位书记一前一后从厕所出来了。他们的茶杯在李春光和雷鸣手上，他们一出来就伸手跟李春光他们要，李春光和雷鸣赶紧挡，说："我们拿着，我们拿着。"两位书记就笑了，说："你们拿着，我们怎么喝水？"李春光和雷鸣又忙不迭地赶紧双手把杯子奉上。就这样还觉得不够，还紧着步赶到前面去替两位书记开车门。

两位书记坐上车，说："你们这样子，我们不习惯呢。"

李春光开车，雷鸣坐副驾驶，两人都回头笑，说："应该的，应该的。"

两位书记也笑，笑完就喝茶，喝完了就都称赞茶好。

路上，他们聊起了王秀林。那两位书记都只知道王秀林是个工作踏实、老实本分的人，却不知道他来月亮山后天天拾粪的事，所以听得不住地感叹。

上山的时候，李春光走在最前面，雷鸣走在最后面。两位客人都是北京来的，他们很担心客人走不好这种山路，随时都提防着。只要那两位脚下稍出现点儿动静，走在最前面和最后面的，都会及时地做出保护动作——怕他们摔着了。

两位书记不喜欢这种重视，搞得像他们有多脆弱似的。两人互相解嘲，一个说，张书记天天走路一万步，哪里就怕这点儿山路了？一个说，李书记虽然不走路，但一有时间就要去健身房的，也不会怕走这点儿路吧？

话是这么说，可这种山路还真不好走。弯弯拐拐不说，路面上还总有那种小石子，不注意就滑你一下。有时候，还会从路边的草丛里突然窜出一条四足蛇来，吓上他们一跳。所以，走上一会儿，他们就要停下来歇歇。这个季节，大娄山的山山沟沟都很养眼，歇下来看看，吹吹山风，对于他们来说，倒也很惬意。

就这样走走歇歇、歇歇走走，可抬头一看，山顶还远着呢。那张书记便拿出手机来看步数，一万五千多步了，吓一跳。那李书记就说，这步数应该是从你凌晨赶飞机就算起的，不奇怪。张书记想想，也是。

两人就笑着问李春光："还有多远呢？"

李春光说："要不，咱们就别上山顶了？"

那两人就赶紧说要去要去。他们听前面来考察过的同事描述过上面的风景，一定要去看看。

就继续走。

李春光给张建行打电话，问他在没在家。那边说没在家，但马上可以回去。李春光就让他赶紧回家，把老茶煮上，说有两位贵客来了。

这边两位客人便赶紧拦："别别别，可别麻烦老乡，我们也就是看看，看看就走。"

"张书记、李书记也别客气，我们花河的村民都好客，两位领导要是跟他们客气，他们会认为那是看不起他们。"李春光说，"这老茶别的地方没有，只风景有。是两棵几百年的老茶树，可珍稀了。张建行他们家采了茶，都不舍得喝，留着用来招待客人。"

既是这样，那两位也不再推辞了，而且也丝毫不掩饰他们因为有幸遇上这样的茶而欣喜。好像是因为有了这个盼头，后面的路走起来竟轻松了些。

67

　　张建行这样的农民，却能在煮茶这件事上体现出精细之处。他不仅会煮茶，还专门备了一套供贵客喝茶的碗。他这里能来的客人少，所以那碗准备了二十多年了，还很新。在座的客人中，李春光是喝过他煮的茶的，所以关于这套碗的事，也是李春光告诉客人的。

　　张建行用于煮茶的，是一个土陶罐。客人们到之前，他已经将茶碗摆好了。客人到了，茶也煮好了。他端着那个陶罐出来的时候，里头还咕嘟咕嘟滚着。真不愧是几百年的老茶，香气沉稳而深厚。待张建行将茶汤倒进碗里，那汤色又引起一片惊叹。

　　张建行看客人喜欢，便得意起来，说："这茶一定得用碗装，要是用玻璃杯，或者领导们手上那种杯子装，就没这么好看了。"

　　这话说得两位客人直拿眼看自己手上的杯子，那原本跟亲人一样陪伴了他们很长时间的旧保温杯，一下就在那些茶碗跟前自惭形秽了。

　　喝上茶，李春光便把两位客人的来意告诉了张建行。一听说是为修他家这条连户路来的，张建行便迅速把脸上的得意之色收了起来。他叹了口气，说："我张建行这是哪辈子修来的福啊！为我家这条路，连北京的领导都惊动了。"

　　两位书记笑笑，说："这也不光是你一家人的事，也是花河镇的事，往大了说，还是娄山县的事呢。"

　　张建行忙说："是啊是啊，所以前两天姜书记也来了。"

李春光一惊,问:"姜书记也来了?"

张建行满脸惭愧地说:"来了。也是专门为这条路来的。"

李春光紧追着问:"他说啥了?"

张建行说:"他说,大家都在想办法。他问我愿不愿意加入县养殖公司做股东。他说如果我做了股东,再以公司的名义把山下那一片山坡流转过来,在这里大力发展娄山羊,这条路的问题就好解决了。但他又说,这个办法虽然好,而且也是我家养殖业发展的一条好路子,但只可惜这法子赶不及。姜书记说,这条路不修好,我们娄山县就不敢宣布摘帽呢。"

听他如是说,北京来的张书记便问李春光:"你们估算过吗,修通这条路大概需要多少钱?"

李春光说:"我找县交通局的人来估算过,说最少也需要一百五十万。"

北京这两位客人便你看着我,我看着你——他们两家带来的钱,只能凑足一百万。

于是,李书记又问李春光:"你们在别的地方拉到赞助了吗?"

李春光说:"我们镇里拉的,我托朋友拉的,加起来总共有二十五万。"

张建行突然激昂地说:"我有十万!"

完了又蔫巴着说:"这两年儿子在城里读书,老婆又当陪读,没少花钱,所以我今年只有十万存款。"

又说:"这是为我家修路,我不能不出钱……"

这就只差十五万了。

账算到这一步,两位书记便一口气松下来了。两人对视一眼,全部默契都在眼神中了。

张书记说:"动工吧。"

李书记说:"十五万的口子,我们回去商量一下,抓紧增补下来就是了。"

李春光原本并不知道他们带来了多少钱,他们这么一说,他便惊喜得像什么似的,不住地道谢。可这边却说:"谢什么,我们做的,不过是王秀林书记没做完的事。王秀林书记做的事,也是他分内的事嘛。"

一说起王秀林,这两位才又想起,他们原本是计划去看看月亮山的。当下想起这事,两人就赶紧看时间。他们回去的飞机可是当晚的,得抓紧时间了。

但雷鸣支书却说:"月亮山现在是一片废墟,没什么好看的,不如明年吧。姜书记说了,明年那里将变成草场,要在那里养羊。"

他说:"到时候就好看了。"

于是李春光也说:"那就约在明年。这条路修通了,张书记、李书记肯定还想来看看的吧,那我们就约明年,明年我们迎接二位书记来风景,去月亮山。"

张建行也说:"明年来,我备上最好的老茶等着两位领导!"

做了这样的约定,客人便起身要走了。因为原来没想到会在这个地方花去这么多时间,等完成了款项交接的事,时间已经差不多了。于是,晚饭也只能赶到机场去吃了。

送完客人回到县里,已经是晚上十一点半,但李春光还是忍不住给姜国良去了电话。既然姜书记都在关心那条路,那么今天这件事情就必须向他汇报,除此之外,还要向姜书记表示感谢,感谢他对那条路的关心。但姜国良一听到筹资只差十五万的缺口了,便没给他说感谢的机会。原来姜国良也正在为那条路拉赞助,他找的不是别人,正是娄山羊养殖产业有限公司。他跟他们开口要的是一百五十万,因为数目不小,那边答应得并不那么爽快。姜国良正等得焦急呢,这下算是救了他了。

他对李春光说:"你跟北京那边说,缺出来的口子我们这里自己解决,他们已经够慷慨了。"

他说:"养殖公司嫌一百五十万太多,十五万总不会再推吧?"

68

　　假若你告诉别人，说你们县委书记脑子里蹦出的点子，也曾在你的脑子里蹦跶过，别人就会说你是在吹牛。但是在张建行家那条路的问题上，陈晓波还真跟姜国良想到一块去了。不过比姜国良晚。当他激动地第一时间打电话把这个点子告诉周以昭的时候，周以昭已经在那条路的动工现场了。

　　这条路终于能破土动工，周以昭不管是站在李春光哥们儿的角度，还是站在娄山县基层干部的角度，都很高兴。周以昭自己也出力拉了三万块钱，所以他觉得开工这天自己也应该到现场。他把这个想法跟主任讲了，要主任准他半天假，主任便笑着答应了："必须的！"

　　那天正好是星期天，周以昭约了李春光的老婆孩子，又带上自家老婆孩子，热热闹闹就来了。

　　他告诉陈晓波："你的关心迟了一步，这条路已经动工了。并且是以二十四小时三班倒的速度，期限内必须修完。"

　　又说："你的思维也慢了半拍，人家姜书记早想到这点子了，那是下一步的事。"

　　陈晓波的伤已经好得差不多了，今天上午出了院，这会儿是在家里给周以昭打电话。听周以昭这么说，他也来了。

　　但这里毕竟是工地，不适合陈晓波这样刚出院的人，也不适合孩子。所以他们在那儿看了一会儿，李春光就劝他们回去了。工地上机声隆隆，灰尘也大，他们几个也觉得不好，便都决定回。临走了，李春光让彭语路过镇政府的时候，顺路把他的脏衣服带回家。

这就意味着，他这几天是不会回家的了。彭语不高兴，拉着脸问他："钥匙呢？"

李春光说："办公室有钥匙。"

彭语甩脸走了。

路过镇政府的时候，三辆车都进去了，都要等彭语。彭语想让豆豆跟周以昭他们一起，她一个人去取脏衣服，但豆豆不干。这样，周以昭便下了车，牵了豆豆跟着。要是彭语拿不动，他还可以搭把手。

拿了脏衣服出来，就在门口遇上了刘山坡的老伴。周以昭和彭语都没注意到她，但她认出他们来了。她没喊大人，她喊的是豆豆。她说："豆豆，你来花河啦？"

豆豆也是记得她的，他点了点头，回叫了一声"奶奶"。

在老的小的一来二去间，周以昭和彭语也都跟老人打过了招呼，周以昭还问了刘山坡。"坡叔呢？"他问。

刘山坡老伴还是那么害羞，见他问刘山坡，就更是羞得头往下垂。她细着声说："他在山上放羊呢。"

松林村早已经签了第二批羊，如今刘山坡家屋前屋后那片山坡全都变成了草场，刘山坡也签了两百只羊。老房子拿了政府的生产用房补贴，好好地修缮了一番，现在作为生产用房使用。如此，刘山坡那颗心算是得到了满足，每天有两百只羊养着，生活也很充实。有时候，镇里的干部会跟他开句玩笑，说："坡叔，你最近不来找我们麻烦，我们怪想你呢。"刘山坡也不难为情，还开心大笑，说："我圈里两百只羊要我招呼呢，哪有时间跟你们玩？"还调侃说，"往后我有事就找姜书记，找你们干啥？"

看上去，他那脸皮厚的德行，可一直没改。但有一点很明显——当初的刘山坡和现在的刘山坡可是判若两人。

刘山坡老伴改变也大。那一阵儿刘山坡总让她跑龙套，她整日被羞愧压得难以抬头，人就显得很矮小。这会儿家里没了那些腌臢事，她头也抬起来了，脖子也长了，整个人看上去也高了些。

她邀请周以昭、彭语他们去她家。他们都推说时间不早了，下回再去。但老人家又喊豆豆，她说："豆豆，跟我去看你们家的鸭子。"

一听说有鸭子看，豆豆便要去。

彭语却在迟疑："我们家哪来的鸭子？"

老人家说："李镇长买的，跟我家鸭子在一起的。"

她拘束地笑着，薅着手要他们跟她走。豆豆便使劲拖妈妈，要跟上去。

既然是这样，他们便把脏衣服放上车，周以昭又吆喝上老婆和陈晓波，就全都去看鸭子。豆豆拖着彭语走在最前面，周以昭和老婆一人抱一个孩子跟在他们后面，陈晓波走在最后。一行人浩浩荡荡跟在那老人家身后，不禁有些吸引眼球。有人就过来问了："大婶，你家来这么多客啊？"

那老人家就捂着嘴乐："我带他们去看李镇长的鸭子。"

说着话，就真见到鸭子了。四只，半大，就在刘山坡家楼下。老人家指给豆豆看，豆豆问："全是我家的吗？"

老人家说："有两只是。"

豆豆就回头跟妈妈要鸭子，他说："妈妈，我要鸭子。"

彭语说："你要鸭子干吗？"

豆豆说："那是我们家的鸭子，我要带它们回家。"

彭语这里还没来得及回答豆豆，老人家那里已经开始挽裤脚了，她要下去替豆豆捉鸭子。彭语赶紧阻拦，说："大婶，我们不要鸭子，拿回家没地儿养，你别抓了。"

老人家却说："那就抓来孩子玩。"说着话，她已经下到河里去了。可河那么大，就四只鸭子，怎么容易抓呢？鸭子被追得满河扑腾，她自己还差点儿栽进水里，彭语就赶紧叫她别抓了。一起的周以昭、彭娜，还有陈晓波，也都叫她别抓了,说待会儿人摔了就不好了。

老人家看自己一个人做这件事情的确有难度,岸上那几个又只是看,并不想下来帮忙,也只好放弃了。她水流滴答地回到岸上,彭语赶紧让豆豆谢谢奶奶。豆豆那里道了谢,周以昭又问:"那鸭子长一模一样,怎么分得清哪是李镇长的,哪是你们家的?"

老人家笑着说:"分得清,我分得清。"

69

在宣布摘帽的这天,娄山县要对一批全县脱贫攻坚优秀共产党员、优秀基层党支部书记、优秀第一书记和先进党组织进行表彰。入住了整整十五万移民的金山社区,无疑是县城最能体现脱贫攻坚成果的地方,所以这个活动被放在了金山社区的中心广场。

因为王秀林也在受表彰之列,王秀林的家人也很看重这个荣誉,所以,王亦男和她妈妈再一次来到了娄山。

王亦男自然是第一时间就来找丙妹了。

这才没隔多久,王亦男的变化很大。她把头发剪得很短,她穿中性服装,她眼神笃定,不再是一副娇滴滴的样子。见面时,丙妹差点儿没认出她来。

她带王亦男去了家里。

丙妹的家不大,按每人二十平方米的规格,那个家只有四十平方米。但在这里,丙妹有自己独立的房间。进到丙妹的房间,王亦男第一眼就看见了她的阿奇。丙妹的床很整齐，被子被叠得方方正正，摆放在床中央。这是大娄山人的传统，丙妹继承得很好。

阿奇就端坐在那方方正正的被子上。

王亦男笑道："没想到你还把它留着。"

丙妹也笑，她想说为什么不留着，但不知道为什么，她又没说。她好像更习惯于在王亦男跟前沉默，就像当初自己是哑巴的时候那样。

王亦男说："我的那些，全被我扔了。"她带着那么点儿留恋地拿起阿奇，翻来覆去地看。她说："扔的时候我数过，整整八十一个。我也很惊讶，我当初竟然有八十一个布娃娃。"

丙妹又笑，说："加上阿奇，是八十二个。"

王亦男说："可不是嘛。"

她的语气明显带着男孩子气。爸爸没了以后，她就决心要做家里的男生。这些天来，她一直在做着这种蜕变。

那之后，她才开始认真打量丙妹的房间。事实上，这间屋子最吸引她的，是墙上的一个相框。相框里装着丙妹去北京时在机场拍的三张照片，也就是王秀林为她拍的背景里有一架大飞机的那三张。

王亦男在那个相框前站了好一会儿。这个时间，丙妹也一声不吭。她们都在想同一个人。

最后是王亦男先说了话。她像要甩掉头发上的什么东西一样甩了甩头，说："你终于能说话了，我真替你开心。"

两人凝视着对方，脑子里闪现的都是丙妹告别王秀林时，喊出他名字来的那一幕。

王亦男问丙妹："你说，今后我也来你们这里做第一书记，可以吗？"

"可以。"丙妹想都没想就回答。

于是，王亦男便起了信心，说："我来了，也像爸爸那样去拾粪。"

丙妹扑哧笑起来。于是王亦男也笑，说："你认为那样很可笑，是吗？"

丙妹又赶紧摇头。

王亦男说："我一来就听说了，你的山歌唱得比谁都好，他们要推荐你去云南参加山歌比赛，是真的吗？"

丙妹点头。

王亦男说："我真想听你唱山歌，你唱一个给我听好吗？"

丙妹说："明天吧。明天开会的时候，我要唱。"

70

娄山县宣布脱贫摘帽暨表彰大会的台子设在一块绿茵茵的草坪上，一个巨大的党旗会标，被那片翠绿映衬得十分鲜艳夺目。广场上空飘着巨型气球，气球上挂着标语，高音喇叭从早上八点起，就一直没停过响儿。十点钟的时候，各街道、各乡镇参加活动的代表都到齐了，他们全都组建了自己的方阵，按照指定位置整整齐齐入座。金山社区也有两百名代表，山歌队除外。

为了使这次表彰活动显得隆重而热闹，议程中间安排了几个山歌节目，每个民族都有自己的节目选送，因而会场上还有姹紫嫣红的山歌队方阵。随便算算，那便是一个聚集了上万人的会场，再加上自发来看热闹的场外观众，金山社区的中心广场从来没这么热闹过。

活动由代县长张辉主持，姜国良宣布娄山县脱贫摘帽，并发表了讲话。

表彰活动开始后，便每一轮都有一个文娱节目。而这些文娱节目，多以山歌为主。丙妹的节目被安排在最后，也就是表彰完优秀党员以后。代王秀林领奖的，是王亦男。接过爸爸的荣誉证书后，王亦男第一时间看向的不是妈妈，而是丙妹。那会儿，丙妹正站在台子的右下角等待上场。丙妹也正看着她。

那是人世间最纯洁的目光交流，像阳光下两朵花的对视，像大海和天空的对视。

摄影的人抓下了那一瞬间，那张照片被公认为那一天最美的照片。

王亦男回到台下后，丙妹上台唱了一首自己编的山歌：

爱国爱党感党恩，
党的恩情记在心。
处处都为百姓想，
带领百姓迎新村。
如今政策确实行，
帮助百姓来脱贫。
处处都为百姓想，
帮助不少脱贫人。
如今政策确实棒，
农村搬到城里来。
大家一定要奋斗，
携手共创新未来。
……

丙妹给了王亦男一个惊喜，因为王亦男发现丙妹台上台下完全是两个人。台下的丙妹，给人的感觉永远是害羞的，是拘谨的。可一到台上，一唱上山歌，她竟是那般大方。王亦男从来没想到，丙妹竟那么会跳舞。

台上的丙妹，是一个大方热情，又能歌善舞的姑娘。

71

这一次，周皓宇也受到了表彰，他的父母也来参加这个表彰会了。娄山县宣布摘帽，县里这帮干部也都松了口气。父母是第一次来贵州，想去走走，周皓宇便跟龙莉莉请假，龙莉莉把自己的车借给了他。等开上车走出村院，周皓宇才想起自己的驾照没在身上。想回去拿，又嫌耽误时间，便打电话请龙莉莉到他寝室里找了送来。

龙莉莉问："你放哪儿了？"

他说："应该在抽屉里，你找找吧。"

龙莉莉不是第一次进周皓宇的房间，但一个人进来，还是第一次。因为她心里那点儿事，这种时候就感觉有点儿怪怪的。有点儿怵，就像这屋里藏着自己害怕的东西；又有点儿激动，毕竟一个人进来了。她有些迟疑，怕一伸手就碰上了她害怕的东西。但她还是打开了抽屉，第一个抽屉里没有驾照，第二个也没有，在第三个抽屉里。但和驾驶证在一起的还有一个铁盒子，是饼干盒。是不是少男少女们都会有这么一个盒子，专门用来装他们那些小秘密呢？反正龙莉莉是知道这种盒子意味着什么的。她的心怦怦狂跳，好像那里头藏着一头野兽，但同时她的好奇心又像另一头野兽那般生猛。

周皓宇在远处喊："找到了吗？"

她僵在这里紧张得直咽口水，没有回答。她迅速打开那个盒子，里头的确是她意料之中的那些东西——娄娄的遗物。但令她震惊的是，她的头发也在——她剪下来的头发。那天她剪完头发便匆匆去了工艺厂，想要阿妈们看她有多像娄娄。等回来想收拾头发的时候，发现头发已经不在办公桌上了。问火炮妹，火炮妹说，可能被周皓宇扔垃圾桶里了吧。她又到垃圾桶里找，也没找着。想问问周皓宇呢，却因为别的事岔开了。后来又因为太忙，即便偶尔想起来，也没顾上问。对于一个忙人来说，那不过一束头发而已。

可现在，它显然有了一种意义，显然不是"不过一束头发"了。

周皓宇为什么要收藏它呢？又为什么把它和娄娄的那些遗物收藏在一起？这恐怕得周皓宇才能回答了。可是眼下龙莉莉最急迫的却不是想要种种答案，而是怎么去回应她心底的这份冲动，这份关于那本日记的冲动。她的心在告诉她，是时候了，是时候把娄娄的日记本放这里了。于是她转身就去了自己的房间。一分钟后，她拿着那本日记回到了这里。她将它放进那个饼干盒，关了起来。

随后她迅速拿起周皓宇的驾驶证，小跑着下了楼。

在给周皓宇驾驶证的时候，她只是有些气喘，心已静了下来。

摘完帽的第二天，姜国良给周以昭打了电话。

"你还记得《娄山羊传》吗？"他问周以昭。

周以昭说："肯定记得，只是一直都这么忙……"

姜国良说："你说得对，那部书来个序会更好。这些天我都在想那个序，我感觉……脑子里已经有了。但现在我想说的不是《娄山羊传》，而是另一部书。"

周以昭问："什么书？"

姜国良说："你不是写小说吗？"

周以昭说："是的。"

姜国良说："那我建议你写写大娄山下这场脱贫攻坚。"

2021 年 6 月初稿

2022 年 2 月改稿

2022 年 3 月定稿

图书在版编目（CIP）数据

大娄山 / 王华著 . —济南：山东文艺出版社，2022.4
ISBN 978-7-5329-6480-2

Ⅰ. ①大… Ⅱ. ①王… Ⅲ. ①长篇小说—中国—当代 Ⅳ. ①I247.5

中国版本图书馆CIP数据核字（2021）第250018号

大娄山
DA LOU SHAN
王　华　著

主管单位	山东出版传媒股份有限公司
出版发行	山东文艺出版社
社　　址	山东省济南市英雄山路189号
邮　　编	250002
网　　址	www.sdwypress.com
读者服务	0531-82098776（总编室）
	0531-82098775（市场营销部）
电子邮箱	sdwy@sdpress.com.cn
印　　刷	山东临沂新华印刷物流集团有限责任公司
开　　本	710毫米×1000毫米　1/16
印　　张	19　插页/2
字　　数	270千
版　　次	2022年4月第1版
印　　次	2022年4月第1次印刷
书　　号	ISBN 978-7-5329-6480-2
定　　价	59.00元

版权专有，侵权必究。如有图书质量问题，请与出版社联系调换。